百年中国记忆
系列丛书

总策划、主编
刘未鸣

副主编
唐柳成　张剑荆　段　敏

林中响箭

冯铿小说散文诗歌选

冯铿 著

百年中国记忆·先烈经典文丛

中国文史出版社

图书在版编目（CIP）数据

林中响箭：冯铿小说散文诗歌选 / 冯铿著 . -- 北京：中国文史出版社，2020.11
（百年中国记忆 . 先烈经典文丛）
ISBN 978-7-5205-2414-8

Ⅰ . ① 林… Ⅱ . ① 冯… Ⅲ . ① 中国文学—现代文学—作品综合集 Ⅳ . ① I216.2

中国版本图书馆 CIP 数据核字（2020）第 204284 号

责任编辑：秦千里

出版发行：中国文史出版社
社　　址：北京市海淀区西八里庄路 69 号院　邮编：100142
电　　话：010-81136606　81136602　81136603（发行部）
传　　真：010-81136655
印　　装：北京朝阳印刷厂有限责任公司
经　　销：全国新华书店
开　　本：16 开
印　　张：16.75
字　　数：207 千字
版　　次：2021 年 1 月北京第 1 版
印　　次：2021 年 1 月第 1 次印刷
定　　价：48.00 元

编者说明

冯铿（1907—1931），现代作家，革命先烈。又名岭梅，出生于广东潮州的贫穷教师家庭。1925年开始发表抒情小品。1926年中学毕业后在乡间小学任教。1928年写作中篇小说《重新起来》《最后的出路》。1929年春到上海，同年5月经杜国庠介绍参加中国共产党。1930年加入左联。1931年1月17日，在上海东方饭店与柔石、胡也频等人不幸被捕，2月7日被枪决，是“左联五烈士”中唯一女性。由于所处的政治环境及其他一些原因，直到1986年才出版了其唯一的著作集《重新起来》。

本书收录了冯铿有代表性的小说、散文和诗歌。冯铿是20世纪30年代“中国新诞生的最出色的和最有希望的女作家之一”，她的作品贯穿着关注女性命运、寻求女性解放道路的主线。她倾注了极大的热情来描写同时代姐妹们的命运，她强烈呼吁给遭受苦难的女性谋求救护的法子，赞扬走出家庭藩篱追求自由的叛逆女性，批判像“一团肉”式的所谓时代女性，指出女性应该忘掉女性的身份，参加革命。她把女性解放和民族解放联系起来，在创作上达到了一个新的思想高度。

目　录

小　说

散　文

诗　歌

小 说

一个可怜的女子

猛烈的太阳，正高高挂在天上；射得四周的天空，连一些云霞都没有。人们在屋里摇着扇子，还怨道没有一点凉气呢！那田里的禾，被这太阳的光线射着，都低了头，弯了腰，表示它不能和这强权者宣战的模样！

这时田里站着一个十七八岁的女子，上面穿了领七空八洞的蓝布衫，下面穿一条百结的黑麻布短裤；面上布满了手甲的伤痕，和一块块的红肿；额上的皱纹积得有成十来层，不知的或者想她是几十岁的人呢！她脸上和手足，又好似戴上一层黑膜一般；这些都是她成十年来悲苦的成绩。她手里拿了一把镰刀，曲着腰把成熟的禾稻一把把割下。通身的汗像菽米大一颗颗流出来，透得衫子都湿了。一会，她觉得热不可耐，而且力竭神疲了。她举起头望着对面几株大树，绿叶满布，树下很是浓荫，二三只狗儿在那里打瞌睡；那夏蝉也在树上唱歌，表示它的得意。她看了这般情景，眼眶里的惯泪，不觉簌簌地滚下来！她咒诅太阳，她又怨恨她的身世，为什么连狗和蝉都不如呢？她一面拭泪，一面仍旧继续她的工作。但是身体终于忍不住，竟和她起了反抗了！脑痛得要裂，口渴得要烧，偏偏那树里的狗和蝉，和似乎透出来的凉翳，都好像引诱嘲笑她一般！她决然弃了工作，走到溪边，捧些水饮下。又到树荫里，脚儿一伸直，倒下去。觉得腰脊好似铁打般的酸痛，几乎动弹不得。她再也起不得身，就闭眼略躺一躺。

停了一会，扑的一声，她被打了一个耳光！她吓得跳起来看时：原来是她的婆婆站在面前。她觉得身体的温度，骤降低了几许，浑身打颤起来。还有她的小叔也站在一旁，她才知道婆婆命他在那里监督她的工作。那时婆婆把她的手一拉，狠命地牵向屋里去。

邻家的张婶站在门口，听见伊的惨呼声，不觉叹口气道：“李婆又虐打媳妇了！贫家人无力养育女儿，宁可出世把她弄死，不要做人家养媳，活受这磨难。”说完很觉伤感。

太阳渐渐斜西了，她婆婆站在门口喊道：“阿香还不回来炊饭么？”她连忙丢了田具，走向灶边去。婆婆口里还唠叨地发话道：“平日天犹未黑，就赶快炊煮，快点充满你的烂肚。今天却和我斗气，要我们受饿。今晚偏不给你吃，看你待怎地？哼！你这烂骨头！自九岁到这里来，带累公公也死掉了，丈夫也日见不成才，赚的钱都在外边打混，却要我养你，这都是你命硬克伤所致！哼！我有朝总要把你……”

夜深了，小小的崖子里透出一线灯光。她独自一个坐在房里，右手一转一转纺着纱，泪痕布得满面都湿。可怜她自今天四点一骨碌起身，到此时——十一点——还没得休息，目前积下的头晕，肚痛，因上午受了一顿毒打，晚饭又不得吃，到了此时，忽然满眼金黄，不省人事，连人带椅都跌落地下！

明净的月儿高挂空中，伊的光亮从云中透过来，照得地平线上发出黑黯的色彩，仿佛现出凄凉景象来！这时她一步步悄走出屋外，到日间捧水吃的溪边坐下。原来她晕醒后，已经怀了死志！恍惚听着命运的神和她说道：“你的痛苦已受够了。你丈夫既不成人，你父母又都死掉。世界上一切都不值得你的留恋了！死实在快乐……”

可怜她竟信了这话！只听得扑通一声，浪花四溅，她已离开人间的地狱，到天堂去了。月亮又在云里钻出来，但伊好似不忍见这惨剧，仍旧躲入云里。这样，大地又现出惨淡的旧观了！

明天她婆婆找不见她。忽然邻家的小童报道：香姑已死在溪里了！她婆婆也觉有点懊悔，说道："此后没人和我做工了。"

唉！当这女权伸张，人道盛倡的二十世纪，尚有此等怪剧出现，我们应该快谋救护的法子呵！

汕头《友联期刊》第 4 期，1925 年 9 月

月　下

这时伊正坐在窗边桌上的灯下缝衣，右手一起一落动作的姿势，在墙上映出同样的黑影来。房里除掉这两种摆动外，什么东西都是静止着。

这房里陈设的器具，华丽而且簇新，假使无论谁第一次进去，他的嗅觉便有一种油漆气味。照我们的旧习惯上想去，就可知这房子的主人，是新近才结婚的了！

伊偶尔抬起头，向窗外一望时：D字形的月亮，挂在深蓝色的天空，正和伊相对。伊的眼光，不期然而然地给她吸住了！手中的工作，骤然停止。一会，伊立起身来，收了缝衣的工具，把灯儿吹熄了。同时雪般白的月光，铺满桌上，和伊站着的部分，全身好似浸在清辉里。伊重新坐下，再抬头向她凝视；觉得她的光，不特照到伊的身，竟好似射入伊的心一般！伊回头斜向窗外看去，广寂的空庭，似泻满水银，几株夜合树枝叶的黑影，很明显地映在地上，真像一幅图画。伊忽然想起去年的月夜里，和姊妹们在自己家里庭中静坐默谈，或者携手踏月，饱尝她这温和皎洁的光亮。现今呢，月儿依旧，但是伊只好在房里凝望，不能到庭中畅意地玩赏了！伊想到这里，不觉把数月来的新环境，在脑里一幕幕的表演着。

“当伊才来这里廿余天的时候，伊偶到小姑房里一下，——离伊的房子只有数尺远——给婆婆知了，说伊：‘不知礼节，做新媳妇便过家舍了。我们是世家大户，比不得……’伊听妯娌们和伊说：‘嫁来这里，要到老时讨媳妇了，才能行到门外和庭中去！……’因此伊只好和蛰伏着的昆虫一般，除三餐吃饭的地方，和早晚到家婆尊长处问安外，终日只有密坐在房里缝衣，连说话的人都没有。而且一举一动，都要学成泥人，说话高声些，走路行速些，粉抹得不白，花带得不多，人家就批评伊：‘轻佻，没规矩，不配做大家媳妇。’吃饭要站着不敢坐，对人要装出卑污的礼节……凡此种种，伊只有气不过时暗自流泪罢了！又有一次，伊穿了白鞋，给婆婆看见了，气得发昏章第十一！把伊大骂特骂，说这是恨她——婆婆——咒她速死的表征……不要这样的媳妇了，要送回母家去！……后来受了调停，才算平息了。伊真不解：色彩不过是和太阳光线的吸收反射各有不同罢了，穿白鞋就致这样天大的罪状吗？可怜伊薄弱的心灵，怎经起这样的播动呢？伊现在的生活，是和奴隶，囚犯，木偶……一样的！丈夫呢，是个纨绔子，将来也没甚希望。现在只来数月，已受了许多恐惧，羞愤，悲哀——后来的日子正长着呢，如何忍受……”

伊这时心儿好似千万根绳索勒住一般，伊哭了！眼泪断续地流出了。任月亮怎样的可爱，伊却低下头，伏在案上，两肩上下地耸动着。

“自杀吧！人生已没有乐趣和留恋了。”伊哭了很久，再这样想着，“但是怎舍得时时在念的母亲，唉！母亲呵！你是爱我的，但这种环境，是你使我蹈入的呀！……”

十四，六，一

汕头《友联期刊》第4期，1925年9月

乐园的幻灭

温柔，和煦的初冬的朝阳，刚好从那株盘踞在园的角落里的榕树梢头，斜抛向一面差不多水晶也似明亮的小池上。

池水是那么的清幽，澄澈，它把孕着白云的蓝空和池边丛生着小草的倒影都印进自己那沉潜的怀抱里去。这好像一幅优美的情景，渗进在人们那沉醉着的心灵里般巧妙的，毫无痕迹的。但我们那顽皮的阳光是如何的淘气呢，它时而借着晨风的翅膀，便很轻快地一面吻着池水一面跳跃起来，它的闪烁的光芒，把那些倒影都搅得凌乱了！

逆着不十分耀眼的初阳，她沿着细石砌成的小径，从院里跑进园来。她是个十八岁大小的少女，有着健全的、燃烧着青春热力的肉体和灵魂；她的那对老像是在微笑着的眼睛和口角，却令人感到她内心还蕴藏着柔和优美的另一种情绪。她穿着蓝的上衣和黑短裙，白的颈巾的两颗下垂的绒线毬子，跟着她走动的姿势便一左一右地摆动着。

“今天的气候很好啦！……”她轻轻地这样说着，她像感到意外的满足般对周围的景物细细地爱赏着。这景物在什么时候都会令她感到欢爱的；但在今天，它好像另摆上一副新鲜、悦乐的笑脸，处处都会勾引她的眼睛去做一个长时间的逗留，处处都会引起她想再贪看一下的兴趣！一切于她真太亲切了，美妙了！她轻轻地吹着甜蜜的口笛，慢慢地坐下在池边的椅子上。

阳光从榕树梢头慢慢地但又像轻快地升起来，它很均匀地和园里的一切接着早吻——那畦里新开的野菊花，那鲜红欲滴的美人蕉，那一堆滑得闪光的石子……更有草地上的露珠，它们很轻狂地，卖弄风情般尽是闪烁着，闪烁着。

初阳的热力增加她身上循环着的血的暖流，那完全帖服着的心房好像起了微微的跳动。她把微嫌闷热的颈巾松开，把两只手膀伸过脑后，搁在椅屏上，像很娇懒地让自己陶醉在这柔和、优美、鲜丽……交织成的情景里面。她的短发不加梳理地让它披拂在额角、耳际，她斜侧着头，一任温软的颈巾由左肩上垂下到草地去，吹面不寒的轻风尽向她的颊上、鼻尖掠过，蓬松起来的颈巾上的绒丝也跟着颤动、摇曳……这些点缀着她，表现着她少女的浪漫的风情，这笼罩在暖日底下的美妙、恬适的一切，也正像我们少女的眼睛和心情一样的可爱！

像她这样年轻的姑娘，在这样的风光里正该和同伴们耍完了早晨的运动，便跟着钟声一同到课室里探求她的学问去的吧？但她没有那样的环境，那在这个时代正给有产的小姐们所擅有！她到这所半像私塾半像幼稚园的小学校来已经有好几个月了。必然地，她开始也怀着一般年青人所共有的求进欲，为前途苦闷着！但小学生们是太可爱了，这不与世争的小学校和略加修葺的废园也值得她的青睐！逐渐地，她近来反而感到这恬淡，但是活泼的生活很为可爱——比着学生时代所受的呆滞和无聊的生活更为有趣了！谁说教师的职业是痛苦的，粉笔和黑板的生涯是黑暗的呢？早晨，跟着朝阳而起，就在这园里预备些故事、诗歌的课材，自己弄些喜欢吃的东西做早餐；接着那由邻家雇来的老妈子会过来帮她修理，打扫一切；往后，哟！这些小天使似的孩子们便陆续跑来了，一天的活力便由这个时候跃动起来了！带他们在草地上游戏，混进他们当中，完全忘记了自己的地位、年龄，甚至躯体般，她常常低弯了身子，和他们手牵手地做着孩童的玩耍，听着他们的领袖的指挥！等到课室里的小铃给老妈子摇动起来时，她也混进这一群脸上还堆满笑痕，笑声还从小口里溜出来的孩子里面，在小径上织成一条小小的河流，滚进课室里去了。

在晚上她独自地缝些衣裳，看些书本——这一月来她读了许多由小学生芸的哥哥处所借来的有着新的启示的书籍。她虽然没有证实这里面的理论和事实，她很喜欢读它——写些母亲姊姊的书信。……在休假日她便约了她的小伴侣，一同到这小市镇里的郊外游玩，或者在他们的家庭里，很亲切地被他们的母亲们接待着，聚谈着……一切都很舒适，恬静而又活跃！她不感到寂寞，也不曾有怎样苦闷的梦幻；一切于她是现实的，愉快的。她很少预算着前途，但也不追忆着过去！……

大约是享受了多量闷热的阳光的缘故吧？这时她那恬静的心情忽然从陶醉里渐渐地蠢动起来，她那止水般的心湖忽然漾起阵阵的微波！

突然地，但又像滋生的般，她的心上给遮着一层不快的暗影，这暗影很迅速地掩覆了她整个的心窝，另一种可厌的、恐怕的情绪从它里面侵袭起来！她下意识地把身体转动了一下！

这暗影渐渐地凝聚起来，形成了两幅清晰的但又模糊的印象！

虽然是江南的初冬天气，但夜里的冷风已使人感到有些森寒了。昨晚上她因为贪看多一点喜欢读的书，吹熄了煤油灯上床去时，隔壁室里的挂钟已敲了十二下了。她把困倦的眼皮刚好合上，突地那面临街的小窗上好像给敲打着般响了两三下！

“什么？……”她睁开眼来，下弦月刚好从那面窗幔遮不到的上部射进室里，在桌子和地上延着一条淡青色的幽光，周围悄静得很，只有由这小市镇的远处，传来两三声隐约的犬吠。

她仍旧闭拢她的眼睛。

“督督！”声音又继续响着，还好像有男人在咳嗽般！

“谁……”她含着懊恼的心情翻开了被窝跳起身来，恐怕和危险的意念还没浮上她的脑里，她把窗幔掀开来，蓦地有一个穿灰色制服的人影，在凄冷的月光下由窗外溜去了！

“吓！……”寒气和恐惧一齐袭上她的身心，她起了一阵战栗！

“昨晚……这，说不定是个小偷，……但那很像个兵士……今晚上叫老妈子不要回家去吧！……”

她的心里渐渐有着憎恶的、惊恐的预感，眼前的一切好似偷偷地溜去了它的光明、绮丽，另一幅映像又显现起来！

这小小的市镇近来也难免它的厄运！据说邻村不时发生着明火打劫的盗案，所以驻城里的营部派来 × 连全连的兵士来驻扎在离学校不远的祠堂里。这是娟的母亲告诉她的。几天前蘅忽然一连三天没到校里，她跑到家里探望她时，只见蘅坐在门口守着她的一群小鸡，嬉笑和活跃的小脸孔完全给呆滞了般，见她来了，只跑前来凄怨地喊着她。她正感到诧异，但蘅的祖母由屋里跑出来了，她有着一对哭红了的眼睛和满头蓬乱的白发！她哭诉她的儿子因为给驻军们白买了猪肉——她的儿子是挑卖猪肉的小贩——不给钱，他不该说了他们几句，便给毒打了一顿和禁锢了一天一夜，好容易等她把豢养数月的一只猪卖了，亲自把白银捧到祠堂里去磕了几多个响头，才允许她央求两位族人把遍体鳞伤的儿子抬回来！……

我们的少女生长在虽然清苦，但还没受到灾厄的家庭，青春的优美的温情在她心身里蓬勃，一切于她是太单纯、安稳了！她还未跑进那可惊的、复杂的社会，没有体验到丑恶、凶残、悲痛、惨酷等等的人类的遭逢！虽然她只看过两只溃烂了的乞丐的脚，听过一些可怕的罪恶的传述！

“为什么，为什么他们会这样的作恶呢？……他们害了蘅的一家……听说还做了许多凶恶的横行……为什么这些民众们不想反抗呢？……”不安和懊恼虫样的侵蚀她的心，她的脑壳里像有空洞的一隅，填补着它的是不愿意有但却不断地映现着的丑恶的幻影！

“先生！早！先生！……”像黄莺在枝头叫着般，一阵娇婉的笑声把那些可憎厌的幻影冲开去了！这声音挟来了愉快、活跃的力，帮着她把沉重的闷压打败了！眼前依然是光明、美妙，依旧是充满着令人陶醉的风光！

“呵！来，快来！我的小天使！……”笑涡在她颊上浮现，愉快占满了整个的心，她望着张开两臂向她跑来，红的缨络在黑的短发上摇动的芸，这样喊着。

“你今天多早呵！”她用全身的热力在芸的小颊上亲了个吻！她未尝和异性接触，她不懂得爱情，她只感到像这样会使她沉醉的愉快，只能在母亲怀里和小伴侣们的脸上和笑声中领略得到！

接着又来了芳、琳、惠……的一群，她像往日一般混着他们嬉耍，她完全恢复了她固有的一切！

早间娇艳酣笑的朝阳，此刻已经很严肃地，但慈惠地由刻着各种古旧花纹的窗眼，斜穿进课室里来了。他很匀整地照着室里各个小生命的头部、肩际。他们的衣饰有着不同的式样和花纹，有些鲜丽，还点缀着一两颗闪光的珠饰；有些平凡，有些甚至是残旧；但他们的小脸上都浮荡着同样感到满足的笑痕，小口都微微地张开着，耳朵里都充满着教师的音乐般的声音，眼睛里都放射着追求的、温敏的稚光，这光线向同一的方向射去，凝聚在他们面前那灵动的、亲切的教师身上！他们好像忘却了自己个体的存在，他们的灵魂融合着，紧密地融合在一起！他们自己很难分别出谁是这镇上富室的小姑娘，谁是是缙绅的子弟、谁是贫苦的农民的子女、谁是穷老船户的儿孙……是有着可爱的美貌还是有着蠢陋的表情、肥白的小肢体还是营养不良的枯瘦的黄脸……他们这个时候都有很匀整的呼吸，一致的情绪，恬适的空气在日光里轻轻地流荡着，流荡着！

她呢，渗进在这融泄的灵魂里面的还有我们那年轻的教师的心灵，她把自己蕴蓄着的一切智慧和情绪都流露出来，流进他们那纯洁和空灵的脑里！她接受着他们那贪求的神秘的眼光，她是怎样地感到自己的伟大，可夸呵！

他们今天讲的课题是小蜜蜂。她把自己编成的一则关于小蜜蜂的故事讲着。她是讲得那么的有趣、巧妙，把他们的小心房都打动了！

"……小蜜蜂们真没有办法呵！老的和少的看看都要饿死了……"她望着他们，他们的脸上都罩上一层成人所不轻易表现着的悲哀！

"但是，蜜蜂们终究没有法子吗？他们是那么的多数，一百，两百……但凶残的老鹰只有一只，只有一只呵！他们想不想把被老鹰抢夺去的粮食拿回来呢？……他们……"

"对呵，对呵，把粮食抢回来呀！……"

"把他们的刺螫着老鹰呵，他们飞，他们一齐飞去螫老鹰！……"

"对呵，先生！叫蜜蜂们把粮食拿回来！"

"杀死老鹰，把那只老鹰打死吧！……"

他们有的握拳头，使劲地向空中挥舞；有的站起来喊着；他们的脸上都有兴奋激昂的表情！

"……"

"……"

"小姐，我的好小姐呀！那些祠堂里的兵老爷们打从园门口跑进来啦！……这，这……是为什么？！……"突然地，在他们喧闹着的声音当中，老妈子颤着两唇飞跑进来了！她的眼眶里已经挂着那预感到不幸的泪水！

“什么？……什么？……”她像突被掉进另一个荒旷的所在般，她听不清楚老妈子的话！

全室里的喧嚣像被一阵猛烈的寒潮所凝住了般，蓦地里悄静得连它的余音也听不到！

“他们，兵士想怎样呢？！……”丑恶的暗影很迅速地，更阴惨地恢复了在她脑里的地位！

“他们的教师呢？……在这里？……”

她已经听见这像怒叫的声音，看见两三个可憎恶的灰色的人影由园里跑进课室来！

“不要打，哟！这没有，没有什么！……”像醒觉了一下般：她忙站近那些呆定了的孩子们。

“你是这里的教师吗？……呃……”像长官模样，满脸麻子，两眼吐着阴狠而又狡猾的光芒的男子跑进来了。他后面还跟着两个插满短刀、手枪的护兵。

“这，有什么事情呢？……”不幸的预感像已经实现般，她茫然地问着。

“没有什么。不过因为我们的地方太狭窄了，此刻偶然看着这儿的地方还不错，要把这里做办公的机关。……晓得吗？……你就喊学生们回家去吧！别的椅桌这些东西可不必动它……”他的一对眼睛只上下交替地注视着她！

像又被掉进个黑暗的深渊，她不晓得要怎样应付眼前的事变！突地有打破这重压着的空间的尖锐的哭声刺着她的心房！她眼看邻家娟的母亲跑进来把娟带走了，两三个孩子却恐怖得哭起来！别的都睁着无助和惊疑的眼光凝视着她。

“可以……请你找别的地方么？……这是学校哩！……”她立刻明白自己和这些小孩子们都要从这儿被赶出去，永没有再聚合的一天了！她感到万分的苦恼，她真不愿和他们分离，她鼓起勇气来想说退他！

“哼！学校便怎么样？我们负着全镇人民性命财产的责任，办公的职务不算重大吗？……好！李胜！你回去把我个人的东西搬过来，把那两个××匪徒也解押到这儿来！”连长决然地向护兵吩咐着，回头他又对别的一个说：“你还不会替我把孩子们赶散吗？站着干么？”

“这不行，不行！……老妈子，你快请校董王先生来罢！……我的孩子们，你们不要怕，不要怕！……”热血在她的周身沸腾，她张开两手来拦住那行凶似的护兵。

孩子们的哭声高涨了起来，两三个邻舍闻讯而来的孩子的母亲们都仓皇地跑来。

“你们不要回家里去吧！我的孩子们，我们不要离开，不要离开这里！……”少女的温情不知消失到哪里去了，她的心里燃烧着反抗强暴的烈焰，她不愿离开这安和的乐园，她的身子给护兵叉开了去！

“哈哈！你们的校董不要说不敢来，就来了要我奈何呢？……你这个姑娘真长得不错……你不愿离开这里是很好的，说不定我还可以任用你做个女书记！……”连长嘻嘻地对她笑着。

“狗！这害民众的恶东西！……”愤怒的烈焰使她的身心颤动，她受到丑恶的侮辱了！她在待着爆炸的一瞬间，她要咬破他那凶恶的脸孔，撞击他那斜系着皮带的胸膛！

“但，但这有什么用处呢？……我那样做时我的衣裳会给扯破，肉体会被打伤，会受到更丑恶的侮辱……而孩子们依然会被赶散，我们终要分离！……”她整个的身心都强烈地颤动着，她昏惘的神经清醒了一下！

“对的，对的！……我眼前自己只好对他退让，屈服！我们要忍耐，要合力，要组织，然后才反抗，对一切丑恶的反抗，那些书本不是这样告诉我们么？……我觉悟了，这样优美的乐园在此刻已没有我再事贪求的可能了！……”她的脑里闪上一幅光明的前路！

一九二九初冬于上海

《拓荒者》月刊第1卷第2期，1930年2月10日

遇　合

二月廿三日

我到校里来已快五个星期了。

今天是我再次开始记日记的第一天哩！在这沉寂的境地里捱着的我，记日记这件事情真是再好没有的了。在我童年以至过去的两年里，我是天天都不断地记着记着的；可是自去年陷溺于刻骨的悲哀里以后，寸心纷扰不宁，就把它间断着了——直至现在。我相信人类处于紊乱的情绪中时，是不能够把自己的心情、事迹，理性地描写，述记下来的；必待事过境迁，往后无聊、枯寂的时候，才会慢慢地把过去那烙印着的印象，一幕幕从心头移到纸上去的。所以我今天想把日记续记下去了，一方可以消除些长日似年的光阴，一方也可追忆过去那死也不能忘掉的我和他的种种爱的痕迹。

正是去年这样春光绮丽的岭南气候哩！桃花谢后的二月初头，学校开课那天，可爱的苍白瘦脸的他的第一次印象，便映入我的眼中心上了！呵呵！我怨造物，怨时间，怨机会，……连那学校和它的一切环境都怨恨起来呢！不是为了他们的作弄、偶合，那么，生长峨嵋山下的他，怎会和我相逢于南国的春光里呢？又不是为了他对我有爱而又不得不离绝的苦衷，那我们此刻不是欢愉的一对情侣吗？此刻我怕还是童心未泯，青春宛在的一女人哩！呵！我的心头真隐痛起来了！我悲哀过去，灰心现在，讨厌将来，……不是都为了去年与他那段悲凉凄咽的离合吗？……不是为了我和他是同校的教职员，不是为了我们的情投趣合，不是为了他的献身革命和有着同为事业牺牲，因而漂流四散的他的昔日爱人，那么，我们又哪会合演了这样的一幕悲剧呢？……

就在去年这个时候的春晚上，我由窗里偶尔看着他那捧了一册文艺书籍，在校园里的柳树下呆站着的那一瞬间，……

呀，就寝的钟声怎么敲得这样早呢？我只好停笔了！

二月廿五日

昨夜是辗转了一个整宵！唉！我的神经衰弱怕跟着这无聊赖的光阴一同长进吧！

我怨恨自己的多事啦！好好地记日记就记罢了，何必把过去的伤痕表露出来呢？要在止水似的心湖上荡起波澜做什么呢？真是矛盾啦，既然努力想把过去的忘掉、洗净，却反而想把它遗留痕迹于人间，无乃太滑稽了吧？昨天为要撕掉上面的或不再记下去了的问题踌躇着，终于间断了一天没有记下而就不得解决！唉，于此可见我近来心之脆弱了！由它去吧，想写什么便写什么，懒得写的时候就给它间断吧！

唉！让我来写些现在这讨厌无聊的学生生活吧！于此我又不得不附带的写了所以要由教书生涯再次过着学生生活的缘故啦。自去年除夕那晚和他在 × 市朋友芳君家里握别，看他在寒风刺骨的昏黄的街灯下把背影逐渐消逝了去之后，第二天便不能够看见他的苍白的瘦脸了！……唉！经了芳君的多方劝慰，和代我解决了暂时的经济问题，硬压着我来这全国中心的上海来进进大学，再读读些书，我只好决意跑到这里来。其实他走后的 × 市顿变成触目不堪的伤心地，我真再也没有勇气在那儿呼吸着了！虽然她是我度过了六七年来学校生活的第二个故乡。他走后的隔天便是旧历的新年，我一直躺在芳君家里流着眼泪，到轮船复工的初五晚上，便离去我们的伤心纪念地 × 市了。临行时我连近在数里的故乡也不想去一去。白发满头的老母也不忍别一别了！唉唉！……

不知不觉又勾起过去的伤痕了，天呀，你要怎样来主宰我这无着落的心呢！

在此除每天紧抱着英华辞典，面着枯燥无味的课本之外，其他的生涯就全葬送在孤独的无聊里了。不要说同学们是连半句话也说不上的，就使她们于唱完“毛毛雨”，擦完脂粉之余而想和我攀谈时，我报答她们的却只有一脸沉寂的闷气，和机械的几个点！不消说现在她们和我之间是隔着高厚的一道垣壁了，我要努力让自己成为一个沉默无聊的孤零者哩！

自己一个在抽着嫩芽的篱笆下慢慢踱着，听着自己轻匀、沙沙的足音时，真领略了不少生平所未有的幽寂的情调呵！

窗外那片麦田已展开成无尽的绿波了。这时故乡正是绿满郊原，春风沉醉的仲春晚上了，但这里的柳条却还未到翠拂行人首哩。唉，故乡呀！母老家贫的故乡呀！……更有我那苍白瘦脸的他呀！你这时漂泊到哪儿去呢？在春浓的南国风光里呢，抑是在春雪霏微的北方呢？……但愿你能够把我这可怜的女子忘掉了，努力你的事业，幸福地再和你那消息隔绝的昔日爱人重圆好梦！那我这被遗忘的孤独者，是愿意寂寞地过我的一生的！……唉！唉！

我几乎忘记写下今天较为可纪念的一回印象了。当我早上挟了课本，拥挤于上下课所必经的楼梯上时，照例眼前那几幅肉感丰富的女同学们的裹在花花绿绿的旗袍子摇摆着的臀部之中，却什了一个黑裙深绿色上衣的看来不像肥白的浙江女人的身子来。她和我同跑进上法文课的讲室里，这给我那无聊赖的心情以可注意之点了。她有着一个不施脂粉的微赭的长脸孔，和一对灵光射人的藏在微处的眉峰下的眼睛。照她那脸勇毅沉着的表情来看，她不是毫无社会人生经验的娇嫩的少女了，年纪约有廿多岁吧？我想再细细地注视她时，那教授已开始讲解动词的时间性了。以后整天都没碰见她。

二月廿七日

上海真成了激刺性浓厚的一个国际上的都会呀！昨天傍晚我一直散步到电车站上去，茫然地跳上了电车，又茫然地在外滩那里跳了下来，匝着寒威犹存的晚风，这都会的整个的缩影是开展在我眼前哩。黄浦江上麇集着的船舶，和由那各色不同的烟囱里发出来的尖锐刺人的惨叫声；马路旁停着的那些擦得光可鉴人的成一行列的汽车；巍然壮丽的外国银行等的建筑物，在黄昏里拖着他庞大的阴影于地面，阴影上有珠光宝气，显露于汽车窗里的飞驰来去的外国贵妇人，绅士，我们的时髦漂亮的少男少女，跑着的成群的由工厂里出来的疲乏的工人，彳亍徘徊的无聊的流浪者……那些，都在它的阴影中纷扰着；不知不觉地那消沉下去的热情，又在心头激荡着了，我应该干我所该干的事业，跟着他，跟着他尽我应尽的天责，让光阴这样无聊赖地白白消逝去了还有什么意义呢？……但是，但是在这样的境地里的我真不能维持那激昂的情绪哩，在夜灯粲然的凄冷的归途上，我的心又仍旧给落寞的情怀占领去了。

唉，世间还有什么会比处女的第一次无着落的爱所感到的悲哀？……

近来每每感到精神不济，头痛心跳，唉，不说也罢了！

原来那天我注意着的她叫王渊如，和广东人李同房子的。我今天把文选拿还李去，才知她是新进来的同学。她把那深沉的眼光向我掠了一下后又挺直腰杆看她的书。李说她整天除吃饭散步外都是这个样子地坐在案前。

“她倒和我有些相像呢……”我这样想。

昨夜忽然梦见他，梦见和他在校园里的草地上坐着，他忽而像过去那样紧握我的手儿仍是低头沉思！……呵，在世上有谁能告诉我他的行踪呢？……

三月初一

我和王认识了，我们认识的经过是这样的：

今天的气候暖和极了。晚饭后我跟着那天末逐渐苍茫下去的红霞，慢慢在一碧无涯的麦田中踱着，让整个的心融化在骀荡的春风里了。循着麦田塍转了一个弯，踱到一家古旧村屋前面。门前几株毵毵下垂的柳条下面，两个红衣的小姑娘正嬉笑地拍着皮球，跳来跳去地就像一对蝴蝶。我呆望着她们，追忆起去年和那些小学生们一起玩的情景来。“呵！我的童心消失到哪里去呢？过去那天真活泼的少女青春期，现在在这样阴沉的脸上怕连一些痕迹也找不出吧！……”我正沉醉在伤感的情怀中时，忽然背后有足音传来了。回头一看，那正是王呢。她两手放在背后地跑近我的面前，把她那沉潜的眼光向我目礼了一下。我像受她的催眠般竟向她点起头了，她也在冷然的脸上绽出一丝笑意来报答我。

“你也喜欢到这儿来散步吗？”出我不意地，她把恳挚的声音向我发问了。听她的口音像很习熟，倒像从前听惯了般。

“您贵乡是哪儿呢？”我不觉冒昧地问她。

“呵！是成都……”她漠然地答。

“成都！……”我的心房激荡起来呢，原来是他的同乡！“呵，风景幽丽的一个故乡啦！”我勉强找出这句话来弥缝我对成都感到兴奋的表情。

“是的！……不过我离开故乡已很久了。你的呢，是南方人吧？”她把那对眼睛朝远处望去，不经意地说。

“我是岭南人，我的故乡是广东 × 市的近村。……”

“广东！呵，那儿的风光也是很好的，听说那儿的革命空气还很浓厚呢！……”

她忽而把眼光收转回来射着我：“你从广东独自跑到这儿来读书么？……”

她定感到我冷僻的态度吧？定在同情我的孤独吧？……

沉默了一会，她向我说声再会，把慈和了的眼光向我望了几望，像叫我不要再孤零地站在那里般，向前跑去了。我只把眼睛跟着她那深绿色的上衣在暮霭苍茫中消逝了去。

三月初五日

忽然潇潇地下起雨来！

晚上凭栏远望，眼前那片碧草绿树都给迷濛的细雨罩住了；凉冷的雨珠扑到脸上手上，整个的心沉酣在他人所不能领略的情绪中！

呵，我对自己都惊异着早日那奔放的热情到哪里去了呢？……

自认识王后，不晓得怎样的他又在我脑里萦绕着了！我一方感到死般的沉寂无聊，他方又觉方寸凌乱，纷扰不宁！“唉！你可爱的苍白瘦脸的他呀！你此时是在天涯，在地角？……”

整天不是凭栏对着如烟芳草，便是在麦田中踯躅徘徊，只有茫然地迷惘，迷惘！

可怜的母亲犹在希望我的学业和前途哩！读了她的来信真使我不能不流起泪来呢！

唉！雨呀！淅沥不断的雨呀……！故乡门前那个小塘一定涨满绿萍吧？小侄呀！你定赤着脚捉青蛙去吧？但是没有姑姑为你作伴了！……

我又忆起去年那狂雨声中，和他在灯下默默相对的情景了！……唉，我还是停了笔罢！让悲楚来充塞我的心罢！……

三月初八日

今晚上我和王又在雨后初晴的郊野上碰到了，我们竟交谈了一个长久的时间哩。

一听了乡音和他相似的王的声音，我便兴奋起来了！我本不想和她交谈下去的，但不知不觉地竟被她谈话的吸引力吸了去！关于学术、政治、社会……她都有很精确的见解和思想。看来正是我们的同志呢！她向我发挥她的社会见解就像他一般慷慨、透切，使我不住地追忆着心之创痛！

“你们四川人的革命性都很浓烈啦！”

“那可不见得！不过……”她再把那锐利的眼光射向我脸上来。

“这里的同学们是半句话也谈不上的，唉！……”

“可不是么？看你这样年青的姑娘真不可太于冷寂了！怕是你太喜欢文艺的缘故吧！你闷的时候仍来找我谈谈好啦！”她像对弱妹般慈和地对我说。

为什么像她这样富有思想的人，也愿意跑到这儿来受这灰色的，被时代遗忘了的教育呢？……有机会时真要问问她。她读的是英文系经济科，我们有几样功课是相同的。

窗下那几株绣球花，给缠绵的春雨打得零落满地哩！从前我对那些以自己飘零的身世喻着落花的人们总觉得是俗不可耐；但此刻我才感出此中的无限凄凉呢！呀！落花呀，委身于流水污泥的落花呀！

三月十二日

春雨声中，病卧床上已经三天了！唉！白天仍是昏茫茫地给淅沥的雨声填满了这空虚的心，夜里呢，蛙声盈枕地只有睁开眼在细数滴答的钟声！呵呵！白发满头的母亲呢？苍白瘦脸的爱而不得的他呢？远了远了，伴着我的只有帐中这个孤影了！

除医生外，这病床是没有第二个来揭开帐儿，向我存问一声的！我盼望王来看看我，但她怕不知我的病倒吧？

“灵芬！我的身心是交给伟大的事业了！不怕我是同样地爱着我灵魂中的你，爱着我那隔绝的敬爱的同志的爱人黄冰华！……但我不得不离开你了！我要完成我的使命，我要盼望你得到幸福的伴侣！灵芬！……请你恕我吧！请你让我离开你罢！……”

他的这些临别诀言，在病中心情脆弱的我追忆起来，是怎么令人悲凉怆痛的呢？……

四月初五日

唉！没和这日记相见已快满四个星期了，让春光悄悄地从病中溜去的，又是梅子黄时节了！

近两天来差不多可以说是告痊了。但一病之余，剩下的只有这怯弱的身子了！自己看看镜里那褪了色的苍白的两颊，呆滞的深陷的眼睛，……和裹在衬衣里的消瘦了的躯体，袖筒下那失了弹性的纤细的手腕，……自己真忍不住惊叹起来呢！假使这时回到故乡去，第一个认我不出的，定是我那老眼婆娑的母亲了……呵呵！青春已跟着落花谢去了——毫无留恋地谢去了！虽然此刻我只整整地度着二十次的春光！

自病后第五天，搬到和王的卧室相对的病室来后，和她成了知心的朋友了！她差不多每天都没有上课去，昏迷里偶尔睁开眼睛时，老是看见她坐在我床前的靠椅上，默默地看她的书陪着我的。她劝我慰我，服侍我，无微不至；朋友，姊妹，母亲……的各种情谊，她对我真可说是兼而有之了！谁个能相信她那冷寂的脸上，心头却蕴藏着无限的热情呢……没有她，这异乡卧病的孤零的我，真不知此刻是死是生呢？……我要怎样用我这支笔来记下对她那刻骨的铭感和敬爱呢？……

关于我的身世和过去的一切，我都坦白地告诉她了。呵，我记着她那睁大眼睛的诧愕的表情，当我把他由口中介绍给她的时候！她说她有一个弟弟，就在两年前为革命而逃亡到广东去的，不知他就是他么？她问了关于他的年龄、相貌、性情……我只模糊地答她，我那时止不住流下眼泪了，她便沉默下去！真对她不住呵，我至今还没有把他的真姓名告她！我要让那苍白瘦脸的他始终占据我心房秘密的一角——除掉芳君一个——，我怎能告诉她呢？……

假使他证实真是她的弟弟时，那我将更其苦闷了！我把她的弟弟弄得此刻怕也和我同样的悲闷了着哩！唉唉！

她的一切我也明白了。她是个坚毅热烈的身经变故的女革命家呢！她也在那时抛离了故乡流浪着的。她那不避险恶，忍苦耐劳和铁般的热情，真使我钦佩极了！惭愧极了！她真配做他的姊姊哩。但她和他的姓氏不同，且从前并没听他说过有这样的一个姊姊，我可真太富于幻想啦！

四月初七日

今早只得搬回卧室来了，那幽静的病室我真不忍离开它哩！

看了同居者们那些满涂脂粉的脸，满铺花生皮的房间，……我的心头真作呕不堪！唉，丑悲极了，这些专供少爷、绅士们淫乐的女学生！……

钟声响了，她们都忙着整衣对镜地跑出去后，这沉寂的空间才把我平静的心情恢复起来。

凭窗望去，眼前的景物真把我的灵魂震撼起来了！阴沉欲雨的天空下，远处那抹郁的树林，熟透了的金黄的麦田绕着月季花盛开的柳条下的篱笆……呵呵，是初夏啦，故乡那血红甜蜜的杨梅，衬在翠绿的芭蕉叶上，挑到深巷中叫卖去了！……记得去年这个时候，从来不曾吃过杨梅的他，竟吃得把白衣衫都滴着点点的红汁哩！……

四月初十日

今天又接到家里的来信了。每次读了那行简歪斜的小侄的天真的语句，母亲的亲自附注的千万叮咛！……要使我不痛哭真是不能够的了！……

晚上和王由细雨霏微的泥径上踱回校时，门房把一片字条子给她，说是刚才找她不着的男客人留下的。她刚接过手来便惊呼了一声，接着那沉潜的脸上忽挂着暴露的笑痕来！但她即刻把剧烈的情感逐渐恢复了，说一个存亡不卜的好友居然可以会晤了！她匆匆地和我告辞，冒着渐次大起来的夜雨跑去了。

想来这男客人定是她的爱人吧？祝她从此幸福，祝她和他这时是甜蜜的会晤！

四月十二日

王自那晚出去后，至今还不见回来哩！和她的爱人谈得不可开交了吧？

这两天自己总是孤零零地跑到校门外等她，呆望着跑过的车马行人地等着她！一病之后，我真把她当成我亲爱的姊姊呢。没有她，我又恢复月前那掉在冰窖里的生活了！

在这样的心情、环境里，是很适合于写些颓废、伤感的诗歌的，但不知怎地近来连嗜好若狂的文艺热也灰懒着了！提起笔来，又是让它纡徐地放下去！……

啊，王呀，冰如姊姊呀！你定躲在爱人温暖的怀里，而把凄冷的我忘掉啦！……

四月十三日

呀！天呀！我这时仍在颤动着的手尖真没有握笔的力量呢！我

的失了理性的心房也震荡得剧烈不堪呢！呀……

我们这不幸的三个真是小说里的遭逢呵，我清醒一点的时候，我真不相信我的身心正陷在这样离奇、变幻的境地里啦！天呀！

我真不知以后——就在明天——我们这三个——我和她和王，不，和他的早日爱人黄冰华——又将演着怎样的 Romances 呢！唉！我此刻所以要勉强记下这些来的，是因为我的日记到这里可说是成一段落了。以后的我能再有勇气和心情来继续记它下去与否，真非我此刻所能预料了！

唉唉！我今天的遭逢真太使我感到无限的神秘和离奇了！事情是这样的：早上我刚跑到校门前又想站着等她的时候，近面并肩而来的是我那苍白瘦脸的他和王了！我朝前去惊喊了一声，接着我那病后不耐激刺的衰弱的神经便昏眩下去了！以后是如何的躺在冰华的床上，如何地给他紧紧地握着手儿，皆非我所知道了，一直到恢复意识的时候。

谁能想到和我日夕相处的王就是他昔日的爱人冰华呢？谁更能想到诀别远去的他，又会和我和她相逢于这黄浦江畔呢？……

自别我后，他是在省度过了残春的，几天前跑到上海来流浪的时候，碰见了故友，因而得到她的消息，更因而和此生以为不可再见的我重逢了！我们去年那段痕迹，不消说她是知道了。她再三劝慰我，让他和我对谈，自己反而跑到外面去！那真使我不知所措呢！……

唉！“爱不是独占的，……”但我们三个能永久维系这样的关系下去么？……不能，不能……能，……能，……我真不知以后的生命史上，又要掀起怎样的波澜呢？

我这段不完整的日记就让它在此告终了！以后——我真不敢再设想这“以后”两个字呢！……天呀！

友人 C 君

友人 C 君终于在秋风海上正黄昏的异乡里和我们把晤着了，这看来真有些近于奇迹！

就在那天晚上，我和朴刚好踏着路旁落叶，从工作所跑回我们的亭子间里，坐下去悠悠地吐着几口气的时候，耳际忽地跳跃来几句喊着“朴兄，朴兄！”底纯熟的乡音，接着后门也被轻轻地敲打着！

“哟呀！……”我们都诧愕着！“这儿还有谁个故乡的朋友会找我们来呢？……”

我连忙从窗口俯瞰下去，来客的瘦白的脸庞恰好望上来和我打个照面！

“哟，是 C 君，C 君呀！……”

我还没有把头部调转回来，朴已经泻水一般在楼梯上滚下去了。

大家都颤动着指头紧紧握了一回手。我看 C 君，他的唇微微地在颤动着，枯涩的眼里现在好像浮上一撇的光芒。

“真想不到的，C 君！你竟来了！你……”

“你此刻刚上岸的吧？真想不到！一个人独自跑来的吧！？……”

“唉唉！……此刻刚到的……唉呀！……”C 君的样子兴奋极了，但依然是叹着气的调子！他并不把眼光来答复我们的脸孔，忽然紧紧地打叠起两道眉峰，有些惶惑地溜视着一切。

“唉唉！这就是你们的房子吗？分租的？”他在小桌旁坐下了，

还没有抬上他的眼睛，而且声音是很局促的。

他开始好像很不相信这样狭小湫污的亭子间，便是我们两个的睡觉吃饭……之所，后来，他把眼睛很急速地向我们闪视了几下，点着头。

我自然性急地追问他为什么突如其来的原故。

“唉唉，这非一两语所可尽，慢慢再谈吧！总之，唉！……”他叹气了！

终于朴穿上外衣同他一道出去了。C君只是兴奋着，局促着，好似我们这亭子间正从四面八方向他缩拢了来，他坐不下去，站起来说要朴跟他一道到旅馆去安置一间房间，检点行李，以后让他躺着休息一下。下楼的时候，我竟担心着他那不安定的腿儿会踏了个空！

我坐下来把汽炉生了火烧饭吃。眼看那水蒸汽渐渐腾突出来的白烟，竟悠悠地想着过去我们在故乡和他一道游乐谈笑的种种印象来。

正是去年溽暑退尽的时候，我和朴在南中国的故乡底一所村落里做学校教师。学校和我们寓所的距离大约有三四里路的光景，两人就像鸟儿般早出晚归，天天跑过那村里的小官道。河沿，田塍，和一个小火车站。差不多是到了中秋节的前几天吧，那天近晚我们正一前一后地静听着各人沙着地的步声，迎着天末和山尖间的落霞，由校里打从火车过后的车站前面跑过的时候，背后忽然添上了第三者的渐近急促的步声，快到身旁了，我们都下意识地掉转头去望望，却出不意地碰到了别有经年的C君！

C君是这村里一位过去算是第一个大地主而现在已经衰落下来的南洋富商底子孙，是朴幼年时代在一个小市镇里念书的同学。此后C君过的完全是公子哥儿般的生活，在家园里幽居着读读古书，种花饲鸟。他写得一手很稳贴的魏碑，而且，几年以前在我们那小市镇的一家报纸上还每天都有他的旧诗词发表，所以，虽然只有晤过一次面的我对于他也有点难忘的印象。

当下 C 君在他薄瘦的脸上透着惊喜的光彩，彼此互问了一些近状之后他便邀我俩到他家去坐谈。

他底家庭是一个四五十人口的大家庭，那种繁荣过后的零落气氛也特别表现得厉害，大厅上的雕梁画栋不用说早已封蔽了层叠的蛛网、尘垢，就是那些黑压压沉甸甸的几桌古玩之类也失去它陈设点缀的任务，而变成晾晒衣服的架子或旁的实用的东西。

C 君再引我们到他的小书房里去。这儿虽然陈列得古雅幽朴，可是也充分地暴露着主人翁的颓废浪漫的情调。而使我感到注意的却是在周遭那古色古香的藏书里面，却杂混着许多新出版的文艺书籍，伪造月刊和张某的恋爱小说集都一册不缺地被插置着。就在这小小的书室里，C 君度过了他的青春，也许还度着他往后无涯的岁月吧？这使我不得不把惊叹的眼光来细细地观赏着。

那晚上就在 C 君家里饱吃了一餐。酒后，木讷无言的 C 君却慷慨激昂地纵谈起来。开始是对一般社会现象的不满和谩骂，批评；他的他的双眸虽然在红色的脸孔上炯炯地闪着光辉，可是悠长的叹息也渐渐缓和了他的情绪，到后来谈到他自家的生活方面来时，他的那对醉眼是比早间更其黯淡了！他说，他虽还没踏进社会的核心去，但只是这样地站在旁观看看已仍够使他吃惊和烦恶了；所以数年以来的他只抱了跟社会越离开越好。人家把他忘却了，他也忘却了人家，远远地躲藏起来。可是，他再说，到现在事实已告诉他这是不可能了，失败了。佃户已不愿意白白地给他交租，米谷收回的不及从前一半；族长乡绅们也看穿了他是再也不能发展的子弟，房屋园池骗上了手还逢人就数说他的不是；一班的朋友青年却骂他是落伍者，偶尔在路上碰见时只有投射他以轻蔑的眼色……而且，母亲和妻子不是整天卧病便是时时吵闹，委实，这生活非变更一下不能了，何况自己内心也起了巨大的波澜！然而要怎样的把生活变更呢？要怎样来投进这凶恶、混乱的社会呢？不消说自己是个十二分的弱者，自己现在就陷在这苦闷当中！

“唉唉！这些事情我真不该多说，说来是败坏你们的心绪的，我们今大是意外的重逢。唉唉！还是多喝两口酒罢，这酒倒还不差！……”

这个小世界终于起了震动了，时代的洪涛终究冲激起来。我们谁个能不给卷进波浪里去呢？

午夜的秋月是皎亮极了，辞别的时候，C 君特地走进家里去把家藏的一根铁手杖找出来拿在手里，送我们过了一道小桥才独自回去。

以后 C 君成了我俩在这村落里的唯一友侣了。一遇假日，那南国村落里缀满红叶的小丘，碧草如茵的郊原，总少不了我们和 C 君的足迹；尤其是秋夜的小河上闪烁着晶莹的秋月，朴和 C 君总是轮番地自己划着小船，泛乎中流，呼啸谈笑着的。冬天到了，晒着和煦的阳光，三个人躺在草地上悠悠地聚谈，看看稍带苍老的青山，照照清流里的倒影；或者就在夜里圆坐室内，喝喝 C 君的家藏宿酿，听听窗外尖叫着的北风，直至深夜才分手的时候也有过的。说起来，这种幽花般的生活原是舒适的，但我们怎样把那艰苦中获得来的意念让它消沉下去呢？我们已决定远别故乡，干我们所应当干的事业了。至于 C 君，近来谈话间叹气的成分已减少许多了。有的时候他简直像小孩子，无邪地张开着口儿在探听一切的理论。可是他的根性支配了他，环境若不把他从那小世界里紧紧地排挤出来，无论如何他是不能够用自己的力量跳跃出来的。

寒假到时，我们结束了这样的生活暂时回到 C 市去。临行那天，C 君挽着他一位四岁大的孩子来小车站上送行。他是晓得我们快要到上海来的，只不住地叹着气，说自己真没勇气来摆脱一切，不然他一定突破了这牢狱一样的故乡，飞出去的。

火车开行了，孩子睁着一双大眼睛对火车表示无限的诧愕，他是从来还未曾看过火车的，虽然车站离家只不过三儿里路程。接着他便哭着硬要攀上车里来跟我们一道，弄得紧皱起双眉的C君只有不断地叹息，给在怀中滚哭着的孩子弄得窘急万分。

我们到这儿来后虽曾给他几次信，可是只得到懒于写信的C君底一次简短无聊的复音。今天，他竟老远地从数千里外的故乡跑到这儿来了，终于别离了他念念不舍的妻儿和那个小世界独自漂泊到这儿来了，这还不是值得我们诧愕的一回事么？

旧梦追忆完了，我的炉上的饭菜也已经熟透了。

隔天早晨，朴到工作所里去了，他是不能再请假的。我偷空把几天来积下来的衣服洗一洗，出门的时候已经快敲九点钟了。我想：C君定在旅馆里延颈地待我领他找房子去吧。

匆匆地找到那旅馆，踏进房里去时一看，C君还在床上揉擦疲倦的眼皮。

"呵，你睡得好吧，昨天晚上？现在看看就快要日午了！"我坐在椅子上看他慢慢地单把牙齿就刷了半个钟头。

"忙什么？唉唉，等吃了早点一同去吧！"

只有一宵，C君又恢复了悠然的态度了。

"过了上半天旅馆要多算你一天房金的，我们还是把行李托账房之后快点找房子去吧！"

"这倒不要紧，横竖脑子里还是昏昏沉沉的，在这里多住一天也便当的。"

我一想，C君究竟和我们不同的，此次出来钱大约还带有一点吧。但以后却不晓得要怎样生活下去呢。想到这里，我忽然看见壁角的一只网篮里面，C君把它装满了古今书籍从故乡带出来！

“你想把它们带出来干么呢？拍卖么？”

“拍卖是舍不得的！唉唉，就是这些东西讨厌煞人，丢在家里和带在客地都是麻烦的！唉唉，还有那只大皮箧呢，也装了书的；不过无聊的时候看看倒是需要的。”他还指着床底下的一只旧皮箧说。

C君总算把脸孔洗好，把衣服穿上了，才慢吞吞地喝一杯牛奶。

“房子的事情午后才去找好吧，此刻，想请你先领我到几个大公司去看看吧，因为……”C君披上他的秋哔叽长衣。

“你想买东西么？也可以的。”我想，C君为什么想起要瞻仰物质文明呢？

大公司刚好大减价着，里面汹涌着各种人的混流；我和C君也滚进这混流里面，无目的地滚来滚去滚得神经衰弱的我有点眼眩起来！

“你究竟想买些什么呢？……”

我把眼光跟着C君看身上时，才发现他有些滑稽得可笑的表情和动作了。他背着两手拉长颈子地向每一行列的货色走拢了去，低下头又匆促又想经心地观赏了一下便走向旁的；时而把惶惑的眼光投射着左右的买客们接着又转过头来对我望望，好像要说些什么但又噤住了。他有时皱皱眉，有时轻轻点点首，但可没有把气叹出来！

“你想买些什么吗？……”我再问他。

“我呵，……看看罢；这里的东西真不少！每种都给瞧瞧罢，有可以买的便买些。……”我看见他说话时两唇在微微地颤动。

我们跟着人流滚上公司的第一层楼。这儿陈设的比楼下更为华美——是妇女们醉心眩眼的服料场。印着灯光而闪烁着缀了珠珞的，从上面低垂下来的什么外国纱，简直透明轻软得没有东西可以把它形容，其余的绵绣罗绮也艳丽得很。这儿不是男性所憧憬的境地，但C君却睁了比刚才更其惊叹的眼光站得远远地一一视望着，顾客稀少的地方，还偷偷地伸出指头，忸怩似的摸娑着每种不同的东西。

“明君！你，你看这……家里人说要我给她剪一两件衣料寄回去，你看这一种怎么样呢？……”忽然，C君回过头来不好意思地对我轻轻说着。他在替那爱慕着上海的繁华的妻领略着这些罪恶的诱惑吧？

“很好罢！我想。”我是不懂得的。

“这一种呢？……呵呵！价钱都是太贵了，看不出的！唉呀！”C君的一口长气终在这儿叹出来了！他摇着头向我苦笑。结果他买了每码不到一元的旗袍料两件。买后他还不死心，一直把差不多每种东西都远视近视地饱看后才跑上二层楼去。

二层楼在开着皮鞋和首饰等的展览会。在这儿C君看中了一只镌有英文字母的金戒指和一对高跟女鞋。接着他踌躇起来说不晓得要单买哪一样好。后来他发现了皮鞋的价值要十多块钱，他开始是皱了眉恨恨地对它们谩骂了几声，终于两件东西都没有买到地跑开来。

我又跟他跑上了三层楼，四层楼。顾客稀少的地方店员们尽管张开眼睛在向衣衫不漂亮，只有观赏而没有购买的来客们加以监视，好像我们就快要犯了罪的样子！我把C君催了好几次了，但他甚至连搁食物的漆器，大小便用的东西都不放弃地看了一遍。

我们走到最末一层来了。C君一眼看见了小孩子用的小汽车、摇篮、小木马……便孩子似的欢呼起来！他说他五岁的孩子因为瞧了邻居家做了政客的叔叔，由香港买来给他儿子的小摩托车便哭着要了好几次，但村里和C市都没得卖。现在，他说，这辆红色的就比那个漂亮多了，应该买给孩子了。他甚至连要怎样寄回家去的方法都给我商量起来。

“还有这只睡车也买给我去年出世的S儿，如何？哈哈！”C君似乎感到自己兴奋的态度有点难为情了，便很装做地笑着。

“当然好的！”我也陪他笑着。

“可是，呃！……”他似乎从美梦里惊醒转来，连忙俯下身子去看东西上的价目表。

“哎哟！这辆小汽车就要三十多块钱一辆！”这瞬间他脸上的阴影好像一重云翳般袭上来了，他暴露出来的苦闷使我心里跳了一下！

“他妈的！……”粗恶的咒骂毫不经意地从他颤动着的唇边溜将出来，接着他的表情由苦闷变成紧张了！“用炸弹来把这些炸成粉碎！只有他们能够享用吗？……”他喃喃地自语着，我却不觉暗暗地笑了！

我们终于坐了升降机下来。在楼下C君的情绪好像缓和了许多，又买了一打毛巾和两张小孩玩用的有声画片。

这时已是午后两点钟了，我的肚子饥饿得很。而C君呢，他好像完全忘记了午餐这一回事般，恨恨地，同时又是恋恋地和我走出这大公司的铁门。

C君独自在一个亭子间里住了满满的十天了。我们因为白天都忙，晚上哩，总是偷空到他那里去的。见面的时候他不是唉声叹气地吐着这大都市的一些牢骚，便是关心似的给我们数说二房东太太以及姨娘的怎样可恨，讨厌。而对于自己到这儿来后底生活，底目标，除了叹着长气之外他是避开不谈的。我骇异，在故乡已经起了向新生活追求的波动的C君，为什么到外边一受到更浓烈的激刺，却反而消沉下去呢？现在，除了转变过去对一切势力屈服着，投进它们的营垒以外，故乡他还能回去吗？

他只是茫茫然地躲在亭子间里吃他每天两次的包饭，到后来，他路也不愿意空跑了，就连对我们的晤谈也不大愿意的样子！

一个星期天的下午，我们跑到那里去把他紧闭着的房门敲打着，等了好半天C君才从门缝里伸出睡眼蒙胧的脸孔来！

“对不起，你到这时候才起的身吗？”看了他那全无表情的脸孔和大而长的呵欠，我不觉笑了。

“昨晚上三点多钟才睡的……”

“为什么弄得这样晏呢？睡不着么？”

“睡倒是一合眼就睡着的。夜里看看一些书，烧点东西吃，也不晓得怎样，不知不觉就到了三点钟了。大概每天都是这样的。”

“大概孤独的人总是喜欢深夜，而愿意把纷扰的白天消减在睡梦中的。”朴笑着说。

“今天我们一同到郊外跑跑好么？你整天躲在屋子里是不好的。”

“这有什么好不好呢？出门如果没有汽车，还是不出的好吧，讨厌极了！……”

“究竟，C君呀！你想怎样生活下去呢？你要凭自己的力量勇气来找寻自己的出路，这样一天捱过一天是危险的吧？……”朴忽然很坚决地这样说出来。

“唉唉！……这有什么法子呢？虽然现在已经是事到临头，但是，我有着的只是一个不健全的身体和灵魂，喊我如何冲向前去呢？社会于我真没有办法了，我只好……唉唉！真是没有办法呵！……现在衣袋里还有余钱，我们喝喝酒去罢，这个秋天！……”他有点兴奋起来的样子，赶着洗脸和穿起衣服来。

又过了几个星期，C君的旅囊告罄，而他所唯一希望着的在南洋的叔叔会每月寄给他些用款的希望也决难实现了。他把剩下来的几块钱买了船票才跑来和我们告别。事前，他是没有下决心的。我们也偷空送他到码头上去，船开行的时候，他那枯涩的两只眼眶里忽然流下两滴清泪来！

“我自己明白自己的薄弱，懦怯！真理不是我可以追求的东西，我以后将不能过着人的生活了！唉唉，这有什么法子呢？……只望你们，你们比我好得多了，社会是需要你们的，你们努力罢！……”

我们看着他那凄惶的影子渐渐远去，我们对他绝望了！

以后一直没有得到C君的消息！

无着落的心

她喘着气，听着自己心房“卜卜”跳动地把两只跑了三几里路酸得麻木了的腿儿一步步很费力的把整个困弱得就要躺下去的身体再由二层楼搬运到三层楼上去的时候，她那张大着的口和鼻子里忽然饱吸了一阵马桶所特有的很浓烈的臭味去。接着，那展开在眼前的长栏上，陈列着一个个的盖子半开着的红木马桶。差不多每个房间门口都放着一个。

她呼吸急促地没奈何把两条腿增加了速率，跑过了几个马桶后，向差不多临于中央的十六号房子里进去了。

推开了房门一看，里面空虚得一点声息也没有。照例，同宿的那三个同学是都出街去了。她走到自己的床位上便连忙把上半身横躺下去，手里拿着的一包东西也散掉床上。

茫然地让呼吸逐渐平息下去之后，把身子转侧了一下，不觉这样自语着：

“真累死了，又像去年病后般衰弱呢……”

勉强站起来，她把困得两脚热痛的破皮鞋除下，换上了残旧而把来当拖鞋用的陈嘉庚鞋，就势把身子运到桌子旁边的椅子上去。

一阵三月杪的春风，刚由栏前掠向窗子里吹来，她眼望着那微起波纹的帐子，茫然地四顾，落漠的情绪突地袭上心头，她冷峭地感到伤感的意味了。

“唉！”她再感到那可爱的苍白瘦脸的他已不在自己眼前了，眼前有的是萧索凄清的空间。

栏前再送来了一阵轻风，风过处，寂静得如同墟墓一般的空间，她只听着自己那贫血的心房的有节奏的跳动！突然，心头几阵酸溜溜的莫名的眼泪又浮荡在她眼眶里了！

“不，不伤感的！”她铁似的心里这样坚决着，站起来跑出去了。

循那长栏一直走去，她想到那同乡人的同学房里谈谈去。她们是两姊妹，大的和爱人看马戏去了，她在路上晤到的小的一定在房里吧。

她匆匆地跑到那里，看见房门紧紧地闭着，窗子也关着。她好奇地伏下耳朵，在门子的锁孔里静听时，里面是一些衣服磨擦的声息。她想，小的一定是洗身浴呢。但她那自己带来的浴盆却依然安放在门口。“是睡中觉的啦！小的哪一天不午睡！”她不想惊扰她了。“自己连睡午觉的福气都没有呢！这样寂静的……，怎么白天总不能入梦呢？越静躺在床上越是心头虚跳得呼吸急促地急闷着，……唉！……”她呆站在同乡的门前，不想回去又不愿进去地茫然着。

她把懒散的眼光投射在楼栏尽处下面的一片郊野了。郊野上青得可以染指的麦苗正微微地翻着碧波，还点缀着那黄的油菜花儿。她生长岭南所不曾看过的柳絮，也飘飘荡荡地在她眼前飞来，沾着她的胸前。是“菜花黄柳絮飞”的时候了，她忽然忆起不知什么作者的两句新诗来。

渐渐地把眼光远望了去，到后来把它着落在苍茫无际的天末上。她陷在深沉的迷醉里了。但又渐渐地恢复了意识，伤感地觉到那个可爱的苍白瘦脸的他是不在身旁了……她再把意识完全恢复了，转身在房门上敲了几下。“哪一个？”小的在里面像突然给惊醒转来般喊着。她恨自己真的太多事了，找着那说不下去的小的做什么呢？自己为消除无聊却搅扰了她的春梦。她刚想转身回去的时候，小的已把房门开着了，露着一个红红的脸孔和迷醉的眼睛出来。“对不住，你刚睡着吗？……”她从门隙里看到一只穿着暗红色洋裤和黑皮鞋的男人的脚，连忙退缩了几步，“真对不住，不要扰你的好梦了，下次再来谈吧。”“我以为是哪一个呢，……不进来谈谈吗？……”小的慌张着吐出这样的话，但她已赶快地跑开了。

“呵，没怪她不出街呢，一男一女的在里面谈情，……他们真会享乐……。”她不觉替他俩的谈情描想出种种方式来，而眼前是一个个的红木马桶。

到了自己的门口了，她不想进去的，又循着长栏走到那会咏几首吴梅标诗的C的房子。C是四川人，她无聊的时候常常跑来叫C谈峨嵋山的风景的。

她扑了一个空，C的房门锁着了，她无精打采地再走回去。看着每个房门都挂着各式不同的西洋锁和放着一个同样的红木马桶，她想：她们都出去了呢，没怪娘姨把每天洗净一次的马桶摆成这一行列，马桶的臭味尽在蒸发着。她不得不走回房里来。

房里仍是布满着伤感的情调。她呆坐了一会，把床上早间带回来的那包东西珍重地打开来。

她未打开之先，就预感着里面是好吃的糖果了，是她临别时他暗暗地由抽屉中拿出来送给她的。果然，里面装着一只红透了的苹果、几块巧古力糖、一盒十支装的双喜牌香烟、四只鸡卵，还有……还有两枝可以拿在手里吃的连着小圆木杆的红色和橙色的杆头糖……。她把这些一件件都孩子似的玩赏着，每件都细细地嗅着，拿起来又放下去的摸娑着陈列在桌子上，最后她两只手握着那两枝糖，沉陷在回忆中了。

元宵节那一天，她和他在故乡勉强凑集了些最后的少数的银子，漂泊到这黄浦滩上来。想把生活转变一下的她来G大学读些书；他想在上海靠文字为生的过着著作生涯的只不上两三天，他便病倒了。几天之后他好了，她又连接地病倒在两人租来暂时维持居住的亭子间里了。

他和她这两副被现社会制造出来的衰弱的身体，由岭南跑到这北国来，单薄的棉衣抵不住刀似的寒风后，便感冒了风寒了。她一连卧在行军床的被窝里过了几天，热渐渐退去了，但口里又淡又苦的难过着。客中不比在家，要一点酸梅陈皮之类的东西吃是没有的。她不住地对着那奔走于煮饭泡开水的他说着思家的话来。“眉，有好东西给你吃呢，不怕口淡了罢？”一天他由外面买了菜回来，手里还晃着那连一枝小圆木杆的橙色的糖给她看。

她接过来，孩子似的含着它，向他笑着说好吃。“我们 × 市不见有这样好看的糖果呢！你在哪里买来的？……”她由口里把它拿出来，握在手里玩赏着。

“我的孩子！看你这样大人了，还贪吃呢……这里要什么更漂亮好吃的东西都有着呢，等你好了的时候，我再买些来给你……”他吻着她的笑脸，把握在她手里的糖果塞到她的口里。“你也尝尝罢，甜里还有橙子的酸味呢。”她再由口里拿出来，送到他的唇上。“不，我不想吃，你自己多吃点罢。我看看你这样喜欢地吃着真可爱极了……眉，你瞧这里还有一枝呢。”她看他从那包着两只鸡卵的纸袋里再抽出一枝红色的同样的糖果来。

“呵！你买了两枝吗？……好，这一枝你一定要吃……”她更加欢笑起来。

“不，还是留给你等一刻吃的好。吃完了那一枝就吃这一枝好吗？眉，快点吃吧，不要尽握在手里看着……”他再在她病弱的脸上吻着她，也忘记自己是在寒雨霏微的客中卧病着，也把平日积在心头的过去和未来的种种悲哀烦恼在一时忘记了！……

有什么法子呢？带来的少数的钱交了学费和超乎预算的杂费之后，便罄无所有了。投稿碰了不少的壁后，他的靠创作过活的迷梦也醒转过来了。为了要得每月少数的工资来维持两人间暂时的生活，他不得不忍心送她到举目无侣的学校宿舍来，自己却撑着病弱的身躯，在忙着整天做讨厌的工作，还幸而是碰到了天大的机会呢。不然，俩的生活途上又不知要如何流离转徙呢！……

那可爱的苍白的瘦脸没在自己眼前、身旁了，……包围着自己的是怆凉的寂寥的氛围气。她两手尽量握着那两枝糖果，蒙湿的眼睛尽呆注着，她心头更酸溜溜地又是伤感起来了……

“呃？……不要想这些！”她略微兴奋地跳将起来，把手里的糖果放下了，却从纸盒里抽出一支香烟来。

燃上了它，她慢慢地让烟一缕缕从口和鼻喷出来后，忽地感觉身子有点冷，然胸口闷塞着，脑子也有点昏眩的。这是她每逢隔了些时没有吸烟而第一次吸下去所有的现象，但她仍很满足地再吃力地吸了一口，眼光随着游移飘散的烟丝飘去，终于着落在案上那架影片上去。

架上嵌着他和她的两个分开的上半身相，上面题着“青春”两个楷书。俩的圆满的脸上都表现着青春期所特有的幸福的微笑——像毫也没有梦想到此时此刻的伤感的微笑。这是俩在九年前中学生时代所拍的照了。她注视着它，眼光移射到它旁边的两只鸡卵上去。手里的香烟已燃去两三分长的灰烬了，但她并没顾到，——他屡次买给我的东西都含有意思的啦！我在校里每天吃着最低级的包饭他是知道的，他买叉烧肉给我、鸡卵给我……，不是想给我吸收点滋养品吗？唉！真是每食不见肉味呢……。但是这于病弱的身体可有什么补益呢？即使健康了起来，也抵不住社会的压榨啦！……倒是他啦，可怜的他为我要每月不劳而获地白开销了他的工值的几分之几！看他桌子上的那瓶 Palatal 尽是剩余着小半瓶不让它空，他还怕以为我不知他的苦心呢。唉！这个圆脸和现在他的苍白的瘦脸……！她不能抑住伤感地爆发了，眼里忽然滚下一滴眼泪来，恰掉在包着糖的花纸上面。

心头不住酸溜溜地，泪珠竟接二连三地滚下。脑根有些胀痛，也感到夹着香烟的两指之间快要燃尽的灼热了。她有些清醒地又重重的下了一个决心，把香烟的足够半寸长的灰烬敲去了，这样的自语着："不，不要尽伤感了！真懦怯呢，自己的心情都不能克服吗？……"她伸直了一下身子，猛吸了几口烟，站起来把残烟抛向窗外去。眼送着它那红红的一点火星向下面降落去之后，又茫然地坐下来。

她年来薄弱的伤感情调，跟着她的衰弱的神经，成平行线地展开着了！从前铁般的热感渐渐销熔成沉着的愁闷和烦恼了！她想：这般弱的心情完全是生理所赐与的啦！

她再把桌上带来的东西都一件件收贮在那只旧饼干箱里，坚决地从桌子上抽出一册课本和英汉字典来，掀开了它想读下去，但忽而她又转了念头了，——呃！我真不该再埋头于这些讨厌的可憎恨的课本上了。自己既然觉悟到这些书本都替压迫自己者增高和巩固他们的地位和思想而产生出来的知识，自己何苦还想多迷恋它这两三个月呢？……她自入学以来，环境把她对所谓高等教育的贪欲完全醒觉过来了。她在校里所得来的刺激除掉对那专以造就贵族阶级为目的的学校，那班灌输着害自己的学识的教员们，和那些每早上捧着厚厚的洋装课本，坐在富有弹性的自用黄包车上，一面预备功课，一面让身子舒适地给喘着气的车夫拖到学校来上课的同学们的憎恨和厌恶之外，只有在上落课时拥挤于群众之中，看男同学的漂亮的西服和光滑的头发；女同学的一堆堆给裹在艳丽单薄的旗袍子里所突出来的肉感丰富高耸着的臀部的摆动所感动的滑稽材料了。她痛悔这一次失败的计划，她对中国现有的教育根本灰心，她更苦闷着自己不劳而获的白白消费了那苍白的瘦脸的他的劳苦得来的工值的几分之几！

——应该赶早工作去了，让他可以多得点剩余的工值来稍微满足生活上的必需啦！自己真该死极了，怎么不早点舍弃这毫不足恋的什么大学生生活呢？干！干！明天不要上课了，就和他说明这决心去吧。自己这样神经心脏都衰弱的人，读不上一个钟头的书本就会头疼欲裂的，就使要求真正的学问还能够吗？真正的学问还是让给那先天丰足、未到社会去的学生们研究去吧！像这样一面紧抱着抽痛的头部用功，一面心里又给眼前和下学期的种种生活问题困住的人，还在迷恋着这样可憎恨的学识，那真再滑稽也没有了！……干！明天离开这里了，找工作去了……。她毫不踌躇地把面前的课本和辞典狠狠地关起了，丢到那堆高叠着的书本上去。

——干！……明天，决定在明天……！她兴奋地站起来了，自己感觉心房又是“卜卜”地跳动着。

——可是，要找什么工作呢？……有什么工作可给我做去呢？……她绕着圈子走着的两只脚突然停住地呆了起来，颓然地坐到椅上去。

她又忆起早间和他谈论着的对话了。

她下学期是再没有（他是不愿）整百块的银子可以交给那肥如白猪的学校会计员了，而这人地生疏失业和无聊的青年们充塞着的S埠，也当然不能给她找到稍微相当的职业的。所以每当她和他有罕逢的晤聚的时候，俩的以后生活问题便成了谈论的中心点了。

“做劳工吗？就使小资产的读书人性质能完全除去，而顶重要的‘气力’问题却不能应付呢……”

“对于创作卖稿这条路径完全不通了吧？……”

“就使你有多大的毅力来强忍着给三次五次退回稿子来时的失望和所受的侮辱，你也没有那样余剩的邮票费和精力呢！……文学界的黑暗正像其他各界的有加无减，这一条是绝了心罢，还提它……！”

“那么回故乡去找小学教教，仍旧过着那从前忍不去的生活罢！……”

“故乡留着两个教书位置给我们吗？上学期呢？唉……你想就明白了！”

“再在故乡找些什么机关类的职员做做罢，……不过……”

“那比教书更难了。眉呀，我们还用漂泊到这里来吗？我们这样不会适合现社会，不会交结权贵的……”

“一切都是现社会的畸形制度害得我们走投无路啦！好，克呀！就是能够在高压下呻吟着，以延残喘，又有什么意义呢？我们不如不希求一切的职业了，起来干着这根本的社会改造事业吧……”

“总是孩子气的眉呵！我们何曾不想这样做呢？但是请问你要怎样入手做去呢？第一步，就只第一步：两个饿着肚子的男女……我们是不能不暂时低头以适应自己的生存的。……而最要紧的就是要紧抓住自己的真正的社会思想，跟着时代进行，不要使它给外界的侵掠所销熔了；同时努力地对同阶级的同志们宣传，将来同志一多了，我们就可以不孤另（零）地干下去了……。”

“但这理论也是适应于理想上的，……好，克呀，不要谈这个终无解决的问题吧。我特地带了针和线来，你的破袜子拿出来给我罢……”她看那苍白的瘦脸上浮着了兴奋的红晕。

“真不要谈了，每回都……这个学期还有两个足月的时间好在校里寄托着呢，你安心地多读两个月的书吧！……后的租屋问题、职业问题，……不要管它罢……。”他苦笑地安慰着她。

“……”

“……”

——呵，呵！难道天地之大，我真找不到一件可以做得的工作吗？……两个月，只有两个月，端午节一过了，学校也不客气地关了大门，十八块钱的宿费权利便宣告断绝了。那时，请问那时要到什么地方寄居去呢？亭子间，最低限度的亭子间也要五六块钱一月啦，自己没法子赚钱，难道叫他连饭都不用吃的单给我一个人白消费去么……

——呵，自己这个时候还住着高耸着的洋房子的宿舍，读着每本足值一个月的房租的洋装书吗？太滑稽了！太滑稽了！……

“小姐，嗳唷！自家一个怎不看影戏去呢？……”多嘴的娘姨把红木马桶挪进来后，还为她揩着两星期一次的地板。

她没有答应地跑到栏外去让她揩着。

——自己现在还过着小资产的要人服侍的生活呢，真不该了。说不定两个月后自己也变成娘姨，给人家揩地板啦，在这里人地生疏的谁知道？……其实，她们娘姨每月所入的工值并不会比在故乡当小学教员的我们减小呢，生活尽可以维持了，而工作怕还要写意点吧……。虽然要受雇主的气，但不比着要替校长校董们做走狗拍他们的马屁的苦况更减轻吗！……好！让我来帮她揩着罢，先学学看吧……。她倚在栏上眼光尽量跟着弯了身子的娘姨的一左一右的手势而转动，好几次想叫她站起来给自己揩去，但终于克服不来自己这小资产所残留的自尊，她暂时给落寞的春晚的轻风所陶醉了，让眼前所有的情调征服了纷扰着的。

“干净了，小姐……”娘姨把两只通红的手腕提着一大桶污水出去了。她跑进房里来后，脑里又给适才未解决的问题所盘固着，早间伤感的情调一变而为烦躁的了。

那苍白的瘦脸的他，既不在身旁可以给她发议论、发牢骚，互相对这问题重复地讨论着，她只有让心房跳动地呆坐在纷扰里！

——呵，还是创作罢，创作罢！……眼光偶尔射向案上那本 ×

书局出版的在现文坛上几夫（乎）没有人注意到的半月刊上去，她又兴奋的心里闪上创作的念头了。她曾经得了朋友某君的介绍，发表了一篇小说在这半月刊上，拿到了几块钱的稿费的。但只有那一次编辑先生算是敷衍了 × 君的情面。以后，任她再寄上了几次自问比第一次还要好许多的作品去的时候，他不但不给她发表，还理也不理的等她索了三五次才把报纸包了堆积着的一大卷原稿退回来给她。她那几次挂号寄上的邮票费的损失足足占了第一次所得到的稿费的五六分之一了（那是她还在岭南未到 S 埠来的），还受了许多期待和失望的苦恼！现在她到这里来了，可以直接把原稿再送到书局去了，厚着脸皮再做最后的尝试吧。倘若编辑先生怜而不致拒绝它那每千字一元的稿费，总有几块钱可以维持一个月的房租吧……。

——我们只要达到目的，不怕侮辱了。呵，呵！来 S 埠的目的不还是想领略各种故乡所没有的刺激么？那血汗给肥白的外国女人吸吮了的工友们，那巍岸壮大的资本建筑物所投在车马纷嚣的马路上的阴影，那舞女的腿，那漂泊无聊的各种各样的人，……这些，这些不是很好的材料吗？创作呵！……创作呵！让这些刺激和情感表露出来吧！……她兴奋起来了，心房又“别别”地剧烈地跳动着。……她感到创作热了！忙从抽屉里抽出月余不见面的原稿纸来。

——抽上一支烟吧。她兴奋地燃上了火柴，狂吸了几口又幽幽地想着过去和他同居的时候，在那只旧方桌上各据一方，各人努力地埋头写作，偶尔眼光互相接触到而微笑的幸福了。现在呢，那可爱的苍白的瘦脸已不在眼前身旁了，而那时所努力写作着的作品也一卷卷地堆在破藤箧里，拥挤得她的棉袄都没有位置呢！……

她眼跟着游移缥缈的烟丝，兴奋的心情有点平息下去了，失望和茫然渐渐从平铺在眼前的原稿纸上幻将开来。也只坐着让烟丝从鼻孔中纡徐地喷出。

——真不要这样子茫无头绪了。写，写下去！写好了不能发表就留给自己和他欣赏吧！创作，……为艺术而艺术吧，……横竖书既不愿再读，工又一时找没有到手……，满足了自己的创作欲才打算生活问题吧……。她再兴奋起来了，把钢笔饱蘸上了墨水。

——脑里所有的题材太繁多了，……那个独轮小车夫的给汽车轧断了腿；……那女工的姘夫；……江先生的家庭；……同宿舍 G 的时髦女学生生活；……表现革命热情的；……描写小资产阶级的心理的；……这个时代要觉醒人们的，是描写被压榨者惨酷的生活呢？……那个车夫的血泊中的断了的腿，……她真是兴奋起来了，自己感到心房像要跳开躯壳般腾跃着。

——呵呵！不然不然！还是表现伟大的革命精神吧！朋友 A 的为革命牺牲真是可歌可泣的一段材料呢。唉！……她陷在难决的纷扰中了，究竟是采取哪一个材料好呢？从前和他对面创作的时候便可以抬起头来叫他代为取决的，但现在苍白的瘦脸没有在眼前了。

——不要给那些所纷扰着了，就把自己现在这样的心情环境描写一下不好么。自己给压迫着的生活和小资产遗存着的行为心理尽可以做材料了……。好！就决定这样写下去罢……！她又狂吸了几口烟。

——呃？这样写下去又是自己无聊的诉苦状罢了！有什么意思什么内容呢……？他不是说以后不要像一般作家般以自己无聊的生活实际把来赚人家的同情吗？……呃……她把原稿纸上已经写上的“她”字涂去了，脑里又给那些无系统的材料纷扰着。

寂静得如同墟墓的长栏上，突然地远远传来了“达达”的高跟鞋的声音，她的注意力给它吸住了。房门响处一阵脂粉香浓烈地扑上她的稍微张开的口鼻，三几只裹在薄如蝉翼的透明的丝袜里的大腿浮动在她眼前了。“哎哟，真想睏啦，眼睛酸得来……”两个同居的一踏进来便高声喊着，接着是一阵嘻嘻哈哈的笑谈：“Mr 李，Mr

刘……Miss 朱……You had sweet kisses……惠罗公司……旗袍料子高跟鞋……”她俩正叽里咕噜地谈笑着，鞋声响处，邻室同学又应和着交谈起来了。

——糟了糟了！……不能创作下去了。……她知道她们是由电影院回来的，非等到吃完晚饭后不再出去的了，即时整个的房间里不啻开了几个留声机唱片，叽里咕噜地喧哗谈笑起来了。

——把时间错过了。唉！不能写下去了，……不知做什么事好呢。在她俩高唱着“毛毛雨”的欢笑声中皱着眉苦闷的她，呆呆地对着面前的原稿纸出神。

她只感着自己别别地跳跃着的心房，伤感的暗影又偷偷地袭上她的心来了。她再幽幽地跑到房外去的时候，眼看长栏上暖和的落日恰射着那些红木马桶在发出微弱的反光！

最后的出路

一

午夜的都市的马路上，大商店的煤气灯和街灯照得亮如白昼，行人和车辆都逐渐稀少了，拉着胡弦卖唱的歌女们也撑着倦眼从酒楼茶室里走了出来，她们的凄冷的弦声，在归途上还很迂慢无力地拖长着。

这时马路上突然断续地来了不少的人力车，成一行列，车铃声叮当不绝。接着，还有很多慢慢跑来的行人，他们都是从 W 校散出来的观众，沿着 P 马路回家去的。今晚上 W 校的男女生表演得真动人，惹得观众们归途上还恋恋不舍地尽在追忆着。

虽然是路旁的街树都有些枯零的八月杪天气，但位置在南中国的 A 市，有时还会觉得点儿闷热的。在这列人力车中的一辆车上，艳装的若莲把小口张大着吸了几口子夜所特有的幽凉的空气，又把倦眼向前后的行人望了一望。白亮的灯光把她那过度兴奋的脑根重新激荡了起来，她已沉醉地憧憬在纷乱的幻影里……

身子忽然往下一沉，把她吓得清醒了过来，车子已经停在自己的门口了。

燃着小灯的幼婢把两扇门开了，她牵着弟弟踏入去。家里又静寂又黑暗的就像一座墟墓。

"奶奶呢？睡了么？"

"她担心着姑娘你呢！怕还睡不着吧！"

她幽魂般轻轻踏上楼来！把房里的电灯扭亮了。

"莲儿！呵，来了就好！娘担心得很呀！快叫绛桃把炖着的莲子粥给你吃，吃了快点睡觉去吧！……会辛苦吗？戏做得好看吗？"……大奶奶在床上叮嘱她。这是第一次的久别，她和女儿从来就不曾离别过三个钟头以上的。

"呵！一点都不觉得辛苦，戏是好看的。"

端起粥来，若莲只吃了两口就放下了。她像有点饿，但是又不想吃，等弟弟吃完了出去，就把房门关上了。她和衣倒在床上呆望着电灯，走马般的憧憬又在脑里腾跃着，她把早间的经过一幕幕回忆了起来。

——"这位是郑若莲姑娘，我的学生。这位是许慕鸥，我的甥女。……哈哈！"吴先生和一个比她大一点的女学生说了后，又替她介绍。

剪了发，蓬蓬的短发在镜前飞舞，男性化的没有一点粉痕香气的圆脸上，配着气概爽人的长眉大眼；身上是不加修饰的纯朴的学生制服……这便是A市的嗜好文学而负有高蹈派的女学生的雅号的许慕鸥女士了。

"久仰，久仰"，一种崇高的精神把若莲压住了！虽然相对站着，但自己像渺小得够不上她脚下的一粒细砂。自己艳丽的服装和闪烁的饰物就像给涂上了污泥般污浊黯晦……她仅仅说出这"久仰"两字之后，便不知所措地低着头儿。

因为快要开幕了，许女士向她点了头就匆匆地跑去了。

——自己真像她鞋底的泥砂呵！自己不知要怎样称呼她，更不知要如何向她道出倾慕之忱？……

第一出的白话剧叫《奋斗》，剧情是一个旧式的女子努力奋斗，找求自由自立，摆脱了社会的制裁和男性的歧视。因为A市——虽然文化和物质文明都稍稍发达的A市还有许多许多不觉悟的躲在家里的小姐们和少奶奶们，所以W中学的女生表演这剧的用意是在箴规她们，是在提倡女权。

当许女士扮了剧中的女主人翁，激昂慷慨地发挥着提倡女权，解放女子的言论时，座中最受感动，句句入耳的怕只有她一人了。略有聪明的若莲在这时觉悟到自身的一切了——在这时种下了改换一生命运的种子了。

接着是男生表演的一出爱情剧《为了爱》。缠绵的表情和热烈的拥抱，把若莲的兴奋着的心头激荡得厉害地跳着，同时也有点醉迷迷的，在早熟的青春期的她，有些领略"爱情"这两个字了。

婉曼的琴声，悠扬的歌声，也使她沉醉。

——那些白衣黑裙，半跳半跑，言动伶俐的女学生多么自由活泼；那些肌肉发达，英气勃勃的男学生多么勇伟可爱；自己所晤到的族兄弟叔侄们都是萎萎靡靡的，真不像样……他们——男女生们不客气地谈笑着，尤其……

……

"呀！"她想到这里，心头跳动得像给什么东西闷住般，不自觉地呼了一口气。

今晚上的若莲，神经太受激刺了！她卸了装再躺下去时，无论怎样宁静都睡不着了！

二

在南中国最南的K省，有一个通商口岸A市，从A市到C城有一条铁路。从这铁路向东远望，一带连绵不绝的青山和它——铁路——形成平行线般起伏着，山麓是点缀了疏疏落落的几十个小村。

附近H车站的这些村落中，要算郑富翁——五六十年前冒险跑到南洋去发了大财回来的郑和爷，是S村的大富户了。他自六十多岁回来祖国，过他不满十年的舒适生活之后，便撒手归西了。留下的是很多很多的金钱和一切穷人们所没有的东西给他的七个儿子和死了丈夫而年青的长媳妇。

“虽然你们还有的在南洋未回来见我，但最可恨的是你们的长兄先我而死呀！大嫂，她青年守寡，很凄冷的。你们要多照顾她！就把我私己的现金份中拨二万块给她，给她看着开心吧！唉……”和爷看了看站满床前的儿媳，在做最后的叮嘱。

这时最伤心不过的，是年纪只有廿七八岁，嫁过来做填房还不满三周年便死了丈夫，只有个遗腹的生下来才有岁余的女儿和没有翁姑的大奶奶了！她像哭她的丈夫般悲痛着。

妯娌伯叔们都把冷眼瞧着她，有的还说：“大奶奶真要哭够些，阿爹就只疼你一个！……二万块钱难道比有了三妻四妾的丈夫还不及吗？……”其实全无感情还有悍妾，每年多病，每天躲在鸦片烟炕上的丈夫是没有什么好处的，不过没有丈夫的苦况，又非意想所可料到的！

“大嫂，目前爹爹的丧事要用很多的钱，这三几千块钱先给你收着，等往后生意上多赚了钱时，就如数拨还你的。”比她大了十几岁的叔叔冷冷地把五千块钱的存折交给她后就跑出去了，也不等她的回答。

两行清泪在她的眼中滴到抱在怀里的女儿头上去，她想：阿翁私己存下的二十多万块钱现金，完全是他们兄弟的囊中物了，还要挖苦我这笔笔的存金！昨天父亲的遗言便在今天违悖了！以后，以后……怎么靠他们过日子呢？自己丈夫份下的生意赚来的钱，镜花水月般只好看着不能拿到！孤儿寡妇是任人鱼肉了！……

牙牙学语的女儿，睁着巨大的黑眼珠看她的母亲，“娘！娘！”不断地叫着。

“呵呵！莲儿！你长大了才晓得你娘的苦况哩！……不知你往后的命运又是怎样？像你娘……！”清泪又继续地滴在若莲的稀薄的头发上！

“你假如是个男儿，我便有吐气的一日了！唉！……”她伤心时就这样地向着无知的女儿告诉。

她丈夫的先妻还买了个儿子，名叫国忠。她给娶过来做继母时，他已经十三岁了。染了富家子的恶习的国忠，自父亲死后就像脱了枝的败叶，再也不愿入学了。终日是弄舟、饲鸟，渐趋下流，近来他竟连鸦片烟也抽上了。麻雀牌也打得老练了，有时还跟了些年少的族叔们到A市的酒楼买醉去！

自然，年轻而成天躲在房里的继母是没有权威可干涉他的。有时他入到房里来叫声短促的“娘”时，是因为他在叔叔处拿来的钱不够用，而来向她勒索的。

“不给我也随你的便！不过郑姓的钱，半个也不能给入到他人袋里的！告诉你，你们母女是半文没份的！我大了时，家产不都是我手里的东西吗？”在继母箱子里拿不出钱来的国忠，总恨恨地向着满含清泪的她示威！

眼看着妯娌们的钻首饰和时髦的华服，而自己每月只有少数的说是生意上的利息的金钱，在出身是小家女的她，却也不舍得给这个强横无赖，不是亲生的儿子挥霍。

原来她是离S村数十里远的R城人；她的婚姻是她那当了一生的店员而不曾有过很多量的灿灿的黄金的父亲所主宰的。

“丈夫年纪大了这么多，而且还有了两三个妾侍和儿子；这样的填房是不容易做的。你就把女儿许给他吗？”父亲回来报告她的婚事已经订定了时，痛惜女儿的母亲哭着要取消婚约！

“我们辛苦了一世都看不见这样黄澄澄的金子，让女儿去享享福还不好么？……他们朱门富户，不是为了女儿的人物漂亮，要和我们攀亲么？”贪怯的父亲受了妻子的怨谤虽然不好过，但回头望那装在玻匣里的耀眼的定婚礼物，心花又在怒放，代女儿幻想着许多未来的幸福！

“我们母女，不，就只莲儿是郑家的亲骨肉，却不能得到丝毫的资产吗？要你这不知姓什么的外人才有份吗？……”她只有对着国忠的背影垂泪。实际上是真的如此的，这S村一带的风俗制度是骇异不过的，没有儿子的遗产是要给买来的螟蛉子所有，自己的女儿虽然是亲生的也不敢希冀瓜分其万分之一！

“恨只恨你怎不会变成男儿！……”若莲的“娘！娘！”的娇小的声音，有时也掩不了她母亲那受重创的心儿……

三

一九二三年的春天，若莲迎着她十六岁的少女成熟期了。生长在寒村的深闺里，每年只在村中演社戏的时候出来一次便给人们加上了美人的称号的她，生理和心理都跟着青春期发育起来。黑而大的些微嫌着突出的眼珠，浓而长的睫毛，耸直的鼻子，细小的口，还配着婀娜的身材。她自己有时也对镜自负，尤其是听了人家赞美她的时候。只是因为受了多病的父亲的遗传，肌肤就有点嫌太过黄瘦了。可是弱不胜衣的小姐态度，正是我们国人心眼中的美人儿呢。

不消说，她过去十五载的童年是在母亲的娇养中生长着的。凄冷的环境和自胎儿就受了母性的忧郁的遗传的她，先天后天都贻她以多愁善病的性质！

十岁那年，因为一病数日的缘故，把若莲看成自己生命般的大奶奶便不肯给她再入塾读书了。但是聪明的若莲现在却会写一手端正的字，也喜欢把小说里看不懂的字句抄出来，叫弟弟国贤去问学校里的教员。

说到她的弟弟呢，是在她五岁那年，大奶奶从一个落难的丐妇处买来做儿子的，买来和国忠平均遗产的。现在他已经也有十岁的年纪了，在村里的国民学校读书，读了三个年头还上二年级。

近十几年来，这滨海的小小的A市真变得天翻地覆了！开辟了几条马路，建筑了几座巍峨宏丽的洋房，跟着大商店、大公司也风起云涌，日盛一日。物质的文明，由几只汽船渐渐从海路运载来了。

影响所及，这些物质发达的传说，是由那条铁路运载到C城——经傍山临水的S村来。

曾经去过在南中国人眼中认为仙都的南洋群岛的叔婶们，他们虽然站不住在这个寒村的，一回到祖国来时都跑到略具文明都市的规模的A城住去。

他们几兄弟都在南洋经营商业，其实是在那里享福罢了。留着在家里守几座庞大的空房子的，就是死了丈夫没人提想的大奶奶和一儿一女。

国忠自娶了妻子之后更不把母亲放在眼里了。他仗着经理商业的美名——他们在有些做着南洋生意的分行在A市，终是在A市狂嫖豪赌，听说已经纳了个妓女做姨太了，却放着悍泼的妻子终日和婆婆闹意气！年纪已经算老了的大奶奶，便很想迁居来A市，一方可以监督监督行里的财产，他方亦想脱离这十余年来黑暗的牢狱！幸而今年三叔们因要和他的儿子国贞完姻，从南洋回来，大奶奶便跟他来A市居住了。

来了A市的隔年，大概是受了点潮流的激荡和女儿的多番请求吧，大奶奶终于聘请了一个四十多岁的吴女士，来家里教若莲读书和刺绣。

“我的甥女——我姊姊的女儿在W中学校里念书，她们明晚要演白话剧和歌舞来庆祝学校的五周年纪念。大奶奶！你们可曾看过新剧？明晚和若莲一同看看去吧！我来这里邀你们同去。”吴先生拿了三张入场券出来。

“我们总是不敢到大门口去的，真羞——敢到学校里去吗？多谢了！”囚惯了深闺的大奶奶来A市虽近一年，连半步不曾到外面逛去。

“怕什么？看看开眼界是好的。真有趣！女学生演的新剧。我的甥女是里面的主角哩！”

“娘！和吴先生同去还怕么？……”听完了女学生做戏，把若莲的好奇心鼓动了。

“那么，你和弟弟跟吴先生去吧，我却不想看。”

“先生！你的甥女叫什么名字？读什么书呢？”若莲顶喜欢的和羡慕的，就是市上那些举动活泼，风度新鲜的女学生。她想，能和她们做朋友就算好了。

“她么？她叫许慕鸥，是个很聪明的女学生。不是我夸口，A市的女生就只有她的才学最好。她和男生们一同读书，他们的第一名都给她夺去的。她爱好文学，报纸上时时都有她的文字。”

“令甥女儿多岁了？还和男生一同读书么？”大奶奶露着惊异的眼光！

“近几年来，A市各中学都开女班了。男学校招收女生哩！这叫作男女同学。”吴先生向她解释。

“也有人送女儿去那里读书么？”

“怎么没有？现在的新女子还怕男人么？”吴先生虽上了年纪，但浅薄的妇女解放论她却非常赞同。

“娘！你看人家的女儿多么自由？我怎么连纯粹的女学校都不给我读书去呢？”

“呵哟！你哪比得上人家，快不要这样说了，在家里读不还是一样么？”大奶奶有时就嫌吴先生好把这样的话说给女儿听，把女儿听坏了！聘请吴先生来家里教书已给三叔们说了许多闲话了，给女儿入学校去还了得吗？自己的本意也是不赞同的。

四

秋尽冬来了，北风一天比一天刮得厉害了！一到晚上，虽然闹热的马路还是路灯灿烂，车马游龙，但除了暖裘大氅，深躲在汽车里或高楼大厦里的富者之外，一种萧条的凛冽却充满人间了！

若莲近来渐渐感到寂居楼上，对着喃喃念佛的母亲的家庭，有不少的苦闷了！

每晚上拥被对着灯光，听听外面在寒风里凄颤的卖杂食的叫卖声和悠然不绝的车铃声，时时莫名的郁闷便笼萦在她心上。那晚上剧场中的一切印象，便是她无聊赖时的追忆材料了！

近来许女士到她家里两次了，她把许多杂志类的书籍借给她，也和她谈讲许多她所未曾听过的言论。

时髦活泼的女学生的梦，她时时在做着，解放自己，谋自己自由的幻想也常常演着。她开始怀疑旧社会旧家庭的一切制度。

看着女儿忧郁的情形，和她的屡次带哭的请求，大奶奶的心也稍稍转移了，而最打动她的，还是当她泣诉自己的凄凉的命运时，吴先生的有力的譬解：

“大奶奶！可知我们这班全无知识的旧女子真可怜呢！自己终身的幸福都给父母一手包办，一手破坏了！现在呢！这些女学生们就不同了，自己选择配偶，不满意时还会离婚呢！”说起来吴先生夫妇也算是怨偶的！她丈夫是个卑污无情的商人，现在已经死掉了。

“我自己的都不用说了！先生，我只担心莲儿将来的命运！……”眼看女儿一天大似一天，她也为女儿的婚姻问题一天烦闷一天！

“给她入学吧，等她自己恋爱个有才有貌的佳偶不好么？……”

这样的谈话不止一次了！从前怕女儿听坏了的吴先生的言论，现在大奶奶自己也很喜欢听了。不过她心里总怀疑着：“这样的新潮流是违背了古圣先生之道的！”她想，女儿由她去吧，时代不同了。譬如是自己年少时，就断没勇气这样做了。

她和她的弟弟——给有钱的姊夫抬举在A市的×商店做副经理的弟弟商量之后，才决定给女儿入学。幸而三叔已回南洋了，可以瞒过他。可是那只知赚钱而看了少数的女学生的片面不规矩行动的弟弟，却劝他的姊姊无论如何也不能给若莲入男女同学的W校，最好还是入纯粹是女生的学校。

会诵古文会吟唐诗的若莲，却毫不晓得一点普通科学。她托吴先生请求许女士在寒假内，教她一些算学和英文，预备明年入学的基础。

平素不大喜欢交结朋友的许女士，在短促的寒假里，竟和若莲半像师生半像朋友的，不知不觉就有点爱好了。

春天到了，红的绿的花草正点缀在宇宙间时，若莲迎着她十八岁的青春了！二月初旬的南国的春天，正是繁花如锦的全盛期，她近来常常感到一种无力的沉醉，有时却又感到一些无名的烦闷！

她的学生生活，跟着灿烂的春光一齐开展了！

经了许女士的介绍，她进了 C 教会创办的女子中学初中一年级。入学的时候，报了“芷青”的名字——许女士给她起的名字；同学们都“郑芷青，郑芷青”地很好听地把她叫着。

她入学的那一天，就得了同学们“美人儿”的称号！

“这次投考的新生中，只有高中部二年级的插班生 ×× 堪和她匹敌呀！真可爱！这个学期教授这两级的先生们真艳福不浅呵！……”几个教员在教务主任——最好搔首弄姿的宋师玉房里高谈阔论地批评学生时，齐称赞她的美丽！

年纪只有廿余岁——教员中算他顶年轻的宋先生，遇到其他的女学生时虽然勉强装作得威仪凛凛，但在芷青的面前，微笑总是浮现在他脸上的！

C 教会在 A 市创办的这所女中学，有它过去三十余年的历史了。女学未发达时的 A 市只有它这一所，那是算是它的全盛期了。近十余年来，老是守着旧道德的校风大不受女学生的欢迎，差不多濒于落伍了！去年另聘了大学毕业的新教徒宋师玉来任教务主任之后，学校才算有些起色，不致给近年来春笋般勃发的 A 市女学所排挤。可是那班抱着《圣经》的老教徒们，和专洗杯盘外面的 E 国老处女的校长 G，却对他的施行新政抱反感！

初次尝到女学生生活的芷青，虽然不像同学们的活泼伶俐，但顶喜欢修饰的上帝女儿们——每晚上做手工做到十一点钟十二点钟，把工钱积起来添制服装的虚荣者的习气，她却渐渐染到了，和同学们去过几次大公司后，她便敢于独自一个地从里面出出入入地买东西了！——A 市女学生顶喜欢去的就是满目灿烂，一股洋货香扑鼻的大公司。夕阳西下的放学时间，总有不少的她们在里面徘徊着，观玩着——尤其是从青天白日旗挂上了 A 市的数月以来，妇女协会成立了，女学生的人数也增多了，街上跑来跑去，公司里出出入入的女学生真的增加了许多了！

逛逛马路，逛逛公司，都市的物质文明，给她以相当的诱惑了！

五

C 教会的 E 国人真是难得，他——她——们本着主耶苏的博爱精神，把整千整万的洋金，汇到我们国里来创办教育机关，建筑些含有 English——Style 的洋房子做学校。不消说，和租了一两间湫隘昏黯的民房，便挂起市立、私立的招牌的学校比较起来，青年学生们望了望那含着诱惑性的堂皇高大的洋房，耸起在绿草如茵的运动场上，为精神身体两方面着想，总还是低着头儿合了眼睛，跟着叫主耶苏更为上算吧！

在伸出海港的一片地上，向马路的那一方，围了一带很高的垣墙，只有一个大门可以出入，里面是 C 教会男女学校的高楼大厦了。临海的那片草地上植满了高大的灌木，靠东一隅，便是花园——E 国人和教徒们行乐的地方，遍植着那些不知名的西洋花木，和许多中国所特有的名卉异葩。在这里，向海面一望，对岸是苍黛参差的 K 山，亦是 E 国人所开辟的一个租界，廿年前只是人迹不到的荒山，现在山上山下，都点缀了许多西人的洋房子了，也成了 A 市民众唯一的游息的地方了。

这里虽然不及K山的别成一片乐土，但总算是世外桃源了——A市的市外桃源了。

这晚上，正是春风沉醉的三月杪的时候，绀红的晚霞衬着苍黛的K山，越显美丽，柔瀚地蓝得可以染指的海波上，翻飞着几只洁白的海鸥，和那往来如梭的小汽船，竞夸速率。如火如荼的玫瑰花，渐次成荫的绿树，白的楼房，楼上婉曼的琴音……这些，这些，把痴坐在小亭里的角落的芷青沉醉了。

一阵轻风发着海所特有的气味吹来，膝上那册英文课本再也看不下去了，一种软洋洋的感觉直扑上她的心和身！

——就要回家呀，多看一会儿景物罢！明天考不出也由他去了。英文也是宋先生考的，他若和昨天考算学时般……她想到这里，感得师玉对她的态度有点可疑，心上不觉跳了一阵！

“呵啦，真聪明，这次月考是你第一名了！连你平时顶讨厌的算学，也得到R了！”她的同级友陈巧娇，——顶好刺探同学和教员们的私事的，麻脸而好修饰的巧娇，露了一痕冷笑说：“宋先生往日就只用心教你一个！”

“那里的事？我的算学答题错了两个呢！你怎会知道？”她以为巧娇在骗她。

“谁和你开顽笑？宋先生亲把记分簿拿给我看的，……我们一同问他去！”巧娇又起了一层疑心！

师玉蓦地见芷青到房里来，欢笑在他脸上浮露了，但跟在后面的巧娇一踏入来时，他忙把笑收缩了去。

“先生！芷青说她的答题错了两个呢！怎么有一百满分？”声势汹汹的巧娇，准备着向宋先生进攻！他对芷青的态度也有几分看在眼里了。——“是C教会津贴他读大学的，他家里穷得很，从前母亲是在M牧师娘家里洗衣服过活的。……”她常常把这样的话告诉芷青。

她想，有钱的姑娘一定瞧不起他的——对宋先生进行不遂的巧娇时刻在想向他复仇！

“哪里会错？你自己记错了吧？！”他态度镇静地把眼瞟着芷青，想引起她的醒悟。但全无经验的她还茫然不解。“明明是错了两条哩！我考完还把原稿对过书本的。”她这样说。

“把试卷拿来检看不就清楚了么？是先生查错还是你记错。”

“试卷已经交在校务室里了。”

“呵啦，先生！我明白了！……”试卷分明是叠在书架上，巧娇尖锐的眼光和几声冷笑把师玉着了急了，他亦把教务主任的尊严放出来！

“什么？！难道我会查错么？你们学生的分数真是要守秘密的，一给你们知道就发生纠纷了！……试卷就是在房里也不给你们看的，这是学校的定例。”

巧娇努歪着嘴和她出去了。

“柴美人！”他望着芷青的背影，又爱又恨地骂了这一句。他想，童稚的她还不懂得人情世故吧？自己进行的方式有些错了，有机会的时候要亲自向她表示一下才好。

一阵晚餐的铃声响着了。娇红的晚霞渐次褪了颜色，淡淡的暮霭笼罩着一切，啾啾的倦鸟的叫声，在树荫里不绝地喧噪着。芷青很想回家去的，她料着寂寞的母亲一定在家里等她！等她回去和弟弟围桌了用晚餐了。但她总是不舍得站起身来。

“芷青，你还在这儿贪恋着景物么？春光恼人，春晚的风光尤其令人沉醉呵！……”师玉忽然在背后跑来，幽幽地对她说。

“呵呵！是宋先生？！……你们不是都用着饭么？”没有和男性应接的经验的她，独自一个晤到了满脸堆着笑的宋先生时总觉得不自然，尤其是今晚上——猜出了他对她的情态不寻常以后，她心里跳动地局促着！

“他们都用饭哩。我看你一个在这里，就不想吃去了。……”师玉早看着她在园里的，因为巧娇尚未回家，和那猫般的阴柔而喜欢诈取学生们的东西的H监学也在园中，他只好远远地徘徊着。铃声一响，群众的肠胃都在工作时，他才假着说要出街，饭也不吃地跑到这里来了！

她只红着脸低下头，想不出什么话来。

——他真的对自己有意思了！……呀！

早一点回家去便好了！达到相当年龄和看了不少的描写着恋爱的新小说的她，心里也充满好奇的尝试欲望。宋先生的尖滑的脸儿虽不见得怎样可爱，但大学毕业，洋服穿得大方，修饰得时髦匀整的青年男性，也给她以不少的诱惑！可是他家里既一点资产亦没有，又要叫洗衣妇做婆婆，这个无论如何是可耻的吧？做不到的吧？感觉敏锐的她，在这个时候便想及来日的问题。

“芷青！你昨天的算学答题错是错了的，但你不会明白我的心么？……”急进的宋先生步步迫人了！主耶稣喊得比别个青年起劲，晤到女人老是低着头，以求C教会的西人们欢喜的他，在这暮霭苍茫中，春气磅礴里，对着眼前的羞怯娇慵的少女，可再也不能使他无动于衷了！

她仍是沉默，自己感着两颊像火烘般发热，很费气力地在一种高压的氛围中挣扎着！

“你们的英文明天要试验Lesson5和Lesson7，其他的你可以不用读呢！”

“……那末，先生，用不用give meaning呢？”她勉强略抬起头来。

“不用也可以的。你的英算赶不上你的国文程度，你的国文是很好的。下课的时候不妨把课本拿来我房里，等我多教你一点。”师生的恋爱关系，老是在补习时间内发生的，他想利用这个时间。

“怕先生不得空吧！”她渐渐有说话的力量了！

“哪里？你要就尽管来！我很希望你对这两个学科多注意一点。”他想，我的心里念你念得不得空是真的，你怎么不知道呢？……但他却没有说出来的勇气！

暮色渐渐把他俩深深地笼罩着。

“Good-bye！宋先生！”把书本拿在手里的她向他点了点头别去，她的小婢来找她了。

“可爱的娇美的小鸟！……”他还尽站着注视她那经暮色包围了的模糊的背影！

六

“莲儿！怎么这样晚才回来呢？不要太用功了！你看自己的脸儿，近来给晒得多么黑赭呵！”她缓回一刻时，大奶奶便很焦心地等着，却累得无辜的小婢跑来跑去地催促她。

“这几天刚考试着哩，所以下课后还要在校里温习。”她不好意思地答着。

“姑娘！成衣的那套绸衣裙制好了，他问你要配上什么颜色的花边呢？”女婢绛桃捧着一套花纹新鲜的衣裙问她。

除了星期日进礼拜堂要穿学校制服之外，C教会女学学生的日常服装是没有限制的。任你装扮着什么花样款式，任你有什么就穿戴什么，那些争奇斗艳的女学生，便把全生命都灌注于讲究衣饰上面去！害得虽在一地而禁限森严的男校员生们神魂颠倒，也造成素以平等为口号的她们对贫富的阶级特别地看得分明！

她自入学以来，第一步革新的便是衣饰的时髦。只要女儿喜欢的母亲毫不吝惜地把雪白的花银来增长她的虚荣心，只要她一开口，便立即照办了。惹得顽劣的弟弟国贤红透了眼睛，不常回家的哥哥国忠也对她越抱反感！

“浅蓝色的，配上白花边吧。”她今晚上不像平时般把衣服踌躇研究了，心里像塞住什么东西般，懒懒地看了一下。吃了晚饭，便独坐在房里了。

——他的态度真令人胆怯，见了我老是笑迷迷地痴望着！……他是在勾引我么？不，他对我可算是温柔真挚的，由他今晚上的言动看来，他真是意识着我，爱恋着我呢！……同学中亦有几个很美丽的，怕比自己更美丽的，他怎么就只爱着我呢？……她感到脸上一阵温热，心房也卜卜地跳动起来！

她站起身来对镜凝视。

——羞红的双颊，流动的眼珠，柔蔼的睫毛……这样的容貌不见得不会动人，惹人爱恋呀？！她不觉顾影自怜，呆呆地站在镜子前面。

——要给我补习英算，怕也是他的策略吧？他真的在向自己这方面进行了！……呵，我要不要补习去呢？要，就不啻接受他的政策了！呵，不，还是不要理他吧！他不是我理想中的爱人，他没有钱。靠教会为生的人多着呢！失了E国人的欢心和信任，便不能继续地位的那样合着眼睛大喊救主的态度真是可耻，可笑也可怜！有真才实力的人，还要受这样的屈服吗？……未尝踏入社会，看了教徒们伪善的言动的她，对C宗教抱根本的憎恨！

——他与我的年龄也不相称哩，他不是已经廿四五岁的人么？礼拜堂里晤别的青年男学生好的活泼和浪漫的气概，已非在他那平滑的，刻上经验世故的痕迹的脸上所能找到了！……

——不过以初中一年级学生的我，能够给大学毕业生的他爱上，也可以算无憾了！自己未来的爱人——丈夫是学士哩！……宋先生那张装在镜框里的穿着和尚袄般和戴着四方帽子的他的大学毕业时的影片，确会使乳犬般的中学生死心塌地的倾慕着，——陈巧娇也是顶热切倾慕它之一个。

她脑根昏乱地从镜前转身倒在床上。

到宋先生房里补习与否和爱他不爱他的问题把她苦闷了一个整宵！到天明入学时还不能决断。

再过一天是星期日了，礼拜堂的悠徐的钟声把她们送进去做着像要打瞌睡般无兴味的礼拜。礼拜不单是非教徒们所最憎恶，就是那些喊救主喊得不大起劲的教徒们也感着讨厌的。可是平时被监视得不许相交一言，多看一眼的男女校学生，在这儿却能相聚一堂，謦欬相视，也给他们以欢乐的机缘——尤其是合着眼睛祈祷的时候，男女生的电子都在飞来飞去地交错着！只许自己和女教徒亲密的接触的E国老处女G，到后来也会觉出学生们这种暗通秋波的方法了。当着神圣的祈祷时间，她却眼睁睁地四面监察，意外飞来的限制把女生们吓得紧低着头，男生们也回睨它顾！在天的父一定会笑笑地赦去他的儿女们不虔诚的罪吧！

这一天，恰巧校长G姑娘病了，监押女学生们进礼拜堂的是H牧师娘——舍监和宋先生。

当喜剧开幕的时候，没有G姑娘——她们这些外国老处女顶喜欢夸示自己处女的尊严和荣耀，老是叫中国人叫她们姑娘，不叫先生的——在旁监视的学生们都精神活跃，唧唧哝哝地细语着。H牧师娘是个耳朵有些聋和眼睛有些昏花的五十余岁的老女人，不消说她是笨若母猪的；宋先生呢，因为坐在较远的男性座位上，也观察不到的。

“嘻嘻！你看台上那个导唱的两只又摆开又拢住的手儿，就像巫婆般！……”和芷青同坐的一个非教徒的同学，看了台上那年轻的牧师的滑稽手势，笑得通身扑在她怀里。

“嘻嘻！你这小鬼老是引人发笑的！……”

“那第四列椅行从左边倒数来的那个男生真漂亮！……”

“嘻嘻！他在看你是哩！快打回电去罢！……嘻嘻！”

“烂舌根，他正看着你是真的，谁不晓得你是美人儿！？”

真是，芷青认得这个年岁与自己相仿佛，富有男性美的男学生老是注视着她！有一次在路上碰到他，他竟跟随着到她家门口来，今天又把她凝视得怪不好意思的。

唱完了赞歌，是寂静的祈祷时间了，当她的眼光无意中又和他的联成一直线时，他露着一列白齿在向她迷笑，她把发红了的脸孔连忙转过来。一瞥间，看见宋先生也正睁大眼睛把视线凝集在自己脸上，她以为他俩的秘密给他知道了，心头狂跳地在低下头去！

其实宋先生凝视她得出神，并不知道除自己外还有那个男学生在向她进攻。

礼拜完结了后是募捐。今天男座里恰巧派出那个男生，女座中也派出了一个女生。两个都归顺地捧着铜盘向人劝募。银毫和铜子的声音锵锵地作响，站在台上的牧师张着伪善的笑脸在观望，他每个星期日辛苦的目的，都在此锵锵声中赏到了。

芷青的座位在第一列，那个男生行向她身旁过时，特地把她的衣角擦着，还笑迷迷地看了她一下。可恨男性就不能够向女性募捐，不然，他定高捧铜盘跪在她脚下的！

喜剧结束了，男校先列队出门时，他还不住地回头来望着她！

七

“呵哟！先生，师玉先生！松了手，我自己会写的……”一阵男性特有的似香非香似臭非臭的气性把芷青熏醉了！她感到从脸上到背上是一片温热，软洋洋地使她无力挣扎，只有口里这样说着！

急于要尝试恋爱之花而不顾结果是怎样的她，终敌不住师玉的挑引，到他房里补习已过了一星期了。

他站在她背后，弯着身子俯在她的椅背上，右手捉住她的手——纤细而秀丽，但没甚弹性的手儿写英文；左手从她背后伸过去，按在桌子上。“只要用手一合拢，整个的她是在我怀里了！……”他俩的上半身的影子映在对面壁上的镜里时，他抬起头来，不觉看得呆了！处女的肉香——实际上是香水的香，香粉的香吧——把从来不曾接近女性的他沉醉了，激刺得他几乎对着挂在镜子上面的圣像犯罪！但信徒总是信徒，饭碗的信条很快地在圣像上显露出来。想到房门是不能关上的，他像浇上了冷水般把火般的情欲渐渐熄下，只有颓然地呆望着镜中的影子。

“啊啦！先生！你写向那一行去呢？写错了行又写得不成字呀！……”她被握着的只手无气力地只由他指挥，腾跳的心房也没有注意到怎样写法。眼睛偶尔注视到纸面上时，看见上面给画上很多大圈子和直线。宁一宁神，不觉笑了起来！

“呵呵！……哈哈！……”他神志清醒起来，也不觉笑了。索性紧握住她的手不动。

“怎么？先生！……”她抬起头来从侧面望他，两人的视线构成一直线时，俩的脸上都感得难为情的羞热！

“站开吧！先生！我自己会写的……”挣脱了手儿，她颤声地说。

“要你叫师玉哥哥……不，叫师玉先生不好么？老是先生、先生的……”他偷偷地在她发上吻了一下，才松了手。

“怎么要冠上别字呢！累累赘赘地谁喜欢叫？……”

“冠上别字才显得师生的感情好。好学生爱先生，总应该喊他的名字的，你不知道？……”他走来坐在她对面的椅子上。

“谁知道？骗人的！”她露着娇嗔地把头儿歪了一歪，嵌在耳朵上的钻石耳饰，也闪了一下光芒。

“怎么？你总爱带上耳环的？女学生们不是都不肯带上的吗？……”

“谁喜带它？顽固的母亲死也不肯我除去的，我们这里的俗例是戴了父母的重孝时女人才不带耳环。所以她不肯给我除去啦！”她恨恨地把它摘了一只出来，丢在桌上。

“你怎不叫你母亲来礼拜堂听道呢？来皈依上帝吧！进了教会就不会循着这些俗了，多快活！？”他想乘机劝她入教。他知道富室的爷爷奶奶们是顶憎恶C教会的——从前贫无立锥的穷人们，因为要得外国人的资助和保护才附入的C教会，富人们是鄙弃而不屑与为伍的。自己将来的希望是很难实现吧——做富室的女婿的希望是很难实现吧？自己就是一个依C教会为生的穷光蛋，社会上全无位置的穷学生！如果她们母女俩能够成为上帝的女儿时，那就没问题了。——经过几次的晤谈，她的身世他也略知道了。

“要入C教会做什么？难道我们没有事做，没有饭吃么？要学你们这样的伪善！？我的娘顶憎恨C教会，她还嘱咐我不要给你们宣传去了呢！……”她像有意要道破他的弱点般笑着说。

“难道C教会根本上不是很好的宗教么？……怎么要没有饭吃才可皈依它呢？……”他不觉把脸飞红了，平时那种卫道宗教，洋洋洒洒的大言论也说不出口来了！桌子上的钻石耳饰在闪闪放光，他只得顾左右而言他地说："这是 diamond 吗？要值几多块钱？"他把它放在掌上。

"什么'来阿门'的？谁懂得你的话？"

"就是钻石呀！这是真的还是假的？"他似乎很注意它。

"呵啦！真看小了人！我就只有假的么？虽然这两颗不是好钻石，但也值得三百多块呢！"

"三百多块！……啊拉？……"从来不曾有过贵重的珍品的他，吓得把舌头伸了出来！拿在手里不住地婆娑玩赏。"要我教一年书的代价才能够买得起它，呵呵……"他心里这样想着。映着由窗外射来的夕阳，闪闪的光芒像在向他示威，又像在向他诱惑！

真的，学校里亦有不少模样好，读高级的女学生。宋先生之所以特别地爱恋她，想占她为己有的大原因还不是为了爱情以外的金钱？——主耶苏都给它卖去的金钱。郑和爷的富名不但为市上一般商人所熟悉，就是这不与世争的教会信徒的教育家也都知道的。

"这样少见多怪的！……"他的态度被她弄笑了。"我七婶婶的一条钻石颈饰，可值两万多块钱哩。"

"它的值钱我是知道的，不过，自来没有看过罢了。"他也觉得自己有点穷鬼相，给她小觑了！连忙把掌上的耳环放回桌子上。

"送给你要吗？给你的宋先生娘带上要吗？你们教书先生，是买不起这样地东西的！……"她抿着嘴笑着，把右耳的一只也摘了出来。只有一星期的补习便把她变得和从前很不相同了，把先生当成朋友般，有勇气谈笑起来了！她明知道他没有妻子的，但她总爱说这样的话——看他那着急地辩白着的情形以显出自己的高傲，同时也得到种莫名的快感！

"谁和你说的？什么叫宋先生娘？我不是和你说过几次了吗？我是个无家的漂泊者！……你到现在还不信任我么？……"他不大喜

欢承认他还有母亲——年青时辛苦抚养儿子，到老了独在寒村里守着几间破屋子的母亲！他时常和她说得声泪俱下，说他是个无亲无戚的孤儿！除了M牧师夫妇之外，是世界上再没有人爱他的孤零者！

“你还有慈爱的母亲，我呢？一切都没有了！”他也曾这样的安慰她！当她听了他的诉苦后，也把自己凄凉的身世告诉他的时候。

“先生不还是有母亲么？怎不接她来A市一同居住呢？”“她，她是我的继母，待我不好的！”因为要把伤感主义来博她的同情，他就不得不故意地说了违背良心的话了！

“向你说玩不得么？就要这样认真的？！”这时他那真挚的又气又恨的态度可使她感动了！“他也和我一样的可怜！以后不要难为他了。”她这样想着，同病相怜的装出笑脸来安慰他。

“以后求你不要说出这样刺人的话好么？芷青！你应该明白我的心呀！……”他想，是机会了！他看出她给自己克服了！

“芷青，你的婢子来找你呢！还不家去么？”这个时候外面有同学在喊她。

“就来了！”像舍不得般，她懒懒地抬起身来，把耳环依旧带上之后，便收拾起桌子上的练习簿和书本。红的夕阳已经落在窗外的树梢上了。她想，今天连算学都没有教了。

忆起早间他紧握住自己手儿的情形，她脸红红地和他点了点头便出去了。站在门外的小婢忙把书袋从她手中接过来。

八

每天下午放学后，她便到师玉房里这样的混了一小时左右的。这与其说是补习，无宁说是谈情吧？有时差不多连练习簿都没有掀开，书本都没有由书袋里拿出来也有过的。这不单是宋先生不想教，就是求知欲很强的芷青，也懒得听那枯燥无味的方程式的代数学了！不过漂亮时髦的英语，她却时时叫他口授给她。

他俩这样露骨地言动不只引到巧娇刻骨的拓愤，就是同学和教员们也都看不过去的！不过芷青有的是钱，H牧师娘方面既送了不少的东西，同学方面她也曾馈送了许多由南洋带来的特有的妆饰品。所以另住在一座楼房里的校长G姑娘还不知道的。

他和她的恋爱到现在可说是达到了相当的程度了。懦怯的他虽然尽望着她那两片小巧的唇儿还不敢加以侵犯，可是她那对纤小的手儿，就不知道给他紧握了几多次了！最后的通牒他也曾经发出了，可是果决力薄弱的她，总不能有所答覆！她近来尝到恋爱的苦杯了！

她极想把这难决的问题向许女士申诉，要求她的帮助的。然而许女士算是她的畏友，她觉得向她说出嫌师玉不是富人的理由不能充分，也感到自己心理的卑鄙，总不敢向她说出来。

薰风把炎暑送将来了，校园里那株荔枝树上的果实红得醉人。周围的榕树——岭南所特有的树——也浓荫如盖，树上的蝉儿更吵得人软软思睡。这时，学校正在忙着举行放假的考试了。

“这里真凉哩，师玉先生！”在树荫里的亭子上吃点心的她，看他来了就站起身来。

“你真晓的享福，连午餐都拿来这么凉快的地方吃！”回头见前后没人，他忙走上去把她那只握住箸子的手儿捍住。“这两天你为什么不到我房里来？真把我闷死了！”他尽抚摸着她那覆在短袖下的一段柔婉的腕臂。姑娘们用的红牙箸子配着莹白的肉臂，真是娇艳可爱！他想，能够把这个当午餐吃下就痛快啦！

单薄的印花纱的上衣几乎把裹在里面的肉体透漏出来。他眼里放射着情欲的火光，尽望得她有些骇怕起来！

“放松手，我要吃东西呵！”她连忙挣脱了。“× 告诉我，说巧娇把我补习的事情和校长说了哩！我不想再去你房子里了！……”

“真的么？……但补习并不是坏事呵！”他说后，忙把脸上惊慌的表情收敛了。

“管它是坏事不是！不过名誉是要紧的！我们以后晤到的时候放尊重些罢！”看了他那种怕给 C 教会的执事们不信任而不得饭吃的恐慌情形，她厌恶起他了！她想，浣玉说的不错！“他既然不算是你恋爱的对象，那还是早点不理他好吧！”尽迷恋着和男性周旋，这心理自己要解除才好的！

“我要温习书去了……”她走来喊那呆坐在荔枝树下的小婢把点心收拾了家去！自己亦跑向讲室里去了。

“怎么她今天突地改变了态度呢？！……”他想到她若不能为自己所有，同时 C 教会的饭碗也要摔破时，他几乎流下泪了！

“——没怪近来校长 G 在朝会晚会中总不曾请我祈祷——平时是非我不行的！她以为我犯了罪吧？……她对我的脸色亦不大好看！啊啊！……”他近来常常抱怨上帝，恨他不给他些富人所特有的东西！他眼看着这娇美的小鸟从绿荫中飞去了——在自己手里挣脱着跑去了，他真痛心！

过几天，学校放假了。她终于没到宋先生房里去便收拾起校里的用具回家了！

行散学礼那天，校长 G 起来致训词时，她说：“现在你们中国的青年男女，染到极不好的自由恋爱了！我们西国人都有相当的学识的，还会惹了些越轨的事情呢，你们都是程度幼稚，不晓得交际的，更不可有这等事情！……以后希望你们——教员和学生——都要守规矩，若一经发觉，是要严重处分的！……”她说完向宋先生望了一望才走下台去。卫道的牧师、教员们拍拍的是一阵鼓掌声，同学们向宋先生望了一眼后又看着芷青！隔着两排椅子的巧娇，还特地转过头来向她冷笑着！

胆怯的她只是又气又急地低了头，不敢即刻跑出礼堂来。一方只想象着师玉那红了脸局促的情形！

散了会她便一溜烟跑回家里去了。平时顶好参加开会的她，这下午的全校同乐会她也不去了。她想到不能和他握手话别时也觉惆怅不堪！在家里闷坐了几天之后便渴想着要晤他，和他像过去般谈笑着！但无论如何，她总没有找他去的勇气和决心！

她刚午睡醒来时，几个同学和她要好点的同级友浣玉跑来她家里找她坐谈。

“你怎么那下午不到会呢？……”

“是的，你怎么不去？我们都等着你做级代表哩！”叫华如容的级友说。

“我那下午头痛啦，母亲不肯给我出门。”

“哈哈！看你这张嘴，尽骗人！宋先生在等你哩！……”一个同学大声地笑了。“说得对！”她们都拍手表同情。

“呵啦！你们都不是人！看见鬼呀！……”她把手中的荔枝核子掷着她们，她们也把香蕉皮和花生壳打她，大家嘻嘻哈哈地笑闹着！

“不要顽啦！来人家里这样吵闹，全没点顾忌！给她娘听着，以为女儿姘上了宋先生呢！”浣玉说完自己撑不住笑了。

“玉姊！呵啦！连你都欺负着我呵！……”她急得红了脸了。

“不用瞒我们吧！宋先生几时来向你娘转向你求亲的？”一个同学掩着口笑说。

“哪有这样的事？呵哟！谁说的？……”

“还秘密着么？我们会凑上一份贺礼的，赶快公开吧！……”

“你们都是联合着来寻我的开心的！呵！”

"真的没有这样的事么？巧娇说你们俩是恋爱着的，因为你娘嫌他是穷人，把你俩的好事作梗了。……嘻嘻！恋爱是不可把金钱看成条件的，是不是？……"一个同学嘲笑地说。

"巧娇说她自己是你的情敌呢！哈哈！"如容说。

"她真会造谣！冤屈死人了！……"她急得几乎流下泪来。

"不要生气！我们说着玩的呀！……"

楼梯上一阵脚步声。吃了素和念佛的大奶奶近来渐渐肥胖了，她很费力地把那对小脚抬着体重，一步步地运上楼来。

"回去吧！"她们坐在大奶奶的面前，把有说有笑的玩软都收敛了，不一会便告辞了。

九

送她们出门口来时，浣玉让她们先走了几步，拉着她再跨入门限来。

"芷青！你的名誉给巧娇破坏得很不好听！同学们都背地议论着你哩！……宋先生也给辞退了，你知道吗？他为你弄得真可怜，究竟你爱他不爱呢？昨天他刚去校里收拾行李，晤到了我，就把这信儿托我转给你。他说，他不再见你一面是不愿离开A市的，他叫你……呵，信里写着了，你自己看罢！……"浣玉一口气说着，从袋里掏出一封淡绿色封面的信纸给她。她茫然地呆视着浣玉，把颤动的手接了过来。

"究竟，你对他感到爱吗？看他真为你苦闷着呢！呵……"

"浣玉，说什么秘密话儿呀？还不出来？"她们回头不见了她，在巷口大声地喊着。

“就来啦！我忘记带了手巾儿呢。”浣玉大声答着，再拍着她的肩上道：

“我要去了，放出点勇决来，芷青！……他叫你无论如何，要晤他一下的。……再会！”她跨出门限来。

“啊！玉姊！我……我……谢谢你！但是我怎样？……”她心里剧烈地跳动着，拉着浣玉的手，有生以来就不曾受过这样的激刺的。

“我闲暇的时候再来谈，再会吧！”浣玉打起伞儿出去了。

“红娘姐！你们的事我都听着了！嘻嘻！”赋有像巧娇般喜欢探人家隐事的如容，站在门外的角落偷听。

“呵啦！你这个人真不道德，不许你说给他人知道呀！小鬼头！”浣玉半央告半责骂她。

“自然的。不过以后的事，你不许瞒过我！”

“也好。你这小鬼，真的不许你说呀！给她娘知道了就糟了。那样守故的老太婆，怕会停止她继续入学的！……”她俩连忙赶上站在街上等着的她们，一同去了。

芷青跑入房里，把房门关上时，呆站了一会便倒在床上，把信儿摸了出来。她手颤心跳地，抬头偶尔望着对面的镜子里，自己也觉得脸上有些异样了！

淡绿色的信封和淡红色的信笺诱惑着她，她没有读完就流下泪来了！

他信里述说他是如何的爱她——自入学试验那一天，他走过来接她的卷子那一瞬间就爱上她了。如何的为她神魂颠倒，不顾一切！说她是他一生的生活力——一生所最深刻的嵌印在他心上的女性。如何的终身不会忘记这一次的遇合，如何的愿把生命来做代价，只要她接纳他的爱，为他所有！……又说，没有她，不能为她所爱时，便如何的苦闷，如何的消沉！……又说他可以恳求那个大学校长介绍他去美国做工读学生，数年以后，博得个头衔回来，才和她结百年之欢。他也知道一直高可齐天的贫富之壁隔着他俩，轻易越不过的。不过有了M. A. 或 B.A. 的外国招牌时，就不怕这道墙不会崩倒了。……又说他已为她牺牲，致受G校长和几个牧师们的辱骂！A市是站不住了——A市的C教会是再站不住了！恰巧一个在南洋的朋友来，和聘他去那边当小学校长，他只得答应了。待来年一有机会，才出洋留学。他本来是舍不得离她远去的，但有什么法子呢？……他还说，这几天在学校搬出来后，住在她家附近的旅馆中。他像失了魂般，每天晚上都在她门口跑过三四次，想晤见她和亲手交这信给她的，可是失望了。他的行期就在这两三天，船票都买好了。只要在C海岸上晤她一面之后，他便离开祖国远去了。……他最后还说，无论如何，他非晤见她或得到她的回信，是不愿意离开A市的，不愿意寂然远去的。作算她不爱他，不愿为他所有，也要再给他以最后的晤面，明白解决！……

在信末，他还再三恳求她，在明天早上八点钟的时候，不论怎样，（就看师生的交谊上吧）要应许他的请求——到C海岸去晤他的请求，他像祷求上帝一般地祷求着！

在信末，他还写上一句："我以全生命爱着的芷青！"

世间还再有什么东西能够比第一次的伤感的情书更会感动着处女的心呢？……

她流着泪读了两遍，全个的身和心都好似掉落在浩无底岸的汪洋中！她哭了，不能再读下去了，只伏在枕下昏昏地啜泣着！

像振作不起神经般，一切的前因后果，情爱，恋慕……在她脑里只是模糊，惝恍，闪烁。她只有哭——像悲哀又像冤抑，又像烦恼和悔恨地哭，只昏然，昏然……！

不用说晚饭她是吃不下咽了，而红肿的双眼亦瞒不过了母亲。

"我，我肚子疼呢！……"她看见娘站在床前，像孩子无端给人家打后，走去躲在母亲怀里般，心里越加冤抑和悲痛的哭了出来！

全不知道女儿的幽哀的大奶奶，只有垂着泪一面指点女婢们煮开水，拿万金油，请医生，一面不住的为她按摩着肚子。

有着两撇须胡子和留长指甲的中医生把她诊察后，莫明其妙地只说是气逆不调，没甚病象。开了几味和平的药方便回去了。

偷跑出去和邻童耍得满脸是汗的弟弟，回来后晚上只一个人静寂地吃着晚饭。

十

她半夜里醒转来时，明天要去晤他与否的问题在她脑里腾跃了许久！

开始，她描想着晤他的情形，在他怀中哭倒的说她也像他爱自己般爱着他，叫他放心，……但想到他那像猎犬追逐目的物的眼光是注视着自己，和倒在那样的男性怀里为他占有时，她不觉心里起了一阵悚惧的跳动！——像破坏了处女的纯洁和尊严的悚惧！

再想到这样轻易的就把终身许给了他——没有征求母亲的许可，叔叔们的同意就许给了他，在自己如何办得到呢？向娘说明吧？但自己在她面前就像两三岁小孩般撒娇地，怎开得口说：娘，我已经择上了爱人了——择上一个穷而是教徒的教员了呢？……这是，是无论如何都开口不得的呵！太把女儿的身份降低了！太把处女的尊严毁坏了！……何况自己只有这点年纪，来日方长呢，忙什么？……

“自己究竟是爱他了么！……”理智突然抬起头来，她把自己问住了，只是纷扰了一阵的结果，她觉得宋先生的可爱和不可爱的程度刚成正比！

开了电灯，她把来信重新抽出来伏枕读着。

过了青年期，但头发梳得光可鉴人，脸上老是露着一痕痴滑的笑意的宋先生，像站在床前在向她招手！

……

“芷青，你是我的，你的纤手不是给我握过了么？来，你的柔唇让我来吮吸着呀！……”浮着可怕的男性的凶光的他的眼睛，闪烁不定，他把她从床里紧挟起在怀中！

她想挣扎，但吓得一丝气力都没有了。动弹不得！

“我是爱你的！你松，你放松手罢……！”

“哈哈！你爱我么？……哈哈！你这可爱的小鸟！可恨的小妖！……”

她昏然地死般没有感觉！

迷恍，迷恍……昏迷中自己像站在海滨，他牵着她的手儿跑上汽船的扶梯。下望滔滔的海水使她心寒，她忽然想起母亲来！

“我不去了，我不去了！……我的娘呢？！……”她哭着，紧攀了扶梯的铁杠不愿再跑上去！

“由得你不去吗？跑！”在梯上面的他变成了恶魔般，命令式的厉声叱着！

“哎唷！……唷……”全身像收缩了一下，又渐渐地松放了！她一手只紧紧地攀着汽船下面的縋着锚的铁链子！

在海里只是跟着海波飘荡！飘荡！……

渐渐地像安定一些，又感觉手中握着的似乎在软化着！……

“原来握着的是枕头的边缘！呃！……”

掉在枕边的信笺给眼泪湿透了！心里还不住地跳动着！

从噩梦中醒来的她，一直苦闷着到天亮。

夏天的朝霞投射在床前的窗幕幔上，大奶奶站在她帐前了。

“莲儿，怎样了？好点吗？娘痛的！……唉！”没有足音的母亲把她吓了一跳，忙把枕上的信笺压在枕下面。

“好了。娘！我要吃粥呢。”她转过身来。

“静卧多一天罢，不要起身！真是佛祖保佑呀！把娘吓煞了！昨晚上。”大奶奶伸手按着她的额。“还是李医师的方儿神效。你们这些新学生，还反对中医啦！……粥就来吃。……绛桃，打脸水来！”

接着厅上是大奶奶喃喃念佛的声音，檀木香由外面飞进她的房里。

自鸣钟在厅上响了七下，把她那捧着粥吃的手儿颤动起来！

——现在是去不得了，她肯给我出门么？……她像有了可以卸责的原因，自己向着自己宽慰着，踌躇着。

——不如写几个字给他吧！……可是怎样写法呢？说爱他么？……不爱他么？……写好了叫谁拿给他呢？……呵，绛桃认得他的……她心房跳动地叫着绛桃。

“什么？姑娘！”很忠挚而有些呆傻的绛桃跑入来。

“你晓得C海岸的地方么？在H马路尽头的海岸。”她向她望了一会，还没有委决。

“晓得的，姑娘！那儿也像你们学校一般，望得着K山哩。”

“那么，书桌上那本信笺和抽屉里的墨水笔拿来给我！”她放下粥不吃了。

师玉先生！来信谨悉。先生错爱及青，青非不知也！此心耿耿，可质天日，惟青上有老母，殊不能于仓猝间以终身相托。极望先生谅之！先生此去，前程无限，请勿以青为念！青本应亲往送行，再图一晤！惟卧病在床，步履为艰！只有魂随笺往，憾何如也？他日先生将如愿以偿，海外归来，为学术界放一异彩，则青之所盼祷耳！心酒身遥，不尽欲言！前途珍重！珍重前途！

青 上。

她把这信写好，看了又看，改搾了又改搾，终于封入信封里了。但她只是没有付出的勇气！

——这样地淡淡地一笔勾销，是表示不爱他了！……呵！太对不住他吧？但是……她只有流着泪！

“姑娘！要寄信么？寄往C海岸给谁呢？”绛桃诧愕地睁大眼睛，见她哭着。

“不！没有事，你出去罢！”

——另写一封吧？对他略略地表示一点爱意吧？太对不住他了！……

——索性把真相告诉他吧！自己对他不能说完全没有爱啊！……

她只有握着两封信儿，又焦急又苦闷地推了一个钟头！

“当，当……”外面的自鸣钟敲着八下了！

“完了！宋先生，师玉先生！是我对不住你了！呵呵！但是我的娘……你不要怨恨我呵！……”她重新捧着那封信痛哭起来！她恨自己太没勇气了，自己的矛盾的心情太使自己难堪了，太薄弱了！但是，已经来不及了！

过了几天，她的一个表姊——大舅舅的女儿到她家里来居住，想度过了暑假之后和她一同入学校的。

有了女伴，和怕泄露了秘密的缘故，她渐渐地把对师玉的苦闷心情淡散了。他的来信和自己那封没有寄出的都锁在自己的小箱子里，夜里不再会把它拿出来一边读一边哭了。

是酷暑已临的五月天气了，蝉声很悠扬地飘荡在绿叶阴中，更悠扬地吹得在农忙期间内的村夫村妇们，恨不得躺在幽凉的榕树下，软软的睡午觉。

在都会，季度的更移虽不能给沉醉在纷扰里的人们以鲜明的感觉。可是热烈的太阳高照在马路上时，一般行人和蜷伏在狭窄的楼房里的人们，却很尖锐地感到夏天的烦厌了。

看了几本小说，和表姊谈了几次无聊的对话之后，她又是闷恹恹地不快着！尝过自由浪漫的学校生活的她，放假不上十天，便在家里躲得抑郁不堪了！恰巧许女士又病了，不能来和她坐谈。自放假以来就不曾晤着她，绛桃两次去找她，她都没有在家里，芷青怀疑着许女士对她有些冷淡的样子了！

这天，浣玉和如容来和她商量——商量下学期要转到什么学校去。

看着浣玉，她猛然间又想起宋先生来！她知道浣玉的哥哥和他认识，很想在她口中得到关于他的消息。但自己的卑怯态度怕给她知道——无责任的对他没有相当表示的勇气还是不要给她知道的好，她只红着脸不敢先向她提起。

“你当然再进不得 C 教会女学了。就是我们，也给那些圣经念得头昏了。而况下面喊着要收回教育权，打倒教会学校呢！下学期一定转学了。”浣玉说。因为和如容同来，她亦没有向芷青说起别的问题。

商量的结果就是她们四个——同着表姊——都要转到许女士的校里。她们三个插进初中二年级，表姊却投考它的后期小学一年级。

因为 W 校的学制是秋季始业的，她插上二年级就算超上一学期的功课了。国文是没有问题的，只是漏读了一学期的英算课本，要插上二年级是很困难的吧！

“呵啦！玉姊！我替你们介绍一位品学兼优的朋友——同时也做得我们先生的朋友！”她想再请许女士来教她和她们。

十一

落了几天的滂沱大雨，把炎暑变成了轻凉的初秋一般。真是一雨成秋了，在这岭南的 A 市。

昨夜给狂雨吵醒的她，在凉凉的感觉中再也睡不着了。她扭开电灯来读着小说，可是砰急的雨声总把她的注意力扰乱。放下书本，她转过身来，看着睡在床里边的表姐正死人般醉卧着，身子紧紧的卷在洋毡里。

表姊的名字叫李碧君，是个年纪已有十九岁的、温存的城内姑娘。她整天不大开口，只有默默地做着很精致的活计和看些才子佳人的弹词。

她也是在十岁时便死了父亲，跟着母亲祖母们寂静的过活着。今年已定了夫家了。未婚夫是个中学生，硬迫碧君的母亲要给她入学，不然他就要提出异议。慌得一无所知的大妗母忙把女儿送到 A 市姑娘家来。

芷青想，表姊真有些傻气呢！那天因为母亲和大妗母诉说她未婚夫强迫她入学校的事，她竟自哭了！还说她一定不入学校里，她看不惯那些聪明伶俐的 A 市女学生，她不敢入校里与她们为伍！

——她还不晓得入学的必要吧？也不晓得学校的群众生活，比在家里蜷伏着快活得许多吧？她这样想了时，不觉暗笑表姊的没见识。

——听说她丈夫是个中学生，但不知是怎样的一个人？她这样衣饰不会时髦，思想落后的女子，怕将来难合他的意吧？！……她由表姊的未婚夫联想到那个在礼拜堂里向她传情的男学生，更由他联想起宋师玉来！她像给下意识冲动般跳起身子，从箱子里把他的来信拿出来读着。

——他这个时候一定在南洋了，在异国了，远了！远了！……他还念着我么？……自己分明太对不住他了……呵呵！

但是……！近来很容易便流下的眼泪又掉在她两颊上，掉在枕上！

——虽然自己太没勇气，但亦是事势使然的，你莫怨我呀！……她感到自己心理矛盾的苦闷！

她反复着流泪到天亮。睁开涩滞的眼睛看时，雨后灰色的天空，像要压下来般浮现在窗外。

吃了早饭，她无情无绪地凭栏望着淅淅不断的雨丝，心里的纷茫迷乱正像它一般无从排遣，园里那株白蔷薇花，一朵朵都给雨点打得翻不过身来；那角落的芭蕉叶，却青阔得可爱可怜！

“这样的雨天，她们怕不来补习吧？”她像叹气般说着。回头望那沉寂的表姊，正默默地低头绣着红艳的花朵。娘呢，在厅上喃喃地念佛。

“表姊，不要用工了，天气这样暗沉沉的，可不要看坏了眼睛啦！”

“横竖都是没事做的。亦不见得如何黑暗哩。”表姊静穆的脸上浮出一丝笑意。

“她们不来了吧？鸥姊亦没来？！”

“……”

“……”

“砰，砰……”她听着有打门的声音，小婢慌忙跑下楼去开门。她由楼上望见许女士撑着雨珠点滴的伞儿闪入门来。

“呵哟，鸥姊！这样的雨，我以为不来了哩！……”她和表姊都跑到楼梯迎接她。

“雨中跑路才觉有趣哩！……”近来脸上老是浮现着沉黯的色彩，不是从前般有生气的许女士，淋得通身都湿透了！裙子上也给溅上许多污泥！她像跑了许多路程般，很疲倦地颓然坐在椅子上苦笑着。

“这时外面的雨不很大吧？你怎会给淋得这样湿？”芷青忙跑去箱子里拿衣服来给她换上。

“不用换，就这样等它自己干吧！……我自早上六点多钟跑到现在，怕有三点钟了吧！？”

“怎好不换呢？湿衣穿了会生病的……”

“你到朋友那儿去么？”

“不妨的，生病也好，不想换！”许女士的性格有时就很神秘，惹得碧君时时怀疑着她。

“外衣不换就换衬衣吧！都湿透了！还不快点！”芷青很诚恳地催她换。

勉强换了衣服后的许女士，只默默地坐着，不像从前那样的谈吐风生了。她把怀里一卷书信似的东西摸出来，静静地看着，有时皱眉，有时微笑！

芷青不敢站近去看它里面是说些什么，她只问：“鸥姊，你看什么呢？”

“是信，朋友寄的。”

——她的那一个朋友呢？也时时都有这么大的一束书信寄给她？怕不是情书么？……她想到这里，不觉心上跳动起来！

——她定有了爱人啦！她的男同学男教员那么多。……而且她的才名在A市方面是谁都晓得的，定有很多人向她求爱吧？

……自己将来到W校读书，又不知会遇到怎么样的男性呢！？……她呆呆地痴想，想得自己有些不好意思！偷眼看表姊时，她正低头绣着花儿呢。

——她有学校，亦有家里，怎么通信要向我这里转交呢？……她又想起许女士近来有些信由她代为转收。像很秘密般，时时嘱咐自己不要给大奶奶知道，我要好好地为她代收，待她来时交还她。

——她一定是在爱河里沉溺的！真可羡慕呵！……师玉的幻象浮上她的心头。她想到自己不完整的恋爱时，眼泪快要滴下了！连忙跑到走栏上去。

浣玉和如容终于没有来，许女士只教了碧君些功课和教芷青一些故诗。

许女士很爱芷青的对文学有嗜好，有点天才，她时时把一些文学的书籍借给她看，亦时时讲些关于文艺的谈论给她听。

雨一直下到下午才停止了，灰黯的天空透露出一些晴意来。

她不给许女士回家，要她晚上宿在这里谈谈。她略一踌躇后便答应了。不知为了什么？许女士近来觉得对俗气满身的父亲，和只晓得每个早上机械的到机关办事去的哥哥都特别讨厌！妈妈呢！亦不是从前般可亲了！

芷青和她在家园里踱着，草地上的水珠湿透了她们的鞋儿。阳光像一丝丝般，从云里透射出来，照得因风摇动的荷叶上的雨珠，滚来滚去地闪闪耀眼。

“呵！这朵白莲花真可爱！折下来给我转送给朋友好么？……”许女士拍着手说。

“你喜欢就折下吧！送给那个朋友呢？”

“……”许女士默默地敛了笑容，忧郁地对着它若有所思！

十二

空前的“五卅”惨案的消息在沪上传到A市来后，这几天革命的空气真是弥漫了全市了！

全市的比较有些知识的民众都紧张着！尤其激昂奋发的便是年

来处于军阀压迫之下，不敢喘息，而现在挥扬着青天白日旗，热烈的从事革命工作的青年学生了！

芷青自昨天不见许女士来教她们，又听外面那种骚动的情形，更加骇怪起来！有了平时对时局全不关心，看报只看第三版和报屁股的女学生们的通病的她，只担心着是政局有什么变动！更吓得毫无见识的大奶奶取闭关主义，关起门来不肯给国贤到邻家玩去！

“我们中国的学生和工人，在上海给英国人开枪打死，死了百多人哩！说是因为演说致祸的！你知道么？……”如容一入门来就向她这样说。

“阿弥陀佛！……怎么会死掉这么多性命呢？……唉！……”大奶奶两肩一抽搐的，连忙宣起佛号来。

“有这样的事？！……呵！现在怎样对付英国人呢？”芷青也吓了一跳！

“打仗是干不来的！你想我们这个老中国，挡得住他们洋鬼子的新式枪炮吗？……”给教会学校所宣传过来的中国学生，只知道外国人的神圣不可侵犯，没有所谓反抗的！

“那么，就这样地白白给他们杀掉，不想一些抵抗的法子吗？”

“想是想的。现在各界不是都组织了什么外交后援会，宣传队，英日经济绝交会吗？不过眼看又要像‘五四’那时般，查劣货查得发大财来！哼！结局呢，还不是以不了了之？……发财得名的去了，死的算是白死了！你看政府能干涉得好效果出来么？尤其是这样的民众，真是G姑娘说的：‘你们中国人只有三分钟热度！’能够坚持，努力么？大家借此出出风头，赚几个钱也就算了。”一知半解的如容总算比小姐式的芷青有见识一点，她亦会发这样对时局不平的牢骚，惹得大奶奶只是念着佛号，芷青只是摇头！

“那么，在A市没有什么变故罢？真把娘和我担心得很！昨天听绛桃说，街上一阵子尽是些学生和工人，撑着旗在喊说杀死人呢！真摸不着头脑，以为是打仗呢！下午又听着外面呐喊着，打鼓敲锣，真不知是为了什么！……”她说到这里笑出来了！“娘还预备着要回乡里去呢，东西看看，就要收拾起来了，如果不是你到来……”她说后全室都笑了。

“可不是？阿弥陀佛！现在的天年不好，动不动就人命交关，……不是容姑娘你有消息，我只得使人问我的弟弟去呢。”

“娘总是不肯给人家到街上去的，困守在屋里，连外间翻了天都不明白哩！”

“真的，往外面多逛逛就多见识见识啦！”

“呵哟！读了书就想逛街了，不逛街就和我淘气，真和弟弟一般！”大奶奶笑着。

“玉姊怎不和你一道来？”

“她病呢！叫我们尽读下去，不用等她。……鸥姊呢？亦没来？”

“她又不知道为了什么事，昨天就没有来了！”

“我们一同找她去吧！顺便看看街上的情形。”她邀如容一同出街。

“等多几天不好么？街上热哄哄的，看吓着啦！真是淘气。”大奶奶只摇着头。

她叫绛桃把辫子另编后，轻轻地搽上一层薄粉，再把剪刀把额前的刘海掠齐着。爱美的她，每次出街总是这样耽耽搁搁地修饰。

换好了衣裙，她再在照身镜里照了几照。自己觉得今天这套淡碧色的纱衫裙，配上了白色的花边真合自己的丰韵！

自学校放假后还不曾出过街的她，今天很高兴地在镜里把自己照了又照！

“真是美人儿啦！不怪人家说你美，连我都给你迷醉了！……”站在旁边看她修饰的如容看得呆了，不觉赞叹起来！

“烂你的嘴！谁说我呢？”她感到可夸地笑着。拿了柄淡红色的阳伞遮在手里。

“有人说就是了。走罢！”

“不，你不说出议论我的人的姓名来时，我不和你去了。”自己略有可以抱负色艺，自己就越喜欢听人家的称赞——尤其是和异性交际很少的她。

“我的四哥哥。你不要生气！……”如容很狡猾地笑着。

“呵哟！他怎会知道我……？”她不觉脸上罩了一层红晕，要想问她个彻底，但又不好意思说出来！

“怎会不知道？你的艳名全A市谁都知道的！嘻嘻！……”如容像洞悉她的心理般，专要和她开玩笑。

“你这个鬼头！说话总是不老实的！……”她把伞柄敲着她的肩。她俩一同出门去了。

“同你讲罢：有一次星期日，我们由校里排着队跑到礼拜堂，在路上给我哥哥遇见了。”如容敛了笑容很正经地说。

“他怎么就在人丛中看见我呢？”她竭力在追想着是那一次，晤着那一样的男性？

“你不是和我同列吗？他就看见了。”

“他怎样说我呢？……”她忸怩地问。

“他说你在女学生中算顶漂亮的，真美丽！……呵呵！前面不是来了一列宣传队吗？你看，都是学生呢！他们要停住在这条街的角落演讲呀！……”如容的谈话给那班迎面而来的宣传队打断了。接着她俩看见一大群小孩子和些闲杂人等热哄哄地跟来了，把他们——宣传队——围拢成个圆圈子。

“呵哟！这面溅满了血痕的旗子！……”她忙拉了如容从观众中退开来！

"不是血呢，是红墨水呀！上面还写着'五卅'惨案的字样呢。"如容从宣传队员手里要了一纸传单，一面和芷青看着一面跑着。

街上贴满了五花六色的标语，亦有许多绘着同胞给帝国主义者惨杀压迫等讽刺图画。芷青觉得路人们都很注意地向她们观望，亦有许多女学生在分散传单。

她俩跑到许女士的门口来时，两只手握满各个团体所发给的传单了——都是对这惨杀案件宣传的。

许女士没有在家。她母亲说，她自前天下午便有很多同学来叫她去商议什么事情。这两天是自早至晚才回来的。又说她怕要到邻近A市的各县宣传，不知已经去了么？

她俩再跑出街上来时，这滨海的风雨无常的A市忽然潇潇地下起雨来！

"呵哟，这柄阳伞是遮不得雨的！我们坐车子回去吧！"她撑着伞儿向如容说。

十三

她终于敌不住好奇心——想看看称赞自己是美人的那个男性的好奇心，和经了如容再三的劝挽，说是避雨儿，一同弯入邻近的一条街上了！

"这一间就是我的家门了！"走没有两三步，如容指着一座洋房式的屋子和她说，她不觉便心里跳动起来！

如容的哥哥华大少爷是军阀时期的一个第六七等军官，也曾做过一次县长。却因为刮钱刮得太于厉害了，曾坐过一次短期监狱——但真正受罪的内幕却还是因为他诱拐一个卷逃的某军官的姨太。

自青天白日的旗帜飘扬于A市之后，他便从军政舞台的脚沿上跌了下来，赋闲在家了！但因他是惯于交结富翁官僚们，和能够靠着赌钱为主的赌客，他还饱食暖衣地享受着A市第二阶级的生活程度过日子。

他还有两个干着和自己同样职业的弟弟，和一个快要跟上自己一样的小弟华四少爷。此外他的母亲，妻妾……都是他一般，以赌为活的。

芷青才踏上楼上的客厅时，眼帘所接触的是一群服装妖艳的男女，围坐在八仙桌子上打麻雀。地下却铺了一层瓜子皮和香烟屁股。

她再看见一个小白脸的头发梳得光滑阴阴的青年，他站起来在向自己行着礼。

她不知所措的对他点了点头，心里又羞又急的在躲避着众人的视线。

经了如容的介绍之后，这小白脸又重新向她鞠了个很深很深的躬。他离开八仙桌的主位走出来。

华四少——K省的方言总把少爷两个字简称说“少”的——是个克承兄业的令弟。今年只有十九岁的年纪，就会选色征歌，应酬赌博，整日和一班浮夸少年在跟随女学生，批评戏子了。

他亦曾进过几年学校。《红楼梦》之类的小说他也会爱不厌读；半通不通的情书也曾经写过好几次……他是个有着风流才子的自负的少爷。

他叫了他人代他入局之后，面对面地同她坐着。尽向她问长问短，谈东谈西，言语之间，还加上些肉麻的词典。

“听舍妹说，女士是个咏絮的才女，真使鄙人佩服极了！女士的令椿萱都还健茂的吧？”他已从妹妹口里探悉她的身世，亦知道她是富翁郑和爷的孙女了，眼前的清丽的黛玉式的佳人，尤其会使他神魂颠倒。

她只局促地勉强回答着。那一群狂放的男女的纵乐的声音和举动，尤使生小纯洁的她感到心跳和脸红的不安！她悔自己太于孟浪了！自己不应该轻易来这样的地方的！她由此才知道了如容的家庭状况，她的热闹的和自己的寂静的恰成个反比例。但这样富于激刺性的家庭又像对她有所吸引，此来亦不算全没有意义吧！？

“请烟！女士！”堆满了青春的笑脸的华四少，亲燃好了一根火柴，抽出一条 Three castle 的香烟送到她面前来。

“不，不敢当，我没有吸烟的！……”她感到心里一阵悸动，两手亦颤着，只站起身来摇着头儿，华四少的尖尖的手指白嫩得如同女人一般，右手的一只指上还套着只嵌有碧玉的戒指。

“不要客气，女士同学的家里就是自己家里一样的，哈哈！”他还不把火柴和纸烟收回来，火柴看看就要燃尽了！

“她不吸烟的，拿来给我罢！”如容忙代她解围。

“那么，女士请恕我！哈哈！本来当学生时代是不该吸烟的，女士真善于卫生之道！”他自己另燃上一支纸烟在狂吸。

她恨自己平时太不善于应酬之道了！最普遍不过的纸烟亦不会吸，真不时髦！

接着还吃了几样点心。吃的时候她怕脸上的筋肉伸缩得不好看，只是轻轻地嚼后便囫囵吞下去。

外面的雨不知从什么时候便晴了。踌躇了几次，她终于告辞出来。

临别时华四少鞠躬得差不多头部会碰到门限，他叮嘱再四地请她暇时要多多枉临赐教。

她独自乘着人力车回家来。

微雨初晴的傍晚真是凉快。车子拉过沿海的马路上时，对面 K 山很苍黛地衬着残阳，它那娇红的色彩，就像这略带兴奋的本来是很白皙的少女的两颊一般。

回到家里，许女士刚在厅上等着她。她低头在写信儿，看她来了，便忙把信笺折好，藏在衣袋里。

“来几久了？鸥姊！我们刚去你家里找你呢！”

“呵哟！我刚来的。这两天把我忙煞了，你们怕等讨厌了吧？对不住！”

接着许女士便把“五卅”惨案的前因后果，原原本本，清清楚楚的讲给她听。“学联会选举执委啦。我们校里占了两位，不幸我便是其中之一！我现在那有心情去革命，去爱国呢？……真是脱不掉！给他们强迫着！”

许女士再把这两天的行动报告给她，她说：“查劣货去哩，发觉那个在政治上演讲得顶激昂慷慨的是什么团体的代表，那个汉子却舞了两次弊，赚了数百元的黑钱！她想提出攻击的，但给同行的几个男同学阻住了，还说她不识时务！”

往街上演说去哩，有了女学生的那一队就有加倍的观众——他们不是来听讲，是为着女学生而来的。结果惹得纯粹是女生的宣传队不敢出来，要派上几个男生去向观众怒目而视的做她们的保护者。

昨天到K县去哩，尤其倒霉！在一处闹着神游的乡里歇了下来，想利用那个戏台上的观众宣传一下。不料刚上台就给观众们鼓噪了下来！说阻碍了他们演戏的时间（他们一年到晚只有乡里演着一两次戏可以享乐），都气势汹汹地几乎用武！后来署长亲带警察来了，才算允许宣传员上台。但听者只有几个好事者流和孩子，其余都走散了。

……

“你想这般知识毫无的民众心里！唉！……

“……这还是怨不得我们，亦可以医治的。顶可恨的就是那班自命为革命分子，知识阶级们啦！这一回，又不知有若干发横财，沽好誉去了！……我真是挣不脱身，和这班人胡闹可倒霉极了！……”许女士对时局和革命是抱着不斗不问的，站在第三者的高蹈派的态度的。

这些话在芷青的脑中，不会发起什么波澜的，她只恍恍惚惚于新的幻象。

许女士还说了几件可笑的资料。她说：她们走到乡里一所学校去宣传时，里面的教员和年岁较大的学生都走得一空！只存着几个小的，都吓得呆了走不动！再三的请了个留着两撇胡子的校董出来，他才说是因连日外间的风声不好，说要捉拿教员和学生，所以见他们来时便一哄逃跑了……！这个乡说是K县的大乡，距离A市亦不远。不料外间的消息却这样的不灵通，讹传，真是奇怪！

“鸥姊！你以后怕不得空吧？不能够继续教我们怎样好呢？”

“不会的。我真讨厌着这样无聊的工作啦！一定要设法子辞去了职务的。”

十四

中元节后的秋风把残暑吹散了之后，A市各个学校都宣布开学了。痛恨洋鬼子和C教会的大奶奶，也只得由女儿和侄女到W校读书去。

由沉寂不与世争的C教会女学，转到这弥漫着革命空气的男女同校的W校以来，也快满半个月了。新的学校生活所给与她的是兴奋，浪漫，复杂的有生气和多接触的环境。她的心和身都像镇天纷扰着，没有余暇的时间，师玉和四少的幻影，亦无从在她脑子上浮现了。

这W校亦是滨海建筑的，两列楼房很高大的前后对峙。海岸上是一片时有肌肉发达的男学生在耍着球的运动场。

学校的走栏刚面着这运动场。未上课之前和下课后，一群白衣黑裙的女学生总拥挤于走栏上，一面看海，一面看男生们耍球。

这时八月初旬的西风，吹得球场两旁的树木萧萧作响。过午的晒人不十分炎热的秋阳，照着浩浩的海波上闪起银白的小花，更温和地照着这些不知秋之已至的青年男女们的身上。

球场中是一群往来奔跑的男生在耍篮球，一阵阵的欢呼声，冲入高爽的晴空里。

芷青和几个女同学倚着栏杆闲谈。她俯视那个穿着红蓝相间的背心，短裤下露出一双大腿的金焕章——比她高一级的男生——的掷球的姿势，眼睛跟他溜来溜去的溜得有些眼花！

她把眼光转向别外，看见那个姓陈的不知名的男生——在举行全校学生大会中，第一个起来赞成由她当选为执委的满脸长着面疱的高级男生，正站在树荫下张望着她。一手还拿了本像小说的书在装着看。

——这些男生们真可怪！我入学才几天？他们便很熟悉的选举我，尤其是这个人！

……校长亦似乎对我别垂青眼哩！他特地由主席台那边跑下来对我说：你当选成学生会的执委了，从此要替学校努力工作呀！……

她不觉把那一幕记忆追寻起来。

开全体大会的那一天，她跟着同学走入礼堂坐着。没有一刻钟工夫，三百余人的呼吸把那个窄小的礼堂塞得透不过气来。

她渐渐地觉得心里紧张，脸孔涨热地苦闷着！

唱革命歌后，默哀“五卅”殉难烈士的三分钟间，她觉得这沉默里就像C教会的祈祷时般，个个都张着眼睛向四处观望。头俯得低，眼合得紧的还算是台上那个主席——学生会的领袖施维强。

一个个的男学生很痛快淋漓的演说着，女生却只有许女士一人。

接着主席便把暑假以来的重要工作向大众报告。

当主席再三的向大众发问还有什么人要起来发表意见没有的时候，她耳朵里似乎听见“我推请郑芷青同学起来发抒伟论”的声音，不觉心里乱跳起来！她怀疑自己的耳朵听错了！

“赞成……”一阵呼声过后，接着是一阵激人耳膜的鼓掌声。全堂的眼光都投射向她身上去！

她像陷在热病里般纷扰着，不知所措的只紧紧俯着头儿！

掌声渐渐疏落之后，还不见她站起身来！主席便含笑走下台来对她说道：“郑同学，众人请你起来发表发表高见呢，你愿意么？就要散会了，没多时间呀！”

“我，我没有什么意见！……”她站起来颤声地说。

第二次的掌声再爆发起来，大众又是一阵催促的喧哗。

“不用勉强她了！没有意见是勉强不得的，待下次有机会再请她对我们谈谈吧！”许女士把那些饿犬般想一瞻丰采的，和想捉弄初入学的较有姿色的女学生的男学生们轻轻说住了！

随众人涌出礼堂，她渐渐把脑根清醒之后，她对那个不知姓甚名谁的第一个推举她起来演说的男生，恨又不是爱又不是地看了一眼。听许女士说，他就是著名的好说笑话，好替人家首先发难的吴敬愚。

她那天所以会成为众矢之的的原因，还是为了她那漂亮的衣饰，苗条的身材，和美人式的脸儿。其次是为了星期六那天，她做了一篇列在甲等，压倒全级而受国文教员当众称赞的作文。不过注意她的，多数还是初级部的男学生。高级部的男生呢，历来是假正经的，不大喜欢和下级的女生们接近。

一阵上课的钟声把她从回忆中喊转来，她忙把栏杆上的书本和铅笔拿在手里。再向场上望去时，那些耍球的男生都一面拭汗一面跑回课室去了；浩茫的海波，一阵阵的还尽管碰激着礁石。

这点钟是国文堂——讨厌的国文堂，再下一点钟便是学生会的第三次执委会了。——本来这点钟是英文堂的，可是近来开会的事情比上课更为重要堂皇，就如一个学校，每天亦有许多对内对外的革命工作可以讨论的，所以也无妨在上课时间举行了。

她想到那男女杂沓，自由谈笑的执委会——令人又兴奋又麻醉的交际会般——就恨时间不跑得快一点！近来她亦大着胆子的和他们纵谈，说着几句时髦的浅薄的革命论调了。不过放弃了一点钟的英文功课亦有点可惜！她想，能够和讨厌的国文堂对调就好了。

低年级的W校男生，对于男女同学是常有幼稚的行为的。他们有时把白粉笔在女生的椅子上胡乱画些什么，使她们于不觉中，坐下去就沾污了黑裙子；有时特地找些将坏的椅，脱了它的一只脚，又随便为它装上去，等她们一坐下时，全堂便有笑话可看了！此外他们文雅一点的就是把情书抛在她们的桌子或椅子上，而静观她们拾起来看着时的态度为娱乐。

不过他们到底还是孩童的心理的，遇到上英文算学这些功课，西装革履的拥护女生的教员时，他们便规规矩矩地丝毫不敢放肆了！等到那些戴着古铜边的眼镜的老举人之类的教员来上课时，女生便是他们的玩弄品了！嬉笑之后还可以阅阅小说，打着瞌睡的。

干燥无味的国文讲解既使坐在前列椅子的芷青不能另看别样的书籍，而危机四伏的男生的手段尤使她又气又恨又可笑！——这一点就是她转学以来所最不满意的！

十五

紧接着“五卅”而来的“六二三”沙基惨杀案，又把那将近松弛的人心紧张起来了！——这惨案发生的时间，距离现在虽已有两月，但因近来A市方面的政局有些浮动，对方的军阀有来侵犯的谣传，所以对这惨杀没有什么表示。现在政局上已算安稳了，痛定思痛，把大家沉寂的心房又悸动起来！

今天是全市各界对帝国主义的示威运动，同时也是想把那些犹自躲在被窝里般的民众喊醒起来的宣传大会的日子。会场是在C海岸的旷地上。

W校的学生队伍蜿蜒的跑出街口来时，同样在进行着向C海岸去的各校学生，也一排排地充满马路上了，其中还有许多工人和店员们的团体。

到了C海岸，因为离开会还有许多时间，队长特地吹了散队的口号给他们暂时自由行动。

许女士拉了芷青和如容的手儿，跑开万头攒动的会场，到凉风阵阵的礁石上站着。

身体单薄的芷青，每在几个人以上聚合的场所里，就会神经兴奋，脸部烧热起来的！这时她面着海波，深深地呼吸了几口气之后，回转头去，看见三个两个的同学们，也各成一小组地携手跑到海滨来。没有散队的群众却蠕蠕地在场上蠢动，衣帽都是白色的，看去好像一团蛆虫！喇叭和铜鼓的声音混和着复杂的人声，一阵阵送到这里之后，再弥漫着涛声和风声，便轻烟般消失去了，很多面五光十色，形式不同的旗帜，像彩蝶般在人丛中飘扬出来。

“呵哟！你们也晓得跑到这儿来呀！”她对那几个跑向身旁来的男同学笑着说。吴敬愚刚吃着香蕉，他举起手里那几只问她要不要。

“谁喜欢吃！怕不够你自己吃啦！”她看他把一只香蕉撕去了皮，咬第一口已去了一半了，接着第二口便把剩余的都吞下去的粗豪的情形看得呆了！他一连把手里的七只香蕉在一霎时吞得干干净净！

“如容！你看他真像李逵般吃法！”她说。

“这有什么希奇？如果我高兴，也能够一气吃七八只的。”许女士笑着说。

“你的手巾借我拭一下使得吗？”敬愚蹲下去把两手在海里洗着，回头问她。

“使不得的，你的手这么肮脏！”她把眼向他一瞟，但插在衿前的小花巾，却慢慢地解下来。

“让我也拭一下行么？我的掌心里流了许多汗！”陈克生毫不踌躇地跑过来想分余润。

“不，不！谁都不借的！”脸上布满红透的面庞，几只门牙向外的克生的不好看的面子，她特别讨厌他！

“芷青！你瞧那儿不是一个穿着深蓝色的洋服的少年，拿着摄影机瞄准着我们么？”如容遥指着一个男性向她说。

“那一个？……呵哟！真该死！看不清他的面部呢！我们跑上别处去吧！”无经验的她还不明白恶少年们的把戏，很着急地拉了许女士的手想跑向别个地方去。

“怕什么呢？给他摄了去又怎么样呢？”许女士若无其事的只凝视着海波不动。

“他跑开了，呵哟！原来就是他——那个小白脸高鼻子的他！……”如容像发现了什么，忙叫她要仔细认识。

“真是他呵！你的眼力真好！……”她忆清了，认清那个在礼拜堂中对她意识着的含情送睐，和一星期前又紧紧的跟着她的男学生——至今犹不知他真姓名的男学生。

她再把那天的记忆追想起来：

她和如容两个出街，一路走一面谈着。后来发觉出在不知什么时候，有两个青年学生紧跟着她俩，其中一个便是他。

她俩特意转了几个弯子，回头看时，他俩亦不即不离地跟着。

在几个公司里买了许多东西，她俩走入书店来了。大廉价的书店里挤满了顾客，她的眼光给柜里许多花花绿绿的新小说吸住了，把开着的手提袋放在书柜上。

等到她俩走回校里，她再回头去时，还看见他们两个在后面追随着，倒把她吓得慌了，和如容赶快地跑着！

到了明天上课时，从芷青的历史课本里忽然掉落一封用自来水笔写着的红色信封的短简，里面说自睹芳容，一见倾心，际兹社交公开时代，极愿与女士结为朋友，互相研究学问……！这类的话，还附上××中学的通信处，但却没有名字。由这××中学的校名看来，他已经不在C教会办的男校里读书了，也和她一般地转学了。

“他还时时掉转头来看你呢！”如容的这句话把她的追忆打断了。

“看你才是真的！”她不好意思地说着。穿了时装洋服的他，略有些轻佻的美少年的态度。

“呵！那个姓宋的你们也认得他吗？”她俩的神情似乎给敬愚猜透了，他笑笑地问她。

“你认得的么？叫宋什么呢？”她急于要知道他的一切，连忙着问。

“在外面开会的时候常晤到他的，他是×校的代表，不过名字却忘记了。这人很喜欢追逐女学生的！……告诉我，你们怎会认得他？”敬愚露出一脸的嬉笑，他像全部都明白了般。

“谁认得他啦！”她红了脸地回转身子不理他，如容却抿着嘴笑着。

——姓宋的，……呵，这儿就是C海岸呀！……那天宋先生不知在这里如何苦闷地等着我呢？呀！……久已不尝光顾的幻象又在脑里浮动起来，她望着海面那只汽船，不觉凄怅不堪！

队长吹着归队的口笛了后，她站在队里足足过了点多钟，主席台上还不见动静！今天里很猛烈的太阳高高地晒着，闷热的人丛中几乎透不过气来！腿儿酸了，喉里干燥，头也晕着了！

“队长真能干呀！还没有开会，叫我们来站在这里闷死吗？”她愤愤地质问着维强。

“怨得我么？开会的时间早过了点多钟了！因为等着政治部的代表来参加啦！难道可以等他来了才召集同学们归队吗？”

“做了政治人员还这么不守开会时间，真岂有此理！”许女士索性在人丛中坐在草地上去。

“来了，来了！就要开会了！”维强在人丛中钻了出来了。她看见一部耀眼的汽车，载着一个军服的男人和一个时髦的女人在群众让开的一条隙地中驶进来后，他俩便走上台上去了。因为W校的队伍刚列在台前，芷青很清楚地看见那女人手上拿着一只很流行的修容盒子。

台上宣布开会了，到了演讲的时候，这穿军服的男人很慷慨激越地演说着，接着便是这女人了。据认得的男同学说她是这官长的夫人——会唱曲，会扮戏，会跳舞又会做妇女运动的新式夫人。

她一演说完就有三分钟不绝的鼓掌声连珠般响着，在掌声中她已给那官长挽着手，走下台来乘汽车回去了。

芷青站着，站着，到近午时真辛苦极了！肚子也看看饿了。太阳给云翳遮盖了去，郁热中似乎要下雨一般。但台上那些A市的要人们，还一个个的继续着演讲。场中的群众都厌倦了，几乎没有一个人在注意听他们的伟论，只是私下谈着话。

十二点了，一点了！等到他们把议论发抒完了的时候，已经是午后的两点多钟了！高呼了散会的口号后还要巡行，她的两条失了感觉的腿儿，很辛苦地抬着就要倒下去的身体，跟着群众一步步的搬运着！

走过几座外国人的洋行以及私宅的面前时，群众便很兴奋地高呼着“打倒帝国主义”等口号，有的却喊得连身子都跳跃起来！可是楼上那些外国人，都像看孩子玩耍般，倚在楼窗上一面笑谈一面观看。

——谁叫你要受这样的苦呢？好好地在校里读书还嫌没事做吗？……她想起早间娘说的话来，她觉得这样牺牲了各个人的精神和时间，究竟有什么意义呢？

逛了两条马路了。她顶讨厌的走向些闹热的街上去时，那些商店里的店员们对女学生的不好听的批评。

雨忽然下着了，但只有几滴就没有了。辛辣的土地的气息很难闻地扑向鼻上，她像恶寒般打了几个喷嚏！

第二次的大雨真的潇潇下着了！

进行着的各队伍哗然的紊乱了，但几个热血的青年却大声疾呼着“牺牲身体，表示精神”的伟大口号。群众只得寂静一点，冒雨前行了。

雨越下越大，到后来连步道上看热闹的人们都没有了。但那些热血沸腾的青年们的激越的呼号声，还在嘈杂的雨声中振荡着。

十六

因这一次的巡行，她病倒在家里十多天了！有吸引性的学校使她不安宁地静躲在床上，只很苦闷得挨着时日。

今天她的精神很觉爽适，病是完全痊好了。她一早就怀着满腔高兴的心情跑向学校里去。

别才两星期，校里就有很多新鲜的消息了；平时厮混惯了的几个男生，也像生疏了许多般，她娇怯怯地和他们寒暄着。

“芷青，你恢复了健康了么？我们真挂念你……”圆圆的白脸孔，轻易就会染上一阵红晕的，有着女性化的表情，和喜欢看些文艺书籍的初中三年级生白其宁——平时很蒙她的青睐的男生，走上来对她说。

“谢谢你，谢谢你们！……”她向他看了一眼，略觉不好意思地说。

“芷青！让我报告你一件新消息吧！关于你身上的！”敬恩笑着说。

“呵哟！关于我身上的？是什么呢？”

“第四次执委会举出六个对外的全权代表哩，你便是其中之一。”其宁抢着说了。

“就在今天下午，你和其宁恰巧轮值着到A市的学联会出席去！……恰巧是你们俩！……”敬恩嘻嘻地笑了。

“谁要担当这样的责务！……”她和其宁都给敬恩笑得红了脸。W校的学生们有一个共同点，他们老发觉出同学中的一男一女稍有接近，有情投意合的嫌疑时，他们便一定要举出他俩来担任着同样的职务。

下午四点钟，其宁穿了很整齐的制服，到休憩所来找她一同去。

是中秋节后了，但A市这几天来的气候还炎热得很。他俩在马路上一前一后地行尽了一段路，他忽转过脸来叫她拐向弯角上走去。

“不是在××路的尽头呢？怎么要转弯？”

“这里静一点哩。你瞧那马路上的扬尘不是很讨厌的吗？”他的步伐渐渐放松了，和她慢慢地并肩走着。

——这是我第一次和男人并肩跑路呀！……那些路人们会疑我俩是一对恋爱之侣吧？！她的呼吸有些急促了，有些心怯又有些快感地让他挤近自己身旁来！

年纪比她还少一岁的其宁，亦又惊又爱的只是不敢开口，也不敢看着她，默默地靠近她走着。

再转一个弯，一面很大的牌匾赫然在目，目的地已经到了。

走入大门，她望见会场上阒无一人，只有一对制服不同的男女学生，在走廊下面很亲密地聚谈着。签名处也没有一人，她和其宁便在会场里坐下来。

“怎么呢？这时刚刚四点钟了还没有人来？”她脑里幻想着的一群男女喧哗拥挤着的会场却只是清冷的空厅子，她看手上的表儿恰巧是到了开会的时间了。

“哈哈！你瞧这壁上的挂钟，此刻只有三点二十五分钟啦！离开会的时间还很远哩！我们算顶早到的。”

“这挂钟是坏了吧！哈哈！……我们早，他们才早哩！”她指着那对谈兴正浓的男女笑着说。“你知道他俩是什么学校的？”

“不晓得。不过女的梳着这样的髻儿，不编辫子，怕是C女中的吧！”

“呵哟！你们男人亦会注意到女人的发髻上吗？……”她说后掩着嘴笑了。看他孩子似的小圆脸上渐渐泛出的红晕真是可爱——自己可以居在主动的地位来爱他，不像对别的男性般，自己处于被动的地位给爱着哪！她想。

挂钟已经敲了四下了，零零落落地也来了三五个各校的代表；他们都是一对对的男女，并着肩喁喁地细语着。夕阳渐渐斜向屋角上去了，草地上的凉风，把一天的闷热次第驱了去。她和其宁也走到外面来。

“怎么此刻还只有寥寥的几个人呢？怕就照着这挂钟的时间吧，怕到五点钟还不见开会吧！”她觉得这情形真滑稽透了。能守时间的男女却是想借此聚谈着的。

又过了半点钟了，草地上已挤满了很多男学生，也有许多白衣黑裙的女生点缀着。他（她）们都毫没客气地谈笑着，玩耍着，把她看得呆了！她和他站在草地上的角落，俩的自由都像给他们限制了般，觉得不能和他们同样的活泼伶俐，倒不如沉默的装成“不与众偶”的更佳。

“我们到会场上去吧！时间快到了。”她向其宁说着。越久越多的群众的眼光都好像对他俩嘲笑，轻视般！她觉得幼稚的他在这个时候真没中用，不能够做她的保护者。

等到主任说不能再延，摇铃开会的时候，那个挂钟已经打五点钟了。

堂堂的全市的学生代表的言论和行为原来是如许浅薄，对革命的见解也像自己般可说是盲目的！她感到重大的失望了。她想这样的盛会不是和缩小范围的学校里的开会时一般，只有无聊和胡闹？！她看着每同一派的几个学校的代表，都坐拢在接近的椅子上；几个人喁喁细商之后，其中便有一个站起来说话——只有闹意气的话。有些女学生，也同样地和他们头儿碰在一起，半商量半说笑地密语着。会场上的人声渐渐喧哗起来了，那个莺声燕语的女主席好几次发着娇嗔，不能把他们的喁语肃静下去！

她和其宁也渐渐地闲谈起来，忘记是在开会，更忘记他们在争执着什么问题了！

“喂！W校的代表！请你这位一同去××政治部请愿去啦！”她正和他低着头在议论校里那个理科教员，猛抬头时，原来那个娇声的女主席走下台来提高声调在和她说话。

她茫然地不知要怎样答应，只看着同样慌张着的其宁的脸孔。

“你的贵姓名叫什么？”主席轻蔑地笑着，芷青觉得全场的喁语都停止了，他们把眼光投射向自己身上来。

“郑芷青。……做什么代表去呢？”她鼓着勇气地站起来。

“开会开得连议决案都不知道吗？”主席半恼半蔑视地瞅了她一眼。“我们表决在这个时候，派出六个代表到 ×× 部请愿，要求部长立即批准帮助学生救国团的经费。你给举出了，这时就要去的。”主席说完冷笑地走上台上了。芷青想，同性的女学生真比异性的男生更其轻侮自己，看她好像含了一肚皮的莫名的妒愤般。

无可如何地，她涨红了脸离开其宁了！走出场外，她看着五个在等她同去的男女代表中，一个就是屡次对自己有意的宋某！

——没怪自己会给他们推举着，一定是他提议的！……她感到一阵强烈的悸动！看他已走向前来向自己招呼了。

“郑女士，我们不是从前都认识的么？哈哈！今天有幸得很！我们一道去罢！”他不客气地挤近她的身边来！忙把帽子脱去了，还行了个最敬礼。

“呵！……”她本能地退缩了几步，红了脸和他点头。她想，自己这不大方的态度一定会给他和同行者所轻视了吧！

坐着人力车到 ×× 部，在客室里等候部长时，他把一张印着“宋慕文”三个字的名片递过来给她，她亦大着胆子地和他应答着。

等了二三十分钟，秘书长出来了。他说部长没有空，等下次再来。他们只得扫兴回来。

“就是这个报告着晤不到 ×× 部长的男学生！”她指着宋慕文笑得有些夸傲地给其宁看。他却幽怨地看了她一眼。

会场里的电灯发光了。灯光下群众喧杂的情调为她所未曾经过，她忘记了念着佛等她回去的母亲，也忘了自己肚子里的饥饿，很纯熟地和邻座的男女学生谈论起来了。

一直到八点多钟才散了会，在满街灯火的马路上，她和其宁分别了后便坐着车子回家去。

十七

重阳节过去了，“已凉天气未寒时”正适合岭南的十月初天气哩。久静思动的W校学生，表决在明天起做分组旅行，吸吸城乡的新鲜空气。

每组都是学生们——男女生自由结合的。她和许女士，如容和其宁，敬恩等组成一组之外，还加上了维强等好多个高初级的男女生。这一组算很热闹了。有十五个男生和六七个女生。她（他）们的目的地是A城——距A市只有二十分钟左右的海程。

天还没有亮时她就从薄睡中醒来了！因为辗转了一宵没有睡熟，两只眼皮似乎增加了许多重量，勉强睁开眼来向窗外望去时，灰黑的天空才微微地吐出一丝白意。厅上的自鸣钟恰巧敲了四下，但她急忙忙地跳下床来。

由人力车上跳下来时，出她不意地是学校的大门口还紧紧的向内锁着！她想，学校的当局方面真好笑，每晚上这样的把大门锁到天亮又有什么用呢？听说他们寄宿的男生，每晚都有本事到外面冶游去哩！

叫喊了许久，门房才张着诧异的眼光，从床上跳下来开了门。

她独在走栏上面海站着，一轮血红的大日头，从海天尽处慢慢地升起来。笼着晓雾的海面上只有白茫茫的一大片。

“呵哟！真好看啦！”她本能的向太阳赞美着。倚着栏杆默默地听听球场上的鸟声，看看变幻的朝霞，心里悠悠地想着近在咫尺的其宁。

小春天气，欲寒未寒的晴朗的早晨，W校的旅行组向附近百余里内的各城乡进发了。激越的喇叭声，把充满青春的愉快的男女的热情，一同吹将出来。

七点钟的时候，他们这组旅行队到码头来了。冷清清的码头上给她们以重大的打击，第一次的早轮是开去了！第二次的要等到午前十一时才能够开驶。——A 市和 A 城的交通只有这两三只小汽船往来着。

“那么，我就不去了！谁耐烦在这儿空等几个钟头？”许女士像巴不得回去般，第一个扭转身子去。接着也有些同学说扫了兴，不想去了。

“一定要去的，你们不用慌，等我和里面的总办磋商一下！”组长维强忙跑向汽船公司的办事室里去。

“有了船了，专载我们去的！”隔不上五分钟，他们满面堆着笑地跑了出来，把手儿向他们招着。“哈哈！我们胜利呀！”他说，他把印着“外交后援会”等类的头衔的名片递给了总办，又和他说我们是负有 ×× 会的使命，到 A 城去宣传革命的工作的。他只得唯唯答应，特地叫司机开了一只小一点的，平时不大行驶的汽船给我们。

“没怪你们要抛弃了功课，整天为革命而奔走，真奔走得有切实用呀！”她看维强这样意气扬扬的态度有点可羡亦有点可鄙！

小汽船转动着轮轴了。因为水浅不能靠岸，几个工人把一条木板架着岸和船沿，同学们都连跳带走地落下船里了。她跟着站上木板去时，下望沙渚上积着污秽的废物，还罩上一层深绿色的泥水。木板离下面足有尺儿高，她不觉两腿一阵悸萎，举不得步了。

“怎么，还不下来么？”许女士在船里向她招手。

“呵哟！你还不下来？”船里的人都在催促她。

“我，我不下去了！我的……”她再从木板上下望，忽然梦景涌上眼前，她又急又怕地几乎掩面哭着！“我不去了！……”那一次在海里挣扎着向宋先生求救的情景，把她袭击得落下泪来！

“其宁，你不会上去把她拉下来么？”同学们都诧愕起来，有的叫其宁上去拉她，但软弱的他委实没勇气再走上这木板去！只仓皇地踌躇着。

“等我上去吧！”维强走上木板去。

“不，我不要过去！……”她像小孩般哭着！但他像负重一般，三两步硬把她拉过来了！

“好了！好了！”他们是一阵笑声。

她从昏迷里清醒过来，船身已经微微地震动着开行了。她觉得背上一层腻汗，很讨厌地贴住衬衣；给海面上的风儿吹来，又似有冷意！再想到自己顷间的情形，她不好意思地红了脸了，那只给维强紧紧拉着的手儿，也似乎有些特异的新鲜的感觉！

“怎么这样神经质的，早间像孩子般落眼泪呢？你站起来眺望这海景！”许女士像抚摸般地拍着她的肩膀，她偷眼望着他们，都很热狂地在欣赏着海景。

她跟许女士向船窗外望去。澄碧的天空和珠红的海波，同样的向无限伸展着。A市已差不多看不见了，只有那粒小得像棋子般大小的A市贮水池，还隐隐约约地浮现着。几只雪白的海鸥点缀在青天绛海之间。右面一带忽高忽低的屏山，在眼前起伏的飞过。……这寥廓的天空，这滔滔的海水，还有已凉不冷的南海的轻风，悠然地拂着人额前的短发和衣袖。这萧爽的情调，把她早间昏扰不安的心情渐次平定下去了，身上也觉轻快了许多。

十八

由码头通至A城里的官道上，两旁几株柳树都呈现着零落的气象。似乎要告诉道上的行人：“南国的残秋消失去了！”由柳树隙望去，两旁的田野都长满着金黄的禾穗，翻起阵阵金波，当晓风把它吹拂着的时候。初冬的丽日温和从前面那些柿树梢，斜照在这蜿蜒的官道上，田野里的稻香，带着泥土的气息，一阵阵似有似无的蒸发出来，含着许多使人沉醉的力！A 城的名胜北岩和西岩，就在这官道的两旁的乱山中。还有有名的文星塔，任凭行人怎样转弯抹角，老是浮现眼前的。

两年来住在 A 市的烦嚣里的她，眼前的景物特别地对她吸引着。眼前只有光明，只有灿烂！她们的娇脆的笑语声，时时引得弯着身子在田里刈草的农人们的抬头骇视。

转入城里了。恶浊的空气，狭小污秽的市街闯进眼前来！她不觉皱了眉，叫认得路的维强另拣旷野的地方走。

在路上他们一面说笑一面买水果吃。男生们的背肩上手上都负着皮袋，热水筒，香蕉等东西，女生们却空手走着，不愿分担义务。她想女人到处都是受男性们欢迎和同情着的，看他们那累赘的情形——替女生拿东西的情形真有些可怜！他们真是何苦来呢！

“我可累死了！跑不得了！休息一会再走吧！”他们走到了一所古庙面前，敬愚把肩上负着的一束甘蔗，和手里撑着的一面旅行旗放了下来，坐在石阶上。

“你瞧！文星塔不是很近了吗？再走一条小巷就到了。”维强催促他起来。

“走罢！这些老妇人真讨厌！”她看见庙里一些善男信女们，手里拿着一束香都走出来观望，还对着几个女生不住地批评。

“比得上你们么？你们喉干了会一段段的来向我肩上要，可知道人家的肩上酸得要命么？”敬愚勉强把身子抬上来。

他们跑到文星塔前面了。这塔是在衙署前，四面都环着一围短墙，围里有许多卖杂食的小店。塔身的黝黑的石塔砖，表明着它有多年的历史——据说有三百多年了。一共有十五层的高度。在下面望上去，老觉得它有些要倾斜下来的姿势！神经质的她，走到第三层就不敢再上去了，又累又怕地喘着！

同学们都奋勇先登地上去了，结局只存她一个在下面，她只得提起精神跟其宁爬上去。

渐高渐缩小的塔身，到第六层已经没有窗子；没有走栏了。石塔中充满阴森的气象；在黑魆魆里只有摸索着。她的手儿不知什么时候给其宁紧紧地握住了！他俩的心儿都紧张着，静听着上面他们越走越远的足音。

“不要上去了，其宁！我怕着呢！我们走下去吧！”她的右手偶尔触到冰冷的石壁，不觉一阵战慄地几乎就势倒在他的怀里！

“我亦有点怕呢！”他在拼命地紧握着她的纤手，一同走下来。

“好了，这儿有窗子，亮得多呢。”在薄暗的阳光中，在幽凉的古塔里，她望着他那圆白的脸儿燃烧着爱的热火来！她想，自己会和他在这样的情景里相对着真是小说样的遭逢！他能够在这个时候抱着自己——紧紧地拥抱着自己，以后便可以和他成为爱侣了！但孩子般的其宁总没有勇气，正和她的好几次想自动地揽着他的肩膀而终于失败一样，他俩只有默默地对视着。

“其宁！……”她颤动地喊了这样的一声，听见上面嘈杂的足音像逐渐传下来，忙紧紧地把对方的手儿紧捏了一下，便挣脱了。

“我们再走到下面去吧！”望着上面射下来的手电灯光，知道他们就要下来了。自己和他在这样的阴暗里相对着，给他们知道了是不好意思的！

“你们跑到最高层吗？”她伏在第三层的栏上，假装着俯瞰下面的景物。但他们都玩得兴奋了，没有注意到他俩的表情。

“真高兴！你瞧我好脚力！一直走上最高层去，谁都赶不上！”

敬愚一面捶腿一面说。

“不怕羞！还夸口吗？是他走前面的，突然惊喊起来，说前面有鬼啦！连手里的电灯都滑溜下来！还是焕章上去的！还不羞！哈哈！”如容和一个女同学叫文蕙的争着说后，大家都哄笑了！

“不要和你们争论，肚子饿了呢！组长，你说买什么东西吃？”敬愚说后伸手向维强要钱。

“随各人的便吧！我要吃红薯汤——A城有名的出产品。”许女士说。

他们走到下面来了。一面捶着腿一面一碗一碗地捧来给女生们的还是敬愚和一个小孩子的一年级生。

“呵哟！不好吃，甜得怕人！”她夹起一块红薯来，咬了一半就吃不下去。

“真是小姐！红薯的田土风味你真地不会尝。”许女士笑着，一块块地吞下去。

“有鸡丝面么？”她皱着眉看他们在吃着像箸子般粗大的面。

“哈哈！在这里要吃鸡丝面，比我们南人要看下雪还艰难呢！将就一点吧！”敬愚一面拭着额上的汗珠，一面狂吞着那碗热面。

十九

她和他们游完了北岩时，短促的冬日的斜阳已挂在树梢上了。他们每人都手里握着一束山花和野果下山来，循着原路到A城的第一中学里借宿。

晚餐在挂着几盏煤油灯的膳厅上举行。他们这一群紧抓着青春的男女都尽量地快乐着，高谈和笑语把同在厅上的一中男学生们羡妒杀了！他们恨闭塞的A城教育当局何以不许学校招收女生，更恨自己的父母何以没有多量的金钱，给他们到各校都是男女同学的A市读书去！

膳厅上的人们都散了时，她的第一碗饭还没有吃完。她一面含着一块鸡骨要咀嚼，一面给敬愚那种滑稽的态度引得合不拢口地笑着。和男性聚餐在她还是第一次，看他们那雄伟的吃法，看得忘记自己的肚子饿了。

由膳厅上散出来时，夜的寒意给轻风送过来袭着衣服单薄的她！她紧握着如容的手儿，和他们一同走尽一条回廊，向东面的宿舍里入去。

这宿舍一共是三间联接着的房子，由一中的学生退出来让给他们的。她和他们闲谈了一会，回头不见了许女士，便走出门外来张望着，却看见她和维强，默默地相对着站在廊下的草地上。

"鸥姊！外面不冷吗？"许女士听见她在喊她，匆匆地入室来了，他亦跟着入来。这样的态度使芷青对她怀疑着！她想，她的对方一定是维强了，他俩想借着旅行来促成恋爱吧！没怪当时是他提议的。

经了众人公共的分配，这三间房子中的一间列有四张卧床的给女生寝宿，其余两间给他们男生。

疲倦了一天的她，躺下床上不久便睡去了！

"芷青，还不起身啦？"她模糊中听见许女士喊她的声音，亦听着维强等在说话一般。睁开眼来，阳光已经射在被子上了。她坐起来想找外衣穿时，外面说着话的敬愚恰巧踏入房里来！

"啊呵哟！人家还没起身呀！"她涨红了脸，只把两手按上胸前衬衣开缝的地方。

"呃！……"他忙缩住两足走出来！外面的同学们都笑起来了！

他们又照着预议的路线出游了。今天的天气忽然闷热起来，参观了几个学校之后，她觉得身上浸满了腻汗了！

走到有名的西子岩上时，已是中午了，他们在山腰的一处竹林下歇足，休息着。疲劳和闷热把红晕驱上平素苍白的她的脸上，娇艳欲滴！在这幽邃的山中，这翠竹丛下，她真是他（她）们中的女王了！

“热得很呀！”她一个人跑向一带竹林深处，想把身上的绒背心除下来。把外面里面的钮扣都解开了；自己看着两只乳峰的周围撒满微微的汗珠，胸前很浮动地起伏着。她一面让凉风吹拂着它，一面下意识的赏鉴着自己的红润的肉体和隆起的两乳。等到把绒背心脱下，再穿上外衣时，瞥见在那满布着散碎的竹影的地上，映着一个人影！她慌忙举起头来，看着那个陈克生正站在前面不很远的地方，露着怪难看的脸色对着自己！她吓得一面悸动着一面飞也似的跑了！

“我这时碰着鬼呀！”她跑过来紧握着如容的手儿，心头兀自别别地跳着！她又羞又恨又惊地告诉了如容。

组长鸣笛整队上山峰去时，她才看见他失神般的由那边踱出来。

山峰上是一所很大的寺院，供的是A城有名灵显的吕祖仙师，香火很是旺盛。寺僧知道了他们是A市旅行而来的学生，连忙殷勤地从房里搬出两碟子陈皮梅和瓜子，和几条透了气的香烟来饷客。

“呵！给他妈的校规束缚惯了，自昨天就忘记吸烟！”敬恩走过来把一支香烟燃上了。

“我亦来试吸一支！”她亦走前去拿了一支，就把他手里那根火柴点燃。

“你们和尚也吸着香烟的么？”什么都不晓得的她这样问着那满脸是笑的寺僧。

“和尚吹大烟才多着呢，不吸香烟！”

“不是我们吸的，是预备着给上山玩着的客人们的。哈哈！我们这里是很守清规的！”寺僧摆着手笑了。

“你们在这里真享尽清福啦！”山上的清景把她羡杀了。

“让我来做和尚吧，你们收容不？”

“先生们和姑娘们才有福气啦！现在世界文明了，你们真快乐啦！哈哈！”年纪虽然老了的寺僧也会动了尘念吧！看他们男女交错，恣意顽笑的情形。

“你们出家人还会成佛哩！”

“真的，要修行几世才能够成佛呢？”

他们正这样地谈笑时，听着敬愚在厅上“碌切，碌切……”的摇着签诗筒，把大家都惹得大笑起来！

“那位先生真虔诚，仙师一定保佑他好事如愿的！哈哈！”寺僧善窥人意的说着些有激刺的话来。

“该死！和尚亦说着这些话？”她暗把滑头的寺僧骂着。那些男生们都笑笑地看着女生们。

两个和尚把这小厅上的两只八仙桌子拭干净了，又搬着一大釜白米粥和几样素菜出来。山中自种的青菜和白菜都另有奇趣的风味，其余的小菜也很适口。他们都半要半抢地把粥和菜都吃完了，吃到后来连菜汤都喝个精光。

他们还叫小和尚下山去买了许多食物和香烟，一直玩耍到下午四点钟过后才下山来，那个寺僧还很客气地送到半山才回去。据维强说，搅扰他这半天，给他敲去五块钱的竹杠！

“晚上要往那里投宿呢？”这问题在路上发生了。维强说昨晚借宿的学校距离这里有六七里之遥，跑不到了，就在城外找一处吧。但他们一连找了几处都是狭小得连宿舍都没有的乡间小学。不得已再走进城里时，街上的商店已经闪烁着灯光了！

坐落在城东一所狭隘不堪，尘埃满桌的学校里的会客室上，他们都人翻马仰的再也不能另找别处了！抱着水烟袋的校长把双眉紧皱起来再四筹思之后，才答应就仅有十几个寄宿生中让出四只木床来借给来客。

“那怎么行呢？维强叫我们五六个挤在一只木床上吗？”维强苦笑着。芷青想，这个时候虽有印着××会的执委的名片也无所用了！

把双眉越皱得紧的校长真走投无路了！到后来他才想出个移兵之计，叫来客分出一小组到邻近的一个完全没有寄宿生的学校去——叫他们几个教员合让出一两只床来。

草草地吃了晚饭，校长便亲自带了这旅行组中的九个男生往别校投宿去了——陈克生也在其中，是她叫许女士转向组长说，把他硬分配了去的。留下的是女生和维强等几个人。

“他们说我们的坏话呢！说我们今晚上……”敬愚气愤愤地说着，他说他们九人临去时发了许多牢骚！

“管他呢？等回校里去时慢慢和他们算账！”维强看那些女生们都脸红红地低着头，只有许女士若无其事的看着一册带来的书本。

“不得了！这个样子怎么睡得呢？外面人家知道了时，一定说坏话的！我很怕！……”胆子小的文蕙和她们嗫嚅地说着，他们都没有法了的面面相觑的干急着，只打算通宵不睡。芷青呢，虽然也觉得太难为情，但她想，能够和其宁这样的亲近地对卧着，真有说不出的新鲜的感觉和兴奋！看如容似乎很注意她和他的接近和交谈，自塔上那一次的接触后，在人面前自己便不敢和他亲近了！自己总不敢坦然地和异性恋爱着的！……她举起眼睛向他望去时，坐在对面床沿上的其宁也刚巧在看着她！

这四只木床是相向的列在一间房子里的，中间放着一只长方形的自修桌子和两盏煤油灯。

他（她）们都坐在床上谈笑着，直至午夜过后的三点多钟，才不能支持地乱躺下去！但许女士却很早便先睡着了。

充满油秽和男性的臭味混和着的被子和枕头，发出一阵阵令人作呕的气息，向她的鼻子里散射！没有昨晚上那样比较清洁一点的一中学生们的床上那样舒适般了，过度兴奋的她，卧在这样的硬木床上尽是睡不着！只静听着外面街上的柝声和室内的鼾声，看着那渐渐变成灰白的窗口！她想，其宁一定睡去了吧！……这两天来的情景真离奇变幻极了！……

廿

旅行归来后的光阴，又很迅速地把校园内的几株灌木树的败叶，扫得干净无余了！这之间，她的革命与恋爱的争执继续了好久，到后来却受了许女士的影响，不怕同学们怎样的推拥，教员们怎样的策励，老是不愿意到外面干那不感兴趣，反而令人讨厌的“工作”去！

是放寒假后约莫一星期的时候了。这天她独自一个地大清早就跑到学校去，校里员生星散后的氛围气真是落寞不堪，只余着一个没精打采的校役，坐在球场上晒太阳。

她匆匆地找到了门房，问他可有她的信儿——她怕信件寄向家里去时会受大奶奶的调查。虽然有的是女朋友所寄的，但到了相当年龄的女儿们的私语，总不能公开给母亲的，故宁可麻烦一点的转向校来更为妥当呢。——出乎意料之外的，他递给她的不是其宁的信，也不是什么女友的，却是封面写着华缄的本市的信件！她忙走入空讲室里，把它拆开来。

先看信末的署名，原来是如容的哥哥华四少所寄来的第一封情书！信里抄满了《玉梨魂》和《情书指南》里面的肉麻句子，引得她笑了出来，兴奋着的心房也突突地跳着！虽然文笔这样的全没文字意味和太于劣俗，但她想起它的主人翁委实是个美男子——风流贵介的美少爷，她略不踌躇地就在讲室里的讲台上把回信写好了——是不亢不卑，若有情若无情的一封复信给那个浅学而近浮夸的少年了！

吃了午饭，照例是如容跑来和她坐谈的，但今天等到二点钟敲过了还不见她的足音！表姊已回家去了，一个人真是举目无侣，只悒闷地给早间复了信这个问题纷扰着！

假中无聊，女友们时常都到她家里坐谈去的，尤其是如容和她顶亲昵，还时常在她这里住宿的。生长在那样烦杂的家庭的如容总比她见识得多，她从她口里晓得一切的世故人情也晓得不少的关于“性”的知识。

到四点多钟如容才来了。她只问她有到过学校去没有，便谈些别的事情，像不知道哥哥寄信给她般，还在取笑她和其宁的情史！

“你们真是一个个都有了爱人，有了对象了！你知道么？鸥姊的真正恋人不是维强也不是我们所疑拟的那些，却是个姓颜的小学教师，A 市 ×× 文社的主干呀！听说他俩是由文字上结合的，时常在 C 海岸那里情谈呢！我哥哥也曾晤见着。……”

“你哥哥也认识她吗？”

“谁不认识？你们两位是 A 市鼎鼎大名的女学生领袖呀！”

“又来取笑人家了，看你这张嘴！”

“今天我自己也亲自碰见她和个很洒脱的男性并肩由 T 园里走出来的，这个人就是姓颜的吧！听说近来时常有许多恋着她的青年，天天跟着他俩的背后，又寄了许多恐吓以至要挟的信件给他俩！不知她何以在这样包围之中，竟爱上个寒酸的小学教师？几多地位高傲的男性，她却不值一顾呀！”

“你说起来我才恍然呢！记得那一天她从身上掏出一张半身的男人肖像来给我看，问我‘这个人怎样？’说是她的朋友。我想她自来对男朋友都没有这样亲密的！看来这人必是姓颜的无疑了！”

“啊，芷青！你觉得这个姓颜的会有些和宋先生相像吗？……”如容笑着。

“呵哟！又提起他做什么呢？我恨他呢！……”她听浣玉说，他到南洋不久的时候写信给她的哥哥，信里骂她是醉心虚荣，以爱情当着幻灯要的女性，他受了她的骗了！他现在觉悟了，断不迷恋她了！……她当时听后又气又恨地痛哭着，此刻如容又提起他来，就像针似的向她刺着！

“不是和你说玩哟！不过宋先生的样子痴俗不堪，姓颜的却清雅许多呢。”

“你这样善于观察人，你未来的恋人一定是独一无二的美男子了！”她感着自己一入社会就能使男性们倾倒的娇矜，再看着如容脸上那片难看的疤痕，故意打趣着她。

“呵哟！谁要爱人呢？我不是抱着独身主义的么？……”

“独身主义，怕是三身主义吧？——有了对象就有孩子了！……”她想，衣饰上十分讲究，拼命地想把脸上的疤痕给厚粉遮去的，和自己般喜欢和男同学交接的如容，又何必撑着高蹈派的独身主义的旗帜呢？

晚上，她和如容都躺在被窝里看小说，对文学全无门径的如容就顶好读《红楼梦》，说着肉麻派的从前很流行的痴情话。这时她低吟了一会《葬花诗》，又把全部的《红楼梦》拿起来乱翻着，翻到“贾宝玉初试云雨情……”那一段，她叫芷青一同一行行地看着，没有看完，她俩都伏在枕上笑了！

她俩渐渐由书中的人物谈到现实的人们了，又渐渐地谈到刻不离口的恋爱上去。这个时候如容很坦直地告诉她，说自己在十五岁那年跟父亲们在H港居住，在那儿爱上了间壁的一家洋货店里的一个很漂亮的店员。

“你和他有了性的关系吧？快点把那件事的情形告诉我！……”蜷伏在温暖的被窝里的芷青，遍身软绵绵地不好意思地笑着！

“你这个人真是坏人！人家把由衷的话告诉你，你还不相信！不是和你说，给家里的小婢碰见么？那时委实是不及有什么行为的，他只紧紧地抱着我！……”

“那个时候怎么样呢？有什么滋味么？……”有父系的早熟的遗传的她，到现在还不曾尝着和男性吻抱的滋味，她痛恨从前白失了好几次可以尝试的机会了！

“很难说出的，你自己怕不曾经验过来么？……嘻嘻！”

“呵哟！我和谁经验过来？我又不会偷汉子！……”她伸手在如容的臂上捻了一下。

“难道我就会偷汉子？不得了，不得了！”如容也伸过手来捻她的臂膀，俩都一面笑一面在被窝里打起架来。

“呵哟！够了，不要玩了！……问你，你为什么爱上个下贱的店员呢？”她露着轻蔑地问着。

“不能够这样说的，我们不是应该打倒阶级的不平等吗？……大约那个时候见识还浅薄一点，坐在家里当小姐，见到陌生的男人就会很容易地爱上他的，而且他委实漂亮得很！……”

“这也有理由。……你现在还爱他吗？”她想，越是在家没和异性接触，越是痛慕着异性的，记得自己十四岁时候，无端也单爱上那个时常来家里卖糖食香烟的男小孩呢！

“听说他已讨了老婆了，我不念他呀！当时我也知道不能够和他成为恋爱之侣的，不过一晤到他，就引起我的情热啦！”

“不怕羞，你只有十五岁就会有性的冲动吗？”

“怎么不会？听说我二哥哥只十二岁，就会强奸着家里的女婢哩！……”

“嘻嘻！……”

谈锋转到如容家庭里了，如容不客气地告诉她，说华四少十分爱着她，想着她，本来就要叫媒人过来求婚的，是她和他计划，先通通信和交际，等双方有了相当的恋爱时才决定婚姻问题，想来大奶奶方面亦没有什么阻力吧？……又说自己和她这样的爱好着，来日可以成为姑嫂，她就真的抱着独身主义，不嫁人了。……

廿一

一声声的爆竹把一九二五年的暮冬赶走了！家家的门口都贴上殷红的桃符，它把新春从颓沉沉的旧岁中拖出来了。

阴历的元旦是我们中国人一年里顶精彩，顶快乐的节辰，也可以说是顶自由平等的日子！——差不多百业都停止着，各个终年劳苦着的工人，也能够在这个节日休息着一天两天的。陈旧的过去了，未来的正来日方长，谁不开眉嬉笑，尽量享乐呢？

气候不常的A市，这几天突然暖和了许多，春气特别地弥漫着那班沉酣在逸乐的，平时不晓得什么是人世的悲痛的男女们身上！

许女士自除夕前一天，到她的一个离K村不远的友人家里去，一直到正月初旬才回A市来。乡村的新年的情调和这里迥乎不同，她回到家里来后，看看街上，戏园里……的男女们淫乐的纷扰着的情形，使她格外地对这都市起了恶感！她无聊赖地跑向芷青家里来。

“呵哟！你们碰巧要出街么？”许女士踏上了厅上时，看见她和如容刚刚在找着钱袋子要出街。很流行的旗袍罩上她的身上了，把刘海荡得蓬蓬松松的，脸儿上还搽了一层淡淡的香粉。只有十多天不晤的芷青，竟居然像如容般，脱去了清丽的女学生装束，变成妖冶的时髦女人的打扮了！

“呵！鸥姊！我们刚要上文蕙那儿，约她一同到如容的家里，坐汽车逛去呢。你来得真好，快点一同去罢！”她看见许女士到来，喜欢得很，但细看着她那种悒闷空寞的表情，不觉把声调放低了一些。

“鸥姊，真好呀！今天我四哥哥定了两个钟头的汽车，要逛到A市尽头的石炮台附近哩。一同去罢！”如容拉着她的手儿。

“你们几时学会了时髦法儿呢？我可没有这样的豪兴！……”许女士苦笑着。她想，物质文明的魔力把这个纯洁的芷青吸住了！没怪街上横冲直撞的驶着许多满载了红男绿女的新式汽车，想来是那班投机的小资本者，由海外运来供这些男女们的娱乐的呀！……

“呵！我们这几天真玩得好快乐！本来是和约芳，文蕙四个轮流的出钱坐四次汽车的，但每次都是她四哥哥为我们打电话定汽车，每次都替我们付钞了！”她半得意半不好意思地说着。

“你哥哥叫华如章的是吗？”许女士想，这个不良少年一定不把芷青放过去！自己总得对她负起了师友的交情，有机会时，忠告她一下才好。

“是的。他亦认得你哩。……我们快点去吧！”如容把钱袋找在手里了。

“不！我要回去的！……芷青，把你们的香烟给一支我！”许女士挣脱了被芷青拉着的手儿，点了一支烟狂吸着！

“你这个人就是这样的执拗！要要去不好么？……”她看许女士也会吸烟，不觉骇然！

“你一定要同去的！回来我们在这里聚谈！吃东西，玩扑克，掷骰子……。今晚还一同看一支香班的戏去呢，大家享乐一下不好么？”如容在哀求许女士一同去。

“你一个人回家去，不也是很寂寞么？”

“……”

许女士终于和她们一同出到门口，便一径别去了。

“真是怪僻的性情！……”如容有些愤然了。

“我们快点找文蕙去吧！”她和如容一同跳上在脚旁恭候的人力车，车夫拽开大步跑着了，她回望落在后面的许女士，低头若有所思地在人海中慢慢走着。

一连继续了十多天的游乐，看看元宵就要到了！

她连日戏是看得倦了，玩也玩得累了，纸烟也吸得有兴了！……一合眼宁神时，眼前不是红绿的袍帽便是车马游人拥挤着的憧憬！耳际又仿佛是管弦丝竹，和高谈笑语的声音混杂着！弄得精神很是昏涩不堪！

“呵哟，脸色怎会这样不好看呢？！……”今天睡到午后方才起身，洗脸的时候，瞧着镜中自己苍白的颜色更其枯涩了，两只眼睛也晦滞无光！“头有点晕呢，怕不是要病么？”她有些后悔不该恣情地游荡了！

“姑娘！奶奶人不爽快呢！……”绛桃走过来和她说。“奶奶昨晚上忽然气涌上来，辛苦了许久呢！我们想把你喊醒来的，但奶奶怕你吓着，不给我们让你知道呀！……”

“又是心口痛么？怎样会的呢？……”她想，自娘因怕冷搬入后边楼房里去后，自己越罕得在她跟前说说笑笑的了，连日又昏腾腾地只知玩去，也没心肠注意到娘的起居上面啦！这老毛病一发起来时是很难复原的呵！……放下手里的脸巾，她连忙跑向后边房里去！

大奶奶说是受了点寒，又给国忠气了一顿，所以把旧病勾上了！

过了元宵，学校上课了，但大奶奶的病势却丝毫不见减轻！阴森寂寥的病榻前坐得她有些不耐烦！她又抱着书包上学校去了。幸而她的一个穷亲——表妗母——来在家里帮忙，她想，有了她——表妗的招扶，母亲不至太寂寞了！

自去年跳舞的风气盛行到A市来后，女学生顶出风头的事便是在各聚会里歌舞了——像市立X女中，便是以歌舞著名，因而多招生徒的学校。今年W校的校长也不能逆着潮流。他特地由海上聘请了个跳舞学校毕业的女教员C来担任女生们的跳舞。

下午放了学，照例是半点钟课外的跳舞练习的。她觉得这一科真比英文还来得时髦和有趣，拼命地学习着。

在全校一百多个女生之中，只选出十多个高足，另编成一组特别组。这组里身材苗条，体态轻盈的还要算是芷青，所以不但她自己喜欢学习，就是C教员亦热心地指导她。

她们学习了两个多月，学会了三四种跳舞的方式，看看残春亦就要跟着落花一同谢去了。

四月五号是××歌舞会开游艺会的日子，地点就在A市有名的××戏院。C教员是这会里的重要角色之一，便用这会的名义聘请W校女生来参加表演。一方是想夸示自己门生的艺术，他方也想给她们出出风头，增长校誉。

这特别组的女生们都忙着练习，缀珠鞋，量舞衣，预备登台初试，不消说，她亦是里面主要的一员，可是她精神上比别人更其纷扰不宁的，就是母亲的病势只是有加无减，缠绵床第！

落了几天雨，春寒又袭来了！昨天大奶奶的病势忽然沉重起来，不知人事的昏了过去！等到她又惊又急，在校里闻报连忙卸了实习的舞装赶回家里来时，她才慢慢地苏活起来！看来病人是没有好的希望了，装作着面子的国忠，亦把分居着的妻儿喊过来服侍母亲，暂居一处。她不得不向学校请了假，在病榻前闷坐着了。

“外面又下着雨哩！病人不要再着了凉，把双扇帐门放下呀！”

表妗轻轻地踱入室来。

“果然又是下雨了！”呆坐在床沿的她走下床来，放下帐儿，听着外面的雨声越下越大了。

——呵！她们这个时候一定在会里了，此刻怕登台了吧！偏偏娘这两天又病势沉重！呵！假如娘就这样不会好起来呢？……自己……！耳际是雨声溟溟和着娘的病弱的鼾声，她自己一个住在灯光对那低垂的帐儿，悲哀和恐怖渐渐向她侵袭着，一面还幻想着她们在兴高采烈的情景。

一阵敲门声在雨声中涌现，接着她听见楼下有客人说话的声音！她走出外面来时，看着C教员手中拿着淋漓的雨具，在厅上等她。

她本想不去的，但C教员再三勉强她——几乎是恳求她！说她不去时他们就表演不成功了！这一组里缺少了半个也是做不得的！临时喊他人来代替，亦不可能了！……又说她们可以提早表演，两三点钟内便可送她回来的！

她终于穿上鞋子，跟C教员跳上车子去了！夜里雨中的街上很是萧条！一阵凄冷的情调扑上她的心上，她悔不该抛弃了危在旦夕的病母而走向娱乐的场所了！但她只有昏然地听着淅淅的雨声和粼粼的车行声，没有回去的决心！

廿二

她没有到校里已将近一个星期了，同学们都记挂着她，这天，许女士和如容一同到她家里来探视。

她俩走入大门，见里面寂无人声，厅上只有零乱散碎的纸屑，铺满地上，显然地，它的主人们是弃它而去了！

她俩吓了一跳，高声地把芷青叫了几声，她家里的一个老仆妇才由后面走出来！

不等她俩的发问，她便又伤心又急促地诉说了。她说，奶奶的病势已到垂危，许多中西医都说难望生存了，所以大少爷和店里的族人们都主张赶着她一口气还存在，运回S村家里去善终才算福气的，不致丧身异地！就在今早四点钟光景坐帆船同去了，姑娘也跟了去了！

“那么，以后不再回A市来么？……”人去楼空，一阵怆凉空寞的情调向她俩袭击着，痴情的如容已流下泪来了！

“不能再来了吧！唉！早上姑娘临去的时候真哭得够呀！她一面收拾着书本一面哭，还一面哭一面写着信儿呀！她留给姑娘们两封信哩！”老妇人从袋里把它掏出来给她俩。一封信简小一点的是给许女士的，还有一包不知什么东西和大点的信儿却写着“如容亲展”的字样。她们俩只得充满了惆怅地回去了。

就在这个时候，S村的屋角已隐约地透入她的船头了。从密遮着软帘的船头里望出去，还看见滔滔的江水和浮荡着的几株石莲花。她的眼光不是忧伤地投射在直躺在被里，连脸儿都看不着的母亲身上，便是无聊地窥望着船头的景物。小小的这只帆船就像一副榨压机，把她的身和心都紧紧地压得透不过气来！

船靠在S村的岸畔了。病人抬进屋里的时候已不能说话了，她只微微地睁开眼睛来，看着这渴望它的主人到来的房里的一切东西！

这晚上大家都环绕在病床前纷扰了一宵，病人只是不断地喘着气，亦没有什么变动！她呢，她的心上像罩了一层浓雾，只有昏茫地暗泣！

凑巧得很，隔天上午的时候，她的三叔父由南洋回到A市来了。近来南洋的树胶生意做得屡次失败的他，带了家人回祖国来经营些别种商业。听了嫂嫂临危的消息，他只得赶午前的火车跑回故乡来。

三爷跑到嫂嫂床前时，看了哭得死去活来的侄女和只知玩耍的侄儿国贤也有些惨然，病人已不能对他付托什么了，只睁着眼睛向他凝视，看得三爷更是懔然不安！忠心的表妗走过来把大奶奶病中想和他说的话转告他，说她的这一块肉若莲要求三爷向她负起父亲般的责任！又说要求三爷许她继续读书，将来婚姻问题等她自己做主去。又说她自己还有几千块钱的存款在A市的店里，叫三爷做主拨给莲儿做学费和奁资……表妗说完还代大奶奶揖了一揖，见三爷只有默然，又叫满面泪痕的她，过来拜求叔父，说以后叔父就是你的父亲了。

再看病人又向他睁眼的三爷，只得悚然地开口把一切答应了。

到了晚上，病人似乎清醒了一点，从快要僵硬的喉里挣出“三叔”这两个字来！等到三爷在S村的绅商俱乐部里走了来时，她又只是喘着气，睁着眼睛，看看女儿又凝望着他。

“你还不放心么？我已经把你说的一件件答应了，只要她肯听话，学规矩，我是把她当自己女儿看待的。你的后事我也会为你理得好看，妥贴的，你放心吧！……”在俱乐部里他已完全知道了侄女儿的一切放荡行为了，他恨嫂嫂没有教养，送女儿进学校，把女儿弄坏了！“国忠呢？母亲这样地病着还游荡去么？快找他回来！……你们不用哭了，赶快把后事料理，停下子够你们忙呢！……”他作了一阵威福后便出去了！病人很辛苦地喘了几个钟头，到后来便渐渐气息微弱了！芷青这个时候已不会号哭了，她像受了过度的激刺，只紧紧地握住母亲那抽搐着的一只手儿，失神般瞪着两眼！

午夜的十一点多钟，大奶奶只得撇下她唯一的女儿，与世长辞了！当众人把死人的尸体放落木板上抬向厅上去时，可怜的芷青只是把手指撑开母亲那不瞑的眼皮，和紧抱着那渐渐僵冷的身躯，老不相信相依为命的母亲，就这样地弃她死去了！

从这个时候起，在三叔和哥哥的淫威下，度她凄凉悲苦的闺中生活了！

廿三

又是江南草长的暮春三月了。一连下了个把月的绵绵不断的雨儿，把G村和A市的交通要道几乎塞绝了！这几天邮差没有来，送A市报纸的人也没有来，小小的G村似乎给外界隔绝，只让紧凑的雨儿把它狠狠地罩压着！

自去年母亲死后，在家里幽禁了几个月的光阴，终于挣扎着离开那牢狱般的家庭的芷青，得了许女士的介绍和策勉，于春寒料峭的元宵节后，带了一肩行李，偕了相依为命的忠婢绛桃，走来这距离A市只有十里左右的G村的一个中产阶级的家里担任家庭教师以来，已经寂寞地度过了整个的春天了！

——今天有些阳光了，好呀，天快晴了吧？真落得人心头闷死了！……鸥姊今天一定有信来的，可恨的邮差！……她照例把第一组的高级小学学生教完之后，便背着手巡视着第三组的合共有十一二个年纪很小的初级生的读书法。灰薄的阳光照得那块小黑板上有些闪光，她跑出课室来，站在檐下仰望着天空。

天空真的是晴朗了，深蓝色的很少云翳，久不见面的太阳，也偷从白云隙里，吐漏出光芒来！

——真也奇了！要落就落个不休，要晴就爽爽朗朗地晴了！昨晚上不还是下着很大的雨吗？……

——昨宵的狂雨真使人心寒胆战呀！娘在身旁的时候自己安安稳稳地快乐着，现在，身和心都整天动摇着般！唉！……那雨，真使我感到像站在危岩峭壁上，摇摇欲坠地灵魂儿都飘荡起来，唉！……这几天她又不知不觉的悒闷无聊起来！那颗给许女士鼓励得热烘烘的心儿，又渐渐泛出层层暗影了！

—听东家奶奶说，外面这几天像有什么变动，邻村有难民逃来这里呢！不知这G村亦有影响吗？自己一个孤零无依，唉！

……连鸥姊都不给我一点安慰，没有只字飞来了！唉……

“先生！来上我们的课了！”她呆呆地望着天空，听了这样的叫声时，忙跑进课室里去。

这间不甚大的课室里，一共坐着十多个阶级相同，年龄相差的学生，男的女的都有，他（她）们是东家丁长明的儿，女，叔，侄……和亲戚。他们对先生还算不错，尤其是这个孩子般的郑先生，他们对她是很亲密敬爱的。

虽然是过惯了小姐式的娇养生活的她，此刻为人在客，感到了不少的不舒适和不如意，但终日对着这些天真可爱的小学生，下课时和他们谈谈故事，闲步田野，徘徊溪滨……也使她减去无边的烦闷，和感到生活之略有意义！

几千块钱的遗产她不再梦想了，繁华富丽的生活她也不愿再沉沦其中了，她充满希望，勇气，想自做工，自生活，把黑暗的家庭抛弃的！

她现在是很奋发，勇敢的，不过凄零的悲哀，和茫茫前路的烦恐，却时时在她软弱的心坎上跃动着！

午饭后了，她刚拿着一册自去年以来，在女学生中十分流行的C氏小说在阅看，一个小学生飞也似的从外面跑来。“先生，报纸来了，很多哩！”寂居村中，把信件和报纸看成第一消遣品和兴奋剂的她，连小学生们都知道她的嗜好。

“呵！邮差也有来过么？……”她跳起身来把小说放下来，接了一大束堆积了将近一个星期的A市报纸。

“没有，没有邮差！”

“该死的！送报的都来了他还不来！”她急急拆开报纸的封面，先拣星期三的附刊有××文学社的刊物那一天的报纸看着——这刊物是A市——也可以说是岭东沿H江流域一带的唯一文学团体，是许女士和那姓颜的几个爱好文学的青年所组织的，说到许女士，她在去年已经从 W 校的高级部毕业了，摆弃一切的和爱人颜闪星在一个小村落里当小学教师——因为她近来对文艺又有热烈的嗜好，所以曾作了几篇小品文和新诗，叫许女士为她修改，有时她也便把它发表在这刊物上。

她先看刊物的目录上，发现了自己的名字，心里便突突地跳动，微笑浮现在她的两唇上了！再看下去，她的一首清明节忆死去的母亲的诗，刊登出来了！

——自己也许可以成为女作家，女诗人呢！……现在国内文坛上，不是很少有女作家，女诗人吗？自己未必全无天才，大概可以从这方面发展吧？……她的心里又浮出了一道光明的前途！

——自己以后真勿再颓丧，沉闷了！努力用功起来吧！……她把那首诗读了又读，看了又看，不觉孩子般笑出来了！

课室的铃声响着了，她只得放下报纸，跨到讲台上去，脸上浮着笑痕的向他们讲解。

晚上，她把新闻细心地阅看，但并没有关于政局，军事等变动的记载。她想，邻乡一定是自相残杀吧，械斗吧！

她再把那纸刊物捡出来细细地读着。里面有许女士的短篇小说和其他不相识者的诗歌，还有一篇散文叫《月光花影》的却是姓颜的作品——描写他和许女士的甜蜜生活的作品。文字艳绮清幽，情影活动生趣！她不觉读得心里醉迷迷的，把他俩的在爱中的生活描想出来！……

——他俩真幸福呀！恋爱成功了，目的达到了！在那样清幽的乡村里——比 G 村风景清丽得多的小村里当小学教员，把丑恶的社会忘却了，把人类的纠纷忘却了！……呵呵！他俩真快乐呀！人生的意义不就是这样么？……自己亦极愿看轻一切的虚荣，名利，和爱人偕隐的！可是，此刻谁是我的爱侣呢？谁是我的同调者呢？自己父母是没有了，亲骨肉的兄弟姊妹也一个没有了，连个爱我，看护我的同性或异性的朋友也没有了！唉！……她想到自己的恋爱事件去时，旧的创痕很深刻地一一创痛起来！……

——听浣玉说，宋先生最近已到美国去了！他定恨我哩，向他说“我爱你，请你宽恕我”的话是已经太迟了！他还算是为我牺牲，在我心版上刻着第一名深痕的男性！唉！……这个时候她不觉对师玉抱起爱感了！

听说其宁已经挽了文蕙的手儿，一同到S市升大学去了！呵，这个驯弱的羔羊也会向自己复仇，他的腼腆的红颜已不再为我所有了！……莫怪他了，都是四少害我的！唉！如章，这个不良少年，这个浮荡少年！他把我未经男性接触的红唇蹂躏了，他把我和其宁的爱情破坏了！……他全不晓得“爱”的，他是爱情的大罪人！他把我当玩物，当媚妓般地玩弄着的！唉！如果没有鸥姊的警告，和自己不早一点识破他的鬼蜮伎俩，那么，自己终身的幸福不是给他剥夺净尽了么？自己的处女之宝不是险些就给他毁坏了么？……痛愤的热泪在她眼里滚下来，她感觉心口上一阵灼热！

——可是，可是！唉！……他虽不是我相当的配偶，恋爱之侣，但自己的双唇不是因了他那迷人的脸孔和手段，而给他吮吸去了么？自己的身体不是给他拥抱过了么？……精神上虽然到现在已对他没一丝爱感，但肉体上他还不是我唯一的男性么？呵呵！……她的心口上又似乎塞住了些什么，脸上更烘热起来！

——呵呵！接吻，接吻！不能忘的那一次的抱吻，……她迷迷离离地好像四少的迷人的脸孔浮现在眼前，有酒臭的两片红唇送到自己的颊上来！

……

廿四

寒冬岁暮，距离除夕只有两天的晚上，她和如容，四少，一同到影戏院去。

自从国产的影片风行一时以来，A 市亦应运而产生了两三个时髦的影戏院了。这些场所，无疑地便成为青年男女们的找爱和交际的场所了。

她和四少们到这影戏院里，在今晚算是第三次了！

片上演的是艳情剧，当那男的抱着女的，慢慢地把唇儿送到她的口角去时，幕上突然只映着两个紧闭眼睛，嘴亲着嘴的放大的人头。……

在模糊中她觉得腰际似乎有只手儿在向自己紧紧地拥抱着！一阵迷醉的感觉使她全身无力地只想倒下去！……

等她渐渐清醒，在淡绿色的电灯光中睁起眼睛看时，才发现自己的身体已有一半倒在隔椅四少的怀里了！她吃了一惊，偷眼看看如容时，见她正集中注意力在幕上，才把狂跳着的心儿稍稍宁静。

“呃！”她把身子摆动了一下，他的手腕才由腰际渐渐松溜下来，还在她的腿上捻了一下！她装着不知觉地避开他的视线，心头又剧烈地跳动着，没有注意到片上是演着什么了。

一阵冷风向她灼热的脸上送过来时，她的脑里清醒了许多，她已站在院门口了。

“我们到茶馆里吃点东西去吧！你觉得饿吗？”四少在亮如白昼的院门口向她说。

“也好！……”她只点点头，不敢望他。

“我不能陪你们去了，头晕得很！”如容跨上了人力车，头也不回地回家去了。

她跟他走上西餐室的房里。

伙计拿了菜单去后，撒下了白净的软帘，他跑近她的身旁来了。

“哈哈！郑女士！不，我的青妹！你怎么不抬起脸儿来呢？……”他半用腕力的把她全身由椅上抱住了！……

“姑娘！你还不睡么？呆呆地想什么呢？”她正沉陷于过去这一幕不能忘的喜剧里，睡了一觉的绛桃，醒转来时还看她在灯下呆坐着。

“呵！……”她咀嚼着余味般，把舌头向两唇上舐了一下。红着脸走到床上去。

昏昏地乱想了一阵，听见隔房课室里的自鸣钟已敲了三下了，她反而渐渐清醒起来，一点睡意也没有！像过了一定睡眠的时间，她无论怎样也睡不下去了。她把身子转向外面，发现窗外的月光斜照在衣架上，很亮很亮。

——就起来坐它一个整宵吧，横竖明天又是星期日。她把身上的一条毯子拉开，坐到月光照着的衣架前去，她看见晶莹的一轮明月了。再向窗外望去时，庭前那株柚子树的繁枝密叶里，闪出一处处的白光来！

她正欣赏着这幽美静穆的情景时，一阵夜风把柚叶吹得飒飒震动，更由窗外透将入来！她打了一个寒噤，眼前优美的景色突然渗进些肃寥，凄冷的意味！她意识到自己是飘零异乡，只身孤影地独坐在这样的斗室里时，两行清泪又在颊上闪烁地挂着了！

纷扰了一晚，在曙色映进窗隙时，她才昏昏地睡去。

她梦见师玉，梦见四少；又梦见死去的母亲，终于在噩梦中哭醒来！

“姑娘！醒转来啦！呵，呵！哭做什么呢？”她睁开眼时，绛桃刚从外面捧着早点进来。

勉强起身梳洗，在镜里她发现自己的眼光全无神采，眼眶下面还罩上一条黄黑的晕带！

呷了几口稀粥，她伏在案上把C氏那篇小说看着。小说里那个女主人翁对于恋爱不能忠实和游移不定的性质就像她一般。她想，自己所以对恋爱不能成功的弱点就在这里。她越看越觉得头部像刀削般抽痛着，但小说的兴味吸引得她不得不继续看下去。

“先生，信来了！你的信来了！”两三个小学生，伸着只小手高高地拿了一封白色封筒的信儿，由外面跑进来。

“呵！来了，来了！”她本能地知道是许女士的来信。但每星期为她代改的高级生的一束国文卷子却没有附寄来！

“呃！……”她匆匆地把信读着，不觉惊叫了起来！许女士的信里说：这几天前政局上起了个大波浪！她教着书的这个像世外桃源的乡村却大大地受了浩劫！农民和官兵对敌，打起仗来！弄得乡民都走空了，学校也停办了！在大雨如注，满路泥泞的午夜，她和她的爱人闪星，跟着逃难的乡民逃至邻村去！饱受一场滑稽的惊恐。平复之后，他俩的一切衣服用具都给克复地方的军士们拿去做慰劳品了，连她所心爱的几本破书也荡然无存！……此刻他俩是走回在他的故乡——僻处S山麓，一夕数惊的颜家村。……

“哎唷！怎么我竟连半丝儿消息都不知道呢？这个G村何以独会平安无事呢？”她不觉这样地叫了出来！后来她才明白，G村都是中产人家和出洋谋生的工人居多，所以不致酿成事变。

许女士信里又说，这个意外的打击把她俩的不与世争的恋爱的美梦惊醒了。现在外面遍地荆棘，还没有恢复原状，加之平时不会钻营、交际的他俩，此刻是陷于失业穷迫里面了！经济上已起恐慌，不知要怎样生活下去了！……

“呵！她平时都不肯和那班人妥协的，一时要找职业，很艰难吧！……”她代他俩担心起来！

经了这意外的激刺，她的头痛越发剧烈了，浑身就像要松般没有一点气力，小说看不下去了，她只得倒卧床上。

渐渐地觉得口腔和鼻腔相接的地方有些辛辣，又有些塞碍，口里也淡而无味，全身都由散懒转到酸痛了！

“姑娘，你不舒服么？呵！有点发热呢！”给绛桃这么一说，她也觉得自己身上有些闷热，脸上更其灼烧，手尖和脚尖冷冰冰的！

昏睡了几点钟，到下午更觉得辛苦了。

几个大一点的女学生跑来看她，见她昏昏睡着，便出去了。

“呵唷！”她从噩梦里醒来时，出了一身冷汗，觉得脑里虽有点清楚，但身体已是病着了！

——呵！这个时候是上午还是夜里呢？我不是病了么？……灰薄的黄昏的阳光残照射着帐儿，她看室里冷清清的，只有几件用具寂寞地浸在这黯淡的凄光里！

廿五

病中尝了不少的凄冷寂寥的滋味！她对这清幽淡泊的教书生活苦闷起来——有时彷徨，有时苦恼，有时悲哀……再也不能安和地与这些纯洁无知的小学生相处了，后来她得到一个很痛爱她的远处南洋的姑妈的来信，说她小小年纪，便过着刻苦的教书生活，很是可惜，说她若经济缺乏，她多少总可以帮助她的，还是继续求学好！这样，她便决定下学期再进 W 校了。

天气渐渐地热了，她盼望暑假快些到来，结束了这儿的课务后，便可到 A 市去了，往 A 市补习些一年来荒废的英算等学科去。

端午节过去了，她向东家辞去了教席，由绛桃挑了那一担萧条的随身行李，和他们分别了。几个大一点的女学生都送她到车站——由G村往A市的轻便车站上，车行的时候，那个平时和她最爱好的学生竟流下泪来了！

“望先生将来来这里探视我们！……”

“祝先生平安！”

“祝先生……前途……光明！”那些学生们都哽咽地为她祝福，她也黯然地向她们挥着素巾。几月来相聚的师生情谊，也令人恋恋地舍不得的，但前途的无限希望在她脑里跃动，渐渐望不见她们时，也把别愁消失去了。

到A市后便寄居在吴先生的家里。她只有个媳妇和两个孙子，倒也清静可以安居。

和A市作别，到此刻已整整的一年又零几个月了。故地重来，A市的马路和洋楼都无恙，但自己已是孑然一身，没有和睦的家庭了！惆怅之感，使她不觉流下泪来！

她在隔天跑了一天的街，买些零碎东西，又访些故同学，很奇怪她们都对她生疏了许多，很隔膜地不像平时般亲密了！她想，自己僻处于乡村者年余，今较之她们，真落伍了！

最后她晤着W校的级友沈约芳，她已经在初中部毕业了，现在在家里专请教员来补习，预备下学期到上海升学去的。

——眼看同级的朋友们都毕业了，证书在握，高举远飏去了，自己却白白地荒弃了可贵的光阴，以后再不努力，真的赶她们不上了！……她这样想着。

约芳又向她说，如容也毕业了，已经到H市专读英文去了。她的哥哥四少也同去的，说他想在地方比A市繁华的H市找恋人，A市的女性他都讨厌了。她说后还向她笑着，看来关于她和四少的恋史，约芳是一定知道的。

“他们兄妹俩都离开A市么？”她顶担心的就是怕在A市碰见那个不良少年和为虎作伥的如容，怕他们会向自己纠缠或寻仇！现在知他们不在，才把心放下了。

她和她谈了一会，便把来A市的意思告诉她，把约芳喜欢得拍起手来！

“那就再好没有了！我的俩个姨表妹也想进W校而在我家里补习的，刚和你是同级——三年级上学期，真好呀！我们再来继续从前的游乐吧！……”

她天天都到约芳家里补习来了，也和她的表妹姚菊影和竹影认识了——她俩是和她从前一般娇贵和时髦的姑娘。

她不久便和她俩很知己地成为好友了。每晚回到吴先生家里总是凄冷的一个人静坐读书，把她闷死了！又不是自己家里，对吴先生们总要客客气气地不能自由，尤其使她感得不安。这样，她便时时不辞她俩的挽留，在她们家里住宿着。菊影们有父母、兄嫂和奴婢们，是个和睦的有钱的家庭。和她们有说有笑地玩耍着，真比那清苦的静寞的吴先生家不同了，不过吴先生很是爱护她的，她不忍决然地从她那边搬出来。

有一个使她愉快的消息飞来，是许女士寄信给她，说自己下学期也要到W校教初中部和小学部的功课。她失业很久了，还是W校的校长看她在毕业生中算学问很好的一个，收容她来母校担任些功课。

开学的那一天，一种似伤感非伤感的情调向她袭击着！她看看早日凭栏下望的运动场上新栽的榕树，现在已居然成荫了；课室里的土墙都刷上了白粉，气象也新鲜许多了，……但变更得最厉害的还是那些同学——那些去年还不晓得革命是什么，供她和维强们指挥的学识浅陋的同学，听说自此次政治突变以来，故日的活动人物既受了淘汰，他们这一班便投机地补充下去，在A市方面干起革命工作来了。

他们声势威吓，徽章在襟，五皮在身，把学校看成退闲所了！……没有变更的，只是校前那浩浩茫茫的大海。

最使她气不过的，便是因了抛荒一年的功课，现在不得不和去年比自己低级的同学们成了同级，而本来是同级的呢，却变成高级部的学生了！

上课后第二天，市面便有了谣传，说政局又起动摇，自清党后成为土匪的 × 党徒，要袭攻 A 市这方面来了！

“那便怎样办呢？我们校里是有名的努力革命的份子，清党的时候也有了相当的功绩的！若给那方面一到来，还了得么？……”同学们都这样地担惊着，她和许女士尤其恐慌！“我们的学费都缴交了啦，这次学校若遭不幸，以后就难望姑妈的帮助了！”有些同学说，她们早就预料到的，学费等钱还死也不向学校先缴，待观声势。可怜自那一次政局上变更以来，连平时最与世无涉的学校，也挽入危险的旋涡了！

大约过了一个星期的恐怕时间，前方调动了许多军队来 A 市驻防，谣言才渐告平息了。

过了中秋节，第二次的谣言又炽盛起来了！每晚上在热闹场中或僻静的地方，总有几声震人耳膜的手榴弹的爆炸声，震得全市的民心都仓皇起来！

因为菊影们的家里近着英国领事，她们的父亲也入了英国籍，有起事来，可以托帝国主义的余荫得以安全。所以她自上次谣言四起的时候，索性辞了吴先生，和绛桃一同寄居在菊影家里了。

廿六

约莫在孔诞辰前后那几天，市面的一切都过份地骚动着！那些资本家和各机关各政党的中上级的人员都溜之大吉，乘槎浮海去了。W校的校长和努力革命的学生们也半逃难半玩耍地到H港去了。他临行的时候还召集全体的员生们开会，叫他们不要轻信谣言，地方是安于磐石的；叫他们要安心读书，继续上课；……几个头脑简单点的教员和学生们也信以为实，开完会便挟着书本踏入课室去。他们却悄悄地把校里一切重要的文件，单据……和个人的东西，都收拾得点滴不留，带着下汽船去！

谣言终于实现了！××军已经不遇抵抗地把A市各地占据了！那个时候她还在课室里的，没听着一下枪声，也没看着一次对仗。她想，这样的把政局变更了又怕什么呢？自己空担惊了！

在室里躲了几天，外面静悄悄地并不见有何动静。今早起来，倚着街窗下望时，马路上憧憧往来的颈间结着红巾的××军都不见一个，只有冷清清的几个行人。她正觉得奇怪的时候，菊影从室外跑进来喊道：

"好了，好了！红军全败退了，革命军已经由C城开来，距离A市只有二三十里的陆路就快到了！……"

"真的吗？怎么来得那样容易，又退得如此突兀呢？……"

"你不见街上已没有半个××军了么？警察就要照常出来站岗了。父亲在英领那边听到的消息。……"

"那么，我们可以到街上去，到校里上课了！"还没有起身的竹影从床上跳了起来。

"呵！我忘记再告诉你们啦！父亲说，××军来的那几天，把我们学校驻扎了呢。他们退走后，给一班流民之类的人，乘势到里面把一切校具都抢的抢，捣的捣，连门窗都拆下来抢去哩！……外面还传说××军要搜杀W校的员生！真吓死人啦！父亲又说，这样政治色彩浓厚的学校不适宜学生求学的，以后还是转学好……"

"呵唷！学校如果不能恢复，我们不是白破去一学期的费用吗？……"她真着急起来了，自己把上学期教书所存的薪水还了学费哩，真可痛惜！还有许女士，她不是又失业了吗？

市面的一切营业，交通都照常恢复了，每次由H港开来的汽船都载满了那些为逃难而去，实际是倦游归来的群众。W校的校长也回A市来了，他向××政治部和市政厅呈了一纸"学校为×匪捣毁，校具荡然，损失过巨，现不能继续开学，要求拨款补助……"的呈文，便把学校的两扇大门关闭，把这学期已收各款，装在自己的荷包里了！却把每人一个月的薪水发给教员，叫他们另寻生计；学费等不发还学生，却叫他们另寻补习，待学校能够恢复之后，再来就学！……那些在社会上全没位置的员生们，只好忍了气把一学期的生活和学问牺牲，那些会革命和活动的呢，却和校长瓜分所得，发他们一次横财去了。

经了这次意外的挫折，把她的雄心跌宕无余了！她一方跟着菊影们过着舒适的小姐生活，他方不自觉地对那向她伸展着的物质诱惑，无抵抗地屈服了！

有时中夜醒来，想想自己孑然一身，后顾茫茫，看看他人或倚着慈母的肩膀，或躲在爱人的怀中，使她不得不起早点找觅归宿的念头了。而且近来也有点过于挥霍，自己的私蓄也用得差不多，那几千块钱的遗产又使她羡慕起来了。她想，应该回到家里去吧，到家里领回那份金钱去的！回去，回去！……自己既不能找相当的恋人，还是把一身交给三叔们，等他们为我择偶吧！旧式婚姻虽无好可言，但真正的自由恋爱要到何时才碰着呢？……回去吧，物质的生活能够安适就好了，精神呢，唉！……许女士不是很倔强的唯心派么？屡次的失业，看她也很颓丧，无聊的！自由，自立，……管不到许多了！……

是落叶萧萧的秋风里了，她虽和他们整天的穿了时髦的服装，逛着热闹的游戏场，但她的内心里总时时苦闷着——苦闷着烦愁如海的茫茫来日！

她的这番离家出奔，在兄嫂们是没感到什么的；只是负有乡绅望族的声誉的三叔父，却真着急得很！有些族人们都说她是淫奔，跟男学生逃走了，又有些说三爷侵吞到寡嫂死后的遗款，把侄女迫走了！所以他为要维持虚伪的面孔起见，很想找她回来，养在自己家里，堵塞一般族人们的口！

最近三爷的大儿子国贞，在A市的影戏院里碰到了她，才知她是寄居于朋友家里的。他回来告诉了父亲，三爷便叫了一个佣妇，嘱咐她半威吓半劝导地把侄女邀回家来。说过去的一切都不向她计较，责罚了，只要她从此肯安心依着婶母们过活，母亲的遗款是一定拨还她做妆奁的。又说她此刻外面的名誉很不好，将来若再有沾家声的事情发生时，他为了郑氏的名望计，是不能轻易把她放过的。末了说他念及长兄只此一块肉，实不忍看她在外面飘流，堕落，劝她还是回来——回来自己叔父处的好。

有什么方法哩？一次再次的奋斗，在她已尝遍了艰难，凄苦的滋味了！而况眼前有的是可以倚靠的不费力的小姐生活，看了许女士那样的陷于困穷，她没有勇气拒绝三爷的诱导了！

廿七

自从回三叔叔家，把残冬度过之后，眼前又是恼人的绮丽春光。她寂寞地，惊怯地迎着她二十岁的青春了。二十岁是一生青春期的顶点——尤其是女人，过了二十岁，那么，接着便是沿那一方渐渐的低下，是廿一岁，廿二岁，……了！不能瞬间到了年过花信，那时，青春便宣告离别，剩下的是炎暑当头的夏天了。

元旦那一天，她无聊赖地勉强装扮着，跟若芙——三叔的女儿——们装出笑脸向三叔和三婶们行了贺年礼后，回到房里来，笑又不能哭又不敢地闷坐着。

——呵！今天我便是二十岁了——令人讨厌又令人不得不过的“二十岁”终于到来了！……近来总觉有一种说不出的苦闷，虫般吃蚀心头，……唉！我的华年可算是辜负了！……

——若芙的婚事已经订定了，她才十七岁哩！……表姊碧君听说已有了小孩，做母亲了！……自己呢？唉！……看三叔们是很替自己的婚姻负责的，盼不得我快点有个结束，可是……她回家后，亦有许多媒婆来向她求婚，问年庚的，但对象都是些纨绔子弟，或有着专制家庭的，三婶叫若芙探问她的口气时，她都不踌躇地拒绝了！

——在这里要装着一副虚伪的面孔见人，全没一点真性！他们的资产阶级的骄奢，残虐……的态度尤令人看不过，像那一次三叔的虐打车夫的事情……！唉！……听说年底若芙就出嫁的，这个略可言谈的人也不在这里，那么，自己整天被幽禁于这冰冷的家里，不把人闷死么？……她正伏在案上出神的想着，若芙和国贞的妻子笑嘻嘻地由外面走入来。

“恭喜你！莲姊！你今天有两重喜事呀！……”若芙走过来向她滑稽地揖了一揖，哈哈地笑了。

“真的，莲姑娘！你今天的喜信来了！”

“什么喜事呢？你们串通了来向我开玩笑呀！”她不得不装着笑脸。

“告诉你吧，莲姑娘！你的婚事又浮动了，不是开玩笑的。”年轻的国贞嫂很正经说——难道今天正月初一，也有媒婆到来求亲么？……她不好意思这样发问，只是狐疑着。

“这位姑爷是我们都看过的，也是近在咫尺的一个人！……”若芙再拍手笑了。

“不要尽拿着我玩开心啦，究竟是什么事呢？”她越觉得茫然。

“不要急死你了，等我说吧！就是住在我们楼下的那个姓金的客人！……”

“又哄人了，你这张嘴！……”她心里突突地跳起来！她想，是那个林松卿么？怪不好看的！……

几天前楼下来了个南洋客人，说是国贞从前要好的同学。他叫金贤瑞，虽说是G城人，但自少就在南洋生长，还不曾回到祖国来的。这次是国贞特地叫他来A市三叔所创设的汽船行里当大写，因而寄居在这里的。听说他的英文程度很好，在新加坡的什么书院，读英文读到最高级的第九号了——我们南洋的侨胞，说起读英文的程度时老是把第几号排着的，可是国文却连半个也不懂！他家里没有什么人，只有个各营生计的兄长，和嫁了人的姊姊，父母哩，在两年前都死去了。

关于他的身世她是知道的，当若芙把这些话告诉她时，她亦对这陌生的客人起了身世飘零的同情之感！处在这样的家庭，他和她当然没有接触，晤谈的机会的，可是昨天她和若芙偶靠着街窗俯望行人，他也刚由行里回来，那副赤黑的脸孔衬着一个很厚很大的红口唇，和遍身南洋特有的俗不可耐的风味映入她的眼帘时，她不禁对他没来由地憎恶起来！

因为她平时顶喜欢读C氏的一个长篇小说，把里面的人物都实际化起来，脑里留了很深刻的印象！所以看了这个客人以后，和若芙谈论及他的时候，就把他叫成林松卿——这小说里的南洋商人了。

若芙说，早上三叔和婶婶讨论到她的婚姻问题，说她已经二十岁了，不能再事苛求而耽搁了！姓金的家世清白，没拘没束；性情忠实，本事又好……看来是她极适当的配偶了！叫婶婶要切实劝导她，劝她不要再希望嫁给那些浮滑的新学生，新青年了！姓金的家当虽不雄厚，但每月能够赚百多块钱的洋差事，一生衣食包可温饱的。……这头婚事断不能再放过了，她纵不愿意，三叔也要强迫执行！本来儿女婚事，是不用他们自己参加的！……

"好啦，莲姑娘！你贞哥哥说，姓金的一切他都深知，一定不会错误，包管姑娘终身是幸福的……"国贞嫂再咬着她的耳朵说，姓金的曾暗地看见她，说她漂亮极了！由国贞的介绍，他和她尽可以先谈谈心，见见面的！……

"……"

她再尝试着恋爱的把戏了！有了热望和急进的心理时，对对方总不致如何奢求，而易于满足的。全没有 gentleman 的态度的他，全没有时髦学生的气味的他，全没有贵公子，文士的丰采，温雅的他，……不要说较之四少和其宁有千万个不及，就连师玉那穿得很大方的西服装束也赶不上了！

——爱情和择偶总不应该以外表取人的！看他的性质，行动还不失为忠诚，谨厚的一个人，自己可以将就一点了！……她时时这样的对自己宽解着。但有一次她和他在国贞的书房里，很亲密地谈着，他那痴笑的黑脸送着厚厚的红唇向她颊边来时，林松卿的幻影很清楚地浮现在脑里，眼前更闪动着四少的醉人的面孔，和两片可爱的红唇，她茫然地拒绝了他，像逃般跑回自己房里来。

——自己这样聪明，伶俐，负有美人的称誉，能令男性迷醉在裙下的姑娘，却终于给这个情趣毫无，俗气满身的南洋土著所占有了么？……她也时时这样的对自己反问着，替自己痛惜着！但是，有什么法子呢？

“莲妹，会你的sweet-heart去啦！快点……他已在我书房里了，你由后面走廊走去吧！……”国贞走入室来通告她。每次都是这样的，一有机会，他就叫姓金的上楼来到他房里，同时又通告她；自己却在书房外面站着，让他和她接谈，一面窥视外面可有什么动静，便可立刻示意给他俩。看来国贞对待朋友和妹子的热忱真可钦感，真是乐于成人之美的撮合者！

她连忙站起来，对镜掠了几下刘海，再把一张香粉纸搽着脸儿。

“不用装扮了，尽够漂亮死了！……还不快点去么！他等得急死啦！……”国贞嘻嘻地边看着她妆扮边笑着说。

“讨厌的贞哥哥！……”她红了脸向他睐了一眼。“问你，三叔们没晓得我们的事吧？他近来有向你说到关于我们的话吗？”

“横竖迟早都是他的人了，还禁止你们的晤谈做什么呢？……母亲和妹妹早知道你俩的秘密了！……”国贞哈哈地笑着。

“真的？她们怎么说呢？……”她停止搽粉的工作，睁着惊疑的眼光问他。

“自上天父亲喊阿金写信给他在南洋的兄长，报告他要和你订婚的话，一方面即是征求他哥哥同意的意思。这是他们老年人认为应该做的妥贴行为。一等他哥哥回信，便要拣日子文定了。……哈哈！你哥哥为你介绍的人总不会错吧？如何？不知阿金和你将来要怎样酬谢这个撮合者兼间谍的我呢？……”

“已经去信了么？我还没有听他说到呢？……”她有些呆住了！

——自己终身就这样决定了么——决定嫁给这个不晓得恋爱是什么，对人生全无相当的了解和意趣的洋行办事人么？……

——近来所以和他晤谈，也不过聊以解闷——聊以发泄自己那像是性的烦闷罢了！那里说得上恋爱呢？和这样的男性，连风俗人情，文化都不相同，完全蛮陌般的粗鄙男性接谈，没有一句不令人作呕，令人讨厌的，还有什么温馨，神采的情话绵绵呢？……把终身交给了他，无条件地交给了他，太不值得吧？太不值得吧？！……

——自己对恋爱也有相当的经验了，纵不能够找到最高理想的恋人，但相当的配偶最低也应该具有面貌清雅，思想和学识比自己高深或相等，对文艺略有嗜好的新青年等条件的。……不料苛求的结果是和意想相差得这末厉害！不料早日给他们——有可爱的资格的男性所竞争着的身心却给这个令人生厌的南洋客人占据了去！不料……！

一阵烦扰和痛悔袭上她的心头，愤慨，怆悲的滋味更使她落下泪来！她没有跟国贞去会姓金的勇气了！……

廿八

窗外的朝阳满含着生命力地发射它的光辉，这光辉由紧闭着的玻璃外射进房里，照着铁床的铜柱闪闪放射光芒。

经了几天来的烦扰和焦虑的她，这时虽躲在温软的钢丝床上的被窝里，但脸部灼热着，通身却冰冷地毫不觉得舒适的意味！她举起倦涩的眼睛望着朝阳的光辉，这光辉把她内心蕴蓄着的勇决精神完全恢复起来！

“莲姊！你今天又是不爽快吗？起身吃粥去啦！”若芙把晨妆打扮好了，一面洒着香水在才穿上身的新衣上，一面说。

“头痛得很哩！我要多睡一会，你先吃去吧！”她懒懒地回答后便翻身朝向床里面了。静听着若芙似乎抽开梳妆匣，再搽上些什么香粉之类的东西，才出去了。

——呵！可耻的女性，自甘堕落的女性！……你尽管时时刻刻在向外表妆饰，妆成红艳，嫩白的一团肉——灵魂是完全没有了——供异性的淫乐，玩弄……！呵呵！你自己满以为是高贵的时髦小姐呢，实际上连下流的卖淫妇还不如呀！……不要说你，就是那些女学生，女教员，女革命家……不也是孜孜于肉的装饰吗？只要能使她们脸上，身上增加一分可以取媚异性的艳丽！那么，她们便宁愿受了十分的困苦，艰难以求得！呵！……不要说她们，就是自己，自己过去不也是这样的一个堕落者么？不也是给现社会的资本劣根性所侵袭么？……

——呵，自己，自己现在真需要找求最后的决心，最后的出路了！恋爱于我是无望了，也觉得对它厌倦了！事业呢，在这样的社会，这样知识浅薄的我，更是绝望了！世界于我有什么可留恋呢？生存于我也可能没有意义了，假如还这样地活下去！……但是，懦怯的自杀了，寂寞地死亡了，又有什么意义呢？……

——自己之所以会灰颓勇气，再跨入这卑污，黑暗的家庭，踏入这资产阶级的小姐生活的，不还是社会的一切害了我么？……鸥姊说的话真是洞见肺腑，她说，社会的一切制度不根本破除，我们人类是终于陷在苦恼的纠纷里的！……她想到这里，又把压在枕下的许女士的来信拿出来读着。

……时代的钟声把我们震醒了，从沉沉大梦中震醒起来了！经了这样的物质的压迫，生活的困苦，流连，精神的苦闷，屈伏……把我们梦想着的幽花样生存的理想打碎了，毁灭了！是一度幻灭，虚无的苦闷，意念，进而是现在醒觉，勇决的时候了！我们——我和他都有了相当的觉悟，不愿屈伏于社会的淫威下面，以求物质上安适的生存；也不愿避世高蹈，冷眼旁观了；——其实是不可能吧！……我们要崛起，要努力，要和同病相怜，有彻底觉悟的同志——同时是给现社会遗弃践踏的青年联合起来！推翻一切，破坏一切，干着真正伟大的革命事业！来呀，芷青！来呀，你这彷徨于歧途的青年，快点醒觉吧，勇决吧！……

“你说你已经被迫着和个情趣不投的买办阶级的南洋客人订婚，不久就要有家庭了。你是不愿意——万分的不愿意跟他过那无聊的小资产家庭的生活，在苦闷着茫无际涯的挣脱后的出路……。唉，过去的不要说它了，单讲现在：你若能真正觉悟，觉悟前途无限的曙光，觉悟根本救解自己，救解他人的方策，那么，你起，你起！你还是个有为的女青年，女志士！把你资产阶级的劣根性，态度，习惯……都抛弃了，让它遗留在你这再不能给你留恋的旧环境里，却把你的纯洁，猛烈，……的热情——革命的热情煽炽起来！和我们携手踏上光明的大道！……你不可幻灭，更不用忧疑，时候已经成熟，已经是我们的了！再踌躇就会把良机错过的，错过之后就不用说了！……

把这信读了一遍，信心和决心又回旋上心头！她使劲地用两足举起再向床上一掷，就势跃坐起来了！因了这样的一个大震撼，床屏上站着的姓金的影片，突然跌落在她胸前来！

把头发向前三分七分地分成大小两边，又把那大的一边梳得有些高起的南洋风的装式，还配着那两片最触目的厚口唇的这张相片，充满肉感地像向她痴笑着！像片的右角上，再写了一行 with many kisses to my darling，my fiancee 的英文。她恨恨地把它掷向地上，又狠狠跳下去把它蹴了几下！

“谁是你的 Darling 不要脸的！谁是你的……？”看那在自己脚下被践踏着的他也有些可怜的样了！她觉得自己太无谓了，太残酷了，把气愤发泄得错误了！又把它拾起来，放在桌子上。

——自己真要彻底觉悟，下最后的决心了！与其做个没有灵魂的肉的享乐者而坠落，真不如干着精神得到慰安的伟大的事业呀！……芷青呵，芷青呵，一次再次的奋斗正是你的伟大！你不要懦怯，不要颓丧呵！失败就是成功，你紧紧地记着吧！……沉默了一会，她心里突然这样的向自己晓示着，策励着。热情和勇气像火般烧着她的心，她几乎跳跃起来了！把两手向前伸去，抬头看时，对照身镜里映着自己苍白的脸孔上，充满了坚毅，果敢的表情。

呀！不要你这万恶的东西——给社会一切的罪恶做工具的东西！让你再套上别只醉生梦死，妖媚无聊的女人的指上去吧！……她把指上那照着阳光闪烁着的订婚的钻戒，脱下来抛向临街那个窗外去了。

“现在是时候了！呵，呵！娘，娘！……你遗留世上的唯一的女儿，要为自己为群众努力奋斗去了！……你的一生都给现社会的一切制度压害，以致弃了你独生的女儿，饮恨而终的！……呀！你的女儿此刻奋起了，起来和那坑害你，害他人的一切制度复仇了！……娘呀！……她像发狂般把桌子上摆着的母亲的遗像，拿起来狂吻着，热泪更不知不觉地滔滔挂下来！

——这一次的出走，一定把三叔们气煞了，真痛快呵！把他那蒙上的一层友爱，恤孤的脸皮揭下了！……呀！我走之后，那笔一万块钱的奁资，归他己有，马上又可以多倒贩些国人抵制着的仇货来欺骗同胞，接济仇敌了！自己交结了那些贪官，假革命者，不但没有危险，还可发一笔横财！呀！你这同胞的叛徒，社会的侵蚀者的资本家，奸商，市侩！你的末日就要到了，厄运就要临头了……她一面穿着外衣，一面咬着牙把三叔叔咒诅着！

——我可以走了，走开这物欲充滥的牢狱了！呵！不用再踌躇了！……她走出室里去，发狂般由前楼的楼梯上跑了下来！吓得坐在梯角上打瞌睡的小婢女，以为又给人家毒打了，从晚上失眠的浓睡中惊跳起来！

“姑娘！……姑娘！……”小婢的睡意完全消失了，她睁开两只充满红线般血丝的眼睛，看她匆促地，和平时不同的毫没妆束便向大门外跳出去了，又不敢询问，只有把她叫着。这时屋里的人都在后厅上早餐，三叔们还高卧未起哩。

“呵！这郑氏之门，永别了！……呵，呵！绛桃！可怜的你呀！你将找不见你相依为侣的姑娘了！……”她走出门口来时，咬着牙齿，两手不自觉地紧握着拳，悄悄地站住回望，看着自己楼上那幅挂在街窗的红窗幔，临着晓风在向自己招展着！……

太阳已渐渐地升上澄碧的天空，放射它猛烈的光芒于街上熙攘往来的行人们身上了！

一九二八年冬完稿于A村

重新起来

一

那便是上海么？……快到了上海么？

小蘋紧眯着两只大眼睛，沿着她的同伴的指尖望去。指尖因了他全身的跃动而跟着摇晃不定，这使她的视线上只有一条灰色的东西在上下浮动。这样再费力地瞄望着，许是自己的幻觉也未可知，到头在那灰色的线条上浮漾出几点连缀着的小黑点。

跟着这小黑点在脑中涌现起来的有千万件还没有组织成功的意念，纷扰着，弄成模糊的一片！

把眼睛一睁开，一切便像在空中飞逝了去的苍蝇般，毫无痕迹地迅速消失了。眼前依旧是灰白色的天空和苍茫无限的海水。

镀上了淡黄色的太阳给云团遮住了，透出来没有光彩的脸孔在波面上起伏着。

天空是任你怎样瞭望也了望不出有什么不同的变化的，尽是灰白着，灰白着。

深蓝色的海波给驶过去的船身画了一道白的泡沫，有时就溅得很高，“沙拉，沙拉……”地响着。

这样的景物似乎很容易撩起人对于未来的憧憬吧？刚才在舱里把小蘋从睡梦中挽到甲板上来的，兴奋着的这个同伴，也不知从什么时候停止了他的口讲手画，沉默着，尽让身子跟了船身的波动而慢慢地起落着。

——什么时候才可以抵岸呢？……

有些惘然了，但小蘋可没有对她的同伴说些什么。

这同伴叫炳生，和她只认识了整整的三天。又苦又闷的统舱里便是他们晤会的所在。

下船那天，她把送她下船的朋友又送上船去了之后，惴惴地抱着膝头，在污秽黑湿的统舱里开始观察着她新的环境。那时，跑进一位这样穿着学生布服，年纪比自己约差一两岁的男孩子（？）来了。他也是孤零的搭客，彼此互相向对方默认了一下也没有打招呼；但沉默都不是他们俩的习惯，船开行的时候，他们交谈着了。

孤独的旅客间本来就很容易变成厮熟的同伴，而舱里那几个讨厌的小商人们又和两人好像画上一条界线，还有那可憎恶的舱里是牢狱似的令人难堪，不得不跑到甲板上捱着冷风的。这样，在沉寂的甲板上，有他们两个孤零的影子了。

在这以茫茫的天海为背景，只有涛声和浪花飞溅起来的甲板上是死寂不堪的，为要免去两人间的相对默然，各人都把关于新的环境的一切作为谈话的资料；其次是对对方已有了相当的认识而还想满足探求他的身世的好奇心。虽然各人都想隐瞒着自己的难以告诉一个陌生的同伴的过去的遭逢，但在对手那满含诚意倾听着的态度和极想知个明白的深沉的眼光之下，自己都绝无遮拦的，极想一吐为快了。

一次，在她询问对方为什么要到上海，和到后又有什么目的的时候，他很拉杂地这样说着：

——在免费的教会学校小学毕业了，胀满他妈的一脑袋天父耶稣！那时自己是十五岁了，那把爸爸自三十多岁——有着两只粗大的臂膀的时候，真是两只粗大的臂膀呀！……谈锋转变了。

——你说我怎么还记起来么？这让我向你解释一下罢。我刚出世的时候爸爸是由村里被迫着私下逃到城里来当工人哩。母亲和我们两兄弟穷得来快要变村里的乞丐了，忽然，抛了两年家的父亲又悄悄地跑回家来，穿着一套蓝色长裤子的衣服。我是记得的，那时村里很少穿这样的衣服呀！他带我们到城里来。

——到城里来后这陌生的爸爸好像又看不见了，而母亲却天天都坐在矮凳子上低头刷她的纸箔，飞动她的左右手，忙得来一些儿没有照顾别的事情，只让我自己在她身边蹒跚着绕圈子跑来跑去，不然的时候便叫哥哥来带我一同在草屋的门前，在污湿的泥堆上或大沟渠的旁边玩耍。我好像没有什么父亲和母亲哩！但现在一想起来我是明白的，当工人的爸爸不是整天都做了十多个钟头的工作么？而我呢，小孩子不是天亮透才起身，夕阳还没有降下便睡过去的么？所以呵，没怪那个时候老是没有碰到爸爸的机会呢！

——不过，晚上有时也会醒转来的，哭醒时母亲还在昏暗里刷她的纸箔，而爸爸便给我一个模糊的印象了。他似乎才回家的样子，在土灶上的煤油灯下喝他的酒饭。“不要哭啦！小狗种！……起来跟爸爸吃东西吧！”他这样说着，有时还会走过来把我抱起，让我坐在他的膝头上自由地抓起灶上的食物。那大约我已有四五岁的光景吧！不然何以会清清楚楚地记起来哩！我满足地吃着花生米，打量着那陌生的父亲，我注意到他横在我胸前的粗大的臂膀了！那上面粘着许多汗污和黑迹，肌肉茁壮的有的隆起又有的凹下，还铺许多可怕的毛发！我感到奇怪哩，母亲的两手是圆形的，瘦削的，而哥哥和我的又都是细小得很，为什么单单爸爸的臂膀是那样特异呢？……

——现在，现在我可明白了。他那时开始在一个锡箔的小作坊里做工，整天运用了长久的腕力，所以两只臂膀便特别地发达了。

——可是后来呢，后来我一天天地长大，而爸爸的两只臂膀却一年比一年瘦削下去,只剩一把枯硬的骨头,露着上身时,那一堆堆的肌肉是没有了。而他的工作也渐渐纡缓,赚的工钱也渐渐减少了!……你想,这为了什么呀?爸爸的血汗,肌肉不是给一下一下地打进铁锤下面的锡箔中去,而走进坊主的肥肚子里边吗?……听说"打箔"这工作是很吃力的,每个年富力强,水牛也似的后生只要弯着身子,用力打不上三五个年头,便会全身的精力都消耗净尽的。

——而"打箔"是怎样的打法你可晓得么?那是呀,把一块很小很小的锡片,用铁锤来把它一下下地打压下去,一直使它展开到很大很大而薄得来蝉翼也似的一张锡箔,虽然中间也使用碾轧的法子。但都是凭着人的气力把它弄成功的,这便是拜神用的纸元宝上面的锡箔了。

——我的话可扯得远了!……我对你说我已长大到十五岁了,就是那小作坊,那把爸爸自壮而老,吸收了十多个年头的血汗的小作坊又在张开着他的大口要把我吞进去了!十多年来的坊主已变成有田有地的财主,但小作坊里依然是把人力来产生它的出产物!爸爸因为自己干着的工作太辛苦了,哥哥十三岁的时候便送他做了染布间的学徒,但那样的生活也不见得会比"打箔"好,为坊主们做牛马是同样受着极量的压榨的!可是爸爸想:我是他传授父业的令子了,他可带我进去做工而不用再过学徒的残酷生活。可是呀!你说我愿意么?受了点小资产臭的教育的我,真不高兴捱那样鄙陋惨刻的工人生涯呀!我说:我要升学,要读书,要希望将来,穷苦是穷苦透了!但爸爸把我打骂了好几顿了,虽然听他的口气也在羡慕着绅士阶级的读书人,但实际的能力真做不到呀!总有免费的教会中学可进,自己的肚子再不能免费便可得饱呀!已经念了几本臭书,晓得"希望"这东西了,我只是追求着这希望,好几次给父亲抓进坊里,又溜着机会跑出来了!

——而这个我们的幸运是来了，来了，这你是晓得的，革命的高潮在中国，在那城里膨胀起来了！工友们组织了工会，哥哥是里面的一员。好不开心呀！斗争，斗争！工人得到加薪了，生活能够改良了！爸爸虽然不懂得什么，但他的脸上也挂起笑痕了！哥哥读着夜学，也把我领进革命同志所创办的平民中学去念书，在那儿我抛弃了那装进在脑里的坏透的东西，换上新鲜的了。纪念日一到来，哥哥们和我们都执着旗帜向敌人们示威，喊着，跳着，好不快乐呀，你定干过这样伟大的工作罢，你们农民的革命不是比工人还更热烈吗，在我们T江流域这一带？

——然而，唉，跟着到来的高压政策把我们摧残殆尽了！……你不要急呀，哥哥是幸而逃免了，可是父亲和我便以嫌疑犯的资格给坊主们送进牢狱去！牢狱的生涯是惨酷得连想都想不到的，爸爸终于在狱里死掉了，死掉了！……你，你为什么这样激动起来呢？你也有了同样的遭逢是不是？

——后来么？请不要兴奋着我便再讲下去罢。同年的八月我们×军恢复了那县城，我出狱了，变成真正的小同志了。我们干着，干着，有一次到故乡寻找母亲，但她已不知下落了，几个月来的丧乱穷苦把她弄死了！……你伤感着么？他们的牺牲是历史的必然，而况他们并不是革命阵营里的人员呀，死了也只好算了！……我是个热情的青年呢，但我的热情只有输送给我们的事业，可不是么？

——×军在T江失败了，跟着它我流浪了好几个省份，现在它的声势又浩大起来了。但是我给负上别的使命，到上海，到那儿和哥哥们一同秘密干着我们的工作呢！……

——你，我相信你是我们的同伴！请把过去也详细地告诉给我罢！我们的旅途真是寂寞死了！……还有，到上海之后我把你介绍给我们的同志，我们一同站上这条战线上罢！你高兴？我晓得你定高兴的呵！……

……

像这样冗长的谈话就不只一次两次，谈到革命，话盒子一开便很难关闭的，有的时候他们都忘记跑下舱里去吃稀饭，过了时间便只好捱饿了！

小蘋离开革命的怀抱有整整的两个年头了！环境决定了她的心情，如果说她没有一方从学理上紧紧地抓住那种意识，那她的热情或许会给时光的轮子磨滑了它的尖端的！

她有着爱人，有着从前热恋着的同志而现在是逃亡海上的爱人。他已得到固定的生活。他叫她来这儿一同温着过去甜蜜的美梦。她来了。但她没有失去所把握着的意念，她的胸头蕴藏着要斗争的烈焰，这烈焰只在找着爆炸开来的机会，她怎能消沉下去地过着梦里的生涯呢？

而况她脑里映现着的还有过去不能磨灭的伤痕，整个血淋淋的农村不断地荡激起她的追忆！

这同伴的谈锋便是她的导火线，现在她已碰到重新站上战阵的机会了，她要紧紧抓住这机会，而也要推动着自己的爱人一同走上这条道路。

她决定到上海后的生活。

——你在想着什么了呀？！……

小蘋回过头来。

——那你呢？……哈哈！……我在打算着抵岸后的路径呢，虽然也走过了好多地方，但复杂的上海可还没有到过呢！

——你太热盼着要到上海啦，怕还有好半天的海程是不是？

——真的，我太高兴了！……这儿的晨风冷得很，你还是到下面多睡一忽吧。

他完全像弟弟在爱护姊姊的口吻。

——我今天多穿了件绒衣了，不觉冷。睡也不想睡了！……你瞧，浪花真溅得高呀！

——那真像我们为革命溅起的血花呀！

——不过我们的血花是鲜红的，热烈的，留下痕迹的，而这只是渺茫的，溅起来又消逝下去的呀！

…………

他们的谈话断续着没有休止。

二

“杭育呵……杭育呵！……”

——呦！多伟大的啸声呀！这是我们劳动着的合奏曲。

灰白色的天空下面，横画着无数滚滚的黑烟，突出在笔直的烟囱里，烟囱们是竖立起来在整千整百的动力上面。

——哟！这是我们跃动着的图画！

太阳依旧只有透出来淡黄色的光辉，是郁闷的春天的中午。虽然江面的冷风尽吹打着秃似的街树，但这微弱的阳光却放射着一种不可捉摸的春日午间的闷燠！

灰白色的天空下面，在眼前，耸着城堡般巍峨的建筑物，士敏土似的颜色恰和着这样的天空，衬出很是沉重的氛围气！

——这是一切罪恶的堆积物！那闪着金光的尖塔是劳动群众血汗的升华，他们的嶙嶙白骨给这些填成了基石！……

燠热中渐渐令人兴奋了！

——加入我们的同伴中去呀！多可爱的同伴！……喊醒他们一同战斗起来呀！……烟囱是我们的。黑烟要为我们弥漫整个的天空！劳力是为我们自己使用的，啸声是我们的呐喊！……

……

刚一上岸，码头上的形形色色把小蘋的情绪转个天翻地覆了！现在虽仍是被揽在爱人的怀里，但刚才船里那蜜似的温情是消失无遗了！新的激刺荡起潜伏着的烈焰！

巍峨的建筑物拖着它的阴影在地面，蚂蚁似的工人肩了比他们身体还要庞大一两倍的货物，来来往往地在阴影下面交织成一条小河，流进那一一张开着漆黑大口的货房里去。混进这小河里面的还有笨重的货车，它的着地轰隆的轮声和工人们呼喊的啸声也混成一片。

码头的起重机下面麇集着另一团蓝色的工人，他们节奏的啸声跟着起重机的上下在江面上浮漾，和这啸声合奏的有辘轳的滚着的喧音！

多量麇集着的劳动群众使小蘋忘记了个体的存在，她爱的是集团！——是一同匍匐在恶势力下面挣扎的集团！她忘记了自己了！

她的左半身几乎给爱人完全揽在怀里，但她整个炽烈的灵魂已飞进那蓝色的一团团里面！

“杭育！……杭育呵！……”这样的啸声里面好像渗有自己的气息！

给爱人挽住的左肩上也像分载着若干重量！

——战斗呀！我们需要战斗！……

这样的喊声险些从她的胸头炸开来！

爱人似乎感到在怀里的她有些异样了！但他只微笑着闪看她的大眼睛。这眼睛射耀着三年以前那种烈火似的光芒，但不晓得为了什么现在他感到这光芒有些可怕的样子！

他看着马车夫怎样的搬来她的行李，不再注意到她。他以为像她这样兴奋着的表情正是一个未经旅行的农女，第一次踏上上海时所应有的现象！

微笑还浮上他的心头，一种顽皮似的幸福的预感在里面跳动！他打算着如何回家后便立即偕她到繁华的马路上逛跑，带她观看着，尝试着未闻未见的东西。自己如何来享受她那孩子似的惊叹的神色，和从而张大其说地自己对她炫耀着的高傲！……而今晚上，还有今晚上他再也不用跟着别的女人香艳的肉腿，孤零地在夜市上流浪了！

——我们坐马车回去吧！马车，你没有坐过的马车……

他依旧挂着温情的微笑，挽着她跑开了。

——呀！……

醒觉过来了，她把兴奋着的大眼睛对他凝视了一下。她想向他述说自己此刻的心情，想挽着他一同参进那蓝色的一团团里面去。

但她总没有说什么！他满脸温馨的神情告诉她那是不可能，在这样的爱人的腕中，那种念头定惹起对方的诧愕和失意的！

歧异的萌芽在两人间闪上影子了！

——马车，呵，我不感到疲倦哩！

她有点茫然的样子。

——怎么？你想不用马车跑回去么？这鬼的地方不比家乡那么狭小，跑到家里就要三几里路远呵！……本来还想坐汽车的，但这马车夫委实等我们太久了。

她沉默着。

——还有我那个同伴呢？……他走了么？……

她好像记起来有许多话要和炳生说。

——那孩子么？……你怎么会和他认识呀？你们不是在船里已

说了再会么？

——我们从S市一路同来的，他是我们忠勇的同志呵！……我忘记告诉他今晚上或明天便要到我们家里找我的！

——真是，你为什么这一趟要趁着统舱来的呢？寄给你的旅费是足够坐二等房位哩！……在统舱里就容易碰到那班流氓似的东西了，说什么好同志呢？你是初次出门的呵，这一趟我真担心呢！……

——你的旅费我统统带回来还你，坐统舱是我自己愿意，是用我自己在P村存下的几块钱的！……请你不要抹杀了别人，有那样的流氓我才要认他同志哩！……

不快浮上她的圆脸，她挣脱对方的手腕自己跳上了马车。

——你恼了么？我的小蘋！……你喜欢他坐谈我自然是欢迎的！不过今天我们才久别重逢哩，你不想和我多谈一些么？……我的孩子！这些时我真念你念透了！今天，天还没亮我便在这码头上左等右等地绕圈子足足跑了几个钟头了！火船还没有来，真令我着急死了，我以为它是遭了不幸，是半途遇险，是触了礁石，……种种的不幸都替它想到！呵哟！到头终给我抱住你了，现在你可紧紧地偎在我的身旁了！我的小蘋！你也念我的吧？这两年你定远远地挂念着我的吧？但现在可好了，相思在我们间溜去了！……小蘋，小蘋呀！你猜一猜罢，我的袋子里为你装着什么东西呢？你喜欢的东西呀！

他牵她的手儿摸着自己的大衣袋口。

从这软绵绵的一席话里，蜜似的温情渐渐在她心里张开臂膀了。没有倒在他怀里，听着这样春晚的轻风似的言语已经有好久的时间，自己不也是有时会渴念着的么？现在可不能不任整个的身心，软洋洋地浸进这暖流里了。

——我喜欢的东西？……是小本的诗歌吗？是好吃的糖果吗？……

她把头部在他肩上歪着想了一想。

——你可聪明哩！但只猜中了一件。

他从袋里摸出一包五色锡皮封着的东西，他替她把锡皮剥去了，投进她的口里。

——这是什么东西呀？我没有吃过的。

——是朱格力糖呢，哈哈！……还有哩，这是给你预买下来的手套，这儿比故乡冷得多哩！……怕你一上岸便会冷着！现在，替你套上罢！

他拉着她的手儿。

——你这样挂念着我的么？谢谢你呀！冷我是不怕的，我在船里天天吹着冷海风哩！

…………

离开码头，跑过冷静的地方，白马的四只蹄儿得得地把他们拖到热闹的马路上。

光怪陆离的窗饰在吸引路人的眼光，他忙着口讲手划地指示着一些华贵的女人饰物，长统的肉色丝袜，闪光的高跟皮鞋，软红浅碧的丝织品……！他这才感到她身上的妆束是太于落伍了，没怪在这热盼着到来的她的身上自己好像感到有一种失望似的心情，这套三年以前的布衣短裙现在完全没有一点爱娇的风采，像这样服妆的女人在上海真很难找到第二个呀！

他再看着她的两腿，那是肌肉发达的一对腿儿，但无情的黑纱袜子很肮脏地把它的曲线美，肉体美完全抹杀净尽了，脚上是一对破了尖头的黑皮鞋。

他连忙计算着怎样向办事处预支了薪水，怎样挽着她到各个大公司里配置时髦的服装，怎样带她两个人一同乘着春假，到附近的江南山水去领略明媚的春光。……

同样的服装，景物在小蘋脑里可起了不同的意念！她感到都市的淫乐是怎样强有力地激刺着人的官能！资本主义发达的都市文明只有供给一般人以沉溺的享乐！而这些享乐便是建筑在劳动群众的血汗上面！……她憎厌这些把汗血染成的灿烂的饰物，她尤其痛恨那些勾住男性的手腕，艳装浓抹地徘徊在窗饰前面的时髦女子！

她没有注意到他说的是什么，只默然地观察着她所接触到的新环境。而他也给自己的思潮纠住了，他们都不知不觉地互相沉默下来。

三

——这便是我们的家么？……

跳上了三层楼，他挽着她跑进左面的室里。从他的又是一个热情的拥抱里松解出来的小蘋，睁着孩子似的惊诧的大眼睛，旋转着身子向周遭望了又望。这室中的一切是那么的新鲜，华丽，但那于她是太陌生，太不习惯了！她从来就没有看过这样高贵精致的陈设，她绝对不需要这些！

室里的东西宛如没有准备着对这新来的主妇表示欢迎，他们都傲岸似的板起可憎的脸孔！她感到说不出的不愉快，她叫了那么的一声。

这样的家和她们过去的完全不同，而也和自己曾经偶尔描想着的同居生活相差太远！她不相信自己和他便要在这样的家一同生活下去！

——为什么？这正是我们的家庭呀！……为了你的来临，为了我们以后的同居生活，几天前我才租定了这层楼房的。中你的意思么？小蘋！你如果不累就跑到前面的客厅里看看罢！我们的东西算是完备了，我们现在还有精致柔软的沙发呀！……

忽然有些不好意思的样子，他把夸张着的笑脸收缩了一下。

——你坐坐休息罢！我喊娘姨搬进你的行李来。

他匆匆地跳下去。

把眼光对一切重新估量了一番，她想着他那得意的心情，但自己何以只感到无名的不快呢？……这室中有着一架没有挂上蚊帐的铁床，上面的被子不是两年前他由乡里带来的那一条了，枕头也更换了新的，是缀上玲珑的花边和绣着好看的花儿。这床上的东西都很雅洁，精致，那雪白得来就好像没有人晚上曾经在这儿睡过。壁上挂了一幅装璜美丽的西洋裸女画片，画里的她那对低垂下来的眼睛，好像对着床上的人们媚笑！

眼睛掠到床头的一只小儿上。忽然，一件东西把她紧紧地抓住了！那好似在生疏的境地里，无意中碰到了熟识的同伴般，一阵愉快冲激着她的心头，从口中跳出来了。

——呃！这是我的小圆镜子，我的影相架呀！……

把这两件东西拿到手里，先对自己的上半身影片细细地看了一下，她笑起来了！三年以前的她特别显着快活跃动的样子。本来有点突出的上牙床因为故意忍住开口大笑的缘故弄得上下唇紧紧地闭住，整个的脸上充满滑稽要笑的神情。她忆起那时自己就像孩子一般，这相片是于摄完了妇协全体大会的纪念影子从技师手中夺来了镜头，他亲自为她拍就的。他顶喜欢这张照片。特地买了个精巧的像架为她装上，也在临别的时候，她把它吻了几下才装进他的行李中。

在这样的追忆中他变成过去那个可爱的辛同志了！……但现实渐渐恢复了来，她觉得现在的他有些异样了，比起从前的辛同志模糊了许多！

——这小圆镜子，哈哈！原来给他偷偷地带了来哩！在P村累我找了许久……

微妙的，温热的恋情袭了上来，他是这样的爱而又这样的爱着她！他把她玩过的小镜子也宝贝似的特地带来搁在自己的床前，日夕玩爱着她的手泽。

她甜蜜地笑了！她看着映在小镜子中的自己的笑容！……

——太太！我来迟了，没有迎着太太请安，到外面买东西去哩！……

从背后跑进来一个穿着黑衣服的妇人，满脸油腻腻地向她笑着，又从头至脚把她打量着，手里搬着她的一只藤箧。

“太太”这称呼使她感到可怕和厌烦，她的心头有些跳动，在对手的油腻腻的眼光中袭击来一种不安的局促，她想到以后要和他一同过着役使仆人的生活便更加不快起来！

呀……这等我自己来安置罢！

她跑前去想接过那只藤箧。

——太太，让我来好了，就搁进床帏下面罢。

娘姨出去了。

她睁了嫌恶的眼光望着那些闪着栗色漆光的椅桌。

——怎么呢？萍君！你要仆人服侍你么？但我可不惯呀！

她懊恼地对进来的他说。

——你说娘姨么？傻孩子呀！我有职业要干的，而你叫我自己能够弄饭，洗衣裳么？我初来的时候吃包饭可吃得讨厌死了，又不好吃，又不卫生！……她，这娘姨不合你的意思么？

——你要干你的职业。好，现在我来了，我是闲着的，让我替你弄着罢，我不是很喜欢自己弄东西吃的么？……

——那不行呀！给朋友们看了不成样子的！娘姨终归要用的！……扫地，倒痰盂，泡茶，买东西，……呵唷！你的好精神为什么要枉费在这些麻烦的事体上面呀！……而且你解雇了她反而使她一时找不到饭吃，只要我们不要把她看成奴隶就好了。是不是？

——我不是拘谨什么人道主义呀！……不过我们总要自己处理着自己简单的生活的！而且，像村居时一样，我们互相处理着的同居生活不是很有趣吗？一点都不麻烦呵！……还有，我不是太太呀，我不愿意人家把这样肉麻的名词称呼我呀！……

——哈哈！这容易啦！不叫你太太叫你小姐好了。村居的生活可以简朴，但这儿是都市，没有法子呀！……

——也不要叫小姐！这些资产阶级的称呼我通通不高兴的。——她打断他的话。——她依旧服侍你一个好了，无论如何我是不愿意人家为我劳动着微小的事情，除非重要的工作把我整个吞噬了。

——真是和我为难哩！好小蘋，难道叫她喊你同志么？为什么斤斤于无谓的称呼上来呢？……那就喊你先生罢。满漂亮哩，你不是刚好做着先生来的么？……

她沉默着。

——为什么呀？我的小蘋，我们经了许多困苦别离的时间，现在能够相聚了，不应该快乐些么？看你的心情好像有些变了的样子！……呀！你不感到高兴玛？为了什么呢？告诉我罢！

他跑过来揽住她。

——你才有些变了啦！唉！……

说了这样的一句，她的心头好像松吐出来一团棉絮。

在这温暖的怀抱中，这柔情的爱抚下面，这过去曾经令人陶醉的，柔瀚的海波现在真有些不同了，宛如有一层朦胧的夕雾把它和自己之间遮住！现在不但这室里的一切于她是太不习惯，就连这张开两臂揽着自己的爱人也生疏起来了，不是自己亲密的同伴了！

把头部无力地枕在他的胸前，一种不习惯的懊恼几乎使她像一般的女孩子般流下泪来！

都沉默着。他伸起手儿抚摸着她的乱发，这是从前他亲自给她把一条短短的辫子剪下，有些闪着褐色柔光的短发。

——这两年，在P村你定过了许多无聊的生活吧？……小蘋，你是晓得的，我是如何热盼着能够和你在这儿一同生活着的呵！我们的物质看看能够安定下去，不再担忧了，不像在P村时呀！以后有的是快乐的日子！小蘋！你不是希望着读书的么？现在有机会了，我有些朋友可以介绍你进大学的！将来你毕了业，你定比我更加聪明能干的吧！

——读书，我是希望着的，但现在的我已不喜欢读那些无聊的典雅艺术了！我晓得怎样研究一些需要的学问，不愿意进学校哩。……萍君，你还不晓得呵！这两年来在P村我们有很好的机会，我读了一些连你从前也没有读过的Marxism的社会科学，那是我们的真理哩！以前我，也许你也是同样吧，只从事实或情感上需要革命，但现在呀，我可明白了革命还是学理上所必然的需要呵！你也应该多读那样的书，那会使你获得正确的意识，树立坚牢的信仰！只有信仰才不会变更我们的意志！是不是呢？……

她仰起闪动的大眼睛，希求似的凝望着他。就在她这样的圆脸上好像浮着他所不能了解的神情！两年的离别在两人间画上了一道奇异的膜痕，他应该细心地把这道膜痕消灭，否则在两人间的爱情上是很危险的吧！

——是的！唉……

他低声地答着。

他的几根指头交互地，轻轻地在她的头发上面起落着，这好像轻按上风琴的键子，美妙的乐音从她的心灵里流泻出来！她虽然要燃烧起来炽烈的火焰，但她还可以需要这蜜似的温情吧！而且他也是革命的儿子呢，不要抛弃了他，应该挽着他一同跑上去呀！

——我为什么要做无谓的懊恼呢！放点勇气罢！难道他真的变

了去么？……

她自己这样想着。

四

然而，没有坚牢的信念的人生是跟了环境决定他的意念的！虽然仅有两个整年的隔别，但存在于两人间的一切是完全不同了，这之间扩大了填补不上的裂痕了！

仅仅为了一次的口角，可怕的裂痕是不能掩饰地呈现在他们眼前了！

那是在她到来的第三个晚上。

那晚上，上弦月很客气地从云缝中闪着光芒，晚霞拖着它的一抹余晖在天末逐渐苍茫下去。窗口吹进来春晚的轻风。刚刚吃完了晚饭，她跳上她喜欢去的露台上。

——来，萍君呀！你快来！……

她像小雀般叫着，又像小雀般揽住走上来的他。

——多可爱的春晚呀！……你看：今晚上有月亮了。她的声音好像夜莺。

——春晚的风光真令人沉醉呢，但这是有了我的小蘋的原故！

他吻着她闪动的大眼睛。

——你看！月亮完全涌现在碧空中哩！好光亮呀！……

——好光亮呀！……你看！那边的马路上已经耀起灿烂的灯光了！骀荡的春晚上，那灿烂的街灯下真使人沉醉极了！……快去呀！我们到街上逛逛去罢！

——不是陪你去了两晚的么？委实不愿意再去了……

她皱起双眉。

——不要傻吧！人生总要及时权变呀！快活不快活是由你的心情转变的。请不要再意识到那些唠叨的问题了！我们还是去罢！

——我真是不愿意去呀，我们在这儿看月亮不好么？

——你不是爱我的么？……我请求你罢！他拉住她的手儿。

——那你不也是爱我的么？为什么要勉强我做不愿意做的事情呢？……

——唉！小蘋！好罢，以后我定不再勉强你了！只这一次，这算最后的一次罢！难道你真的忍心拒绝我么？……

他的声音恳挚得有些颤动了！

她只好跟他一同下去。

她把天青色的法兰西小绒帽子戴上。在他为她新买来的服装中，她只爱上这顶歪戴着的帽子。

——来，小蘋呀！我替你把旗袍穿上罢！

——跑跑马路也要更换衣服，麻烦死了！

——谁叫你在室中也不喜欢把它穿上呢？老是依恋着这套旧衣裙！……不用你动弹呀，我会替你穿上的。

他像爱抚孩子似的替她解开上衣，她皱着眉头由他摆布。

——呵唷！你还整天插住这支破墨水笔干吗呢？……等下我们另买新的呵！

——不要拿开呀，这是我心爱的东西！……

——她赶快抢下来依旧插进上衣的襟上。

替她穿好了衣服，他自己穿上外衣，梳着头发，站在后面的她像很忧郁般叹了口气！

——做什么呢，小蘋！你还是不高兴吗？他转过头来，牙梳子在闪光的黑发上停住了。

——不是呵，……我想起哥哥来呢！……

——那是过去的事情了，想它做什么呢？……去！我们去罢！……

温情的他挽住她。

“为着狭小的恋情，我会忘记了我们伟大的斗争么？……”她心里苦闷着的是这些，但萦绕在对手的脑中的却是怎样来和她享乐这华灯初上的春宵！

“但我是已经决定了我的目标的，现在只有等着炳生。也好，路上或许会碰到他吧！”她展开皱着的眉峰。

他俩混进在热闹的马路上，梦般沉醉着的男女堆中了。

他的眼光朦胧着给灿烂的窗饰、华丽的女人们掠夺了去。她却只注视着身旁过往的年青的男子，看看他们是不是她所盼望着的炳生。有时也仰望着那挂在狭长的天宇上面的月亮，月亮已给这夜的都市完全忘却了，灯光下谁也没有把她的光辉放在心上。

他俩的神情很不相属！他照着样子好几次伸起手来想勾住她的臂膀，但她却挣脱了！她说那正是自甘做着附属物的女人的表现，恋爱绝对不需要这些举动，她要舒舒服服地自己跑自己的路！……这可恼了他，但他还是很柔和地尽附住她的耳朵说着甜蜜的话儿，想引起她的情趣！有时在一两面窗饰前他便停住了脚，转过笑脸去想对她品评里面的东西，但不识趣的她好像毫不在意，早已从身旁跑过几步远去了！而他也只好嗒然地从后面赶上。

从后面他视察着她，在眼中的是一个粗率无文，小孩子似的女子！时髦女人娇贵的姿态不要说从她身上抽不出一丝来，就连女人所必有的旖旎风情也一点都找不到！他再凝视着她的大眼睛，那在三年以前是闪动着夺去他的生命的光辉的；但现在它虽然依旧放射出一种光芒，而在他却感到那是太于强烈了，不是他所迷恋着的了！总之她已不是自己此刻所需要的娇美的小鸟般的爱人了！

然而他还是恋着她的，是自己曾经热恋着的爱人！他感到苦闷，她淡薄了他们间的爱情，好像快要从他的怀里振翼飞去的鸟儿了！

两人终于默默地，一前一后地跑回家来！

——我说，小蘋！你为什么不爱我了呢？

灯光下俩人依旧默默地对坐着，他忍不住那可怕的沉闷的气压，颤着声音说了出来。

——呀！这苦闷了你么？……萍君呀！问题并不是我们间有谁不爱了谁，而是你我间罩上不同的幕幛了！……你忘怀了革命，你把我们间一同生活着的要素抛弃掉了！……

她望着他苍白了的脸孔。

——革命？……唉！为什么它会在你脑里像生了根般固结着呢？它委实太使我伤心了，我厌恶了它，我对它绝望哩！……几多高贵的生命为它牺牲，为它受尽残酷的灾祸！但现在有芥子般大的成效吗？到头它能给我们一点什么呢？……

——不对呀，不对呀！你，你何以会幻灭到这般田地呢？勇敢的牺牲了正有他们伟大的代价，整个的劳动群众不是天天在向上，革命的高潮不是重新就要到来么？……萍君呀！你离开了革命的怀抱，离开群众的怀抱！可怕呀！你已忘记了我们的事业，而它也把你遗弃了！……你赶快承认了你的错误，把你的悲观、动摇，……种种的劣根性克服了罢！你呀，你往日的热情那里去了，你真变成个浅薄无聊的落伍者么？呀，你呀！

她站起身来紧握住自己的手掌！

——请不要再说下去，不要再说下去罢！……是的，我的热血是退却了，我只渴望着我们温婉的爱情！我憎厌革命，我不需要它！……

——他苍白的两颊上泛上兴奋的红晕，简直像女人般倒进她怀里流着眼泪了！

怜爱的温情没有在她铁似的心头萌芽，愤恨的烈焰却不能遏止地蓬勃起来！她推开了他，毫无怜恤地高声叫道：

——你这革命的叛徒，你无聊的时候玩弄着革命，但一等到危险当前的时候你便背叛它了！现在我看穿了你，你这毫无信念的小资产阶级是绝对不能参加我们神圣的事业的！好，现在你安享着罢，享受这由资本家们乞怜得来的苟安生活着罢，这享受都是从工人们的血汗得来，资本家吸收了又排泄一些剩余的给你们！呵！你真的不觉得羞耻吗？你甘心享受这种生活吗？……至于我，当着我们的事业正急待努力的时候，我愿意跟着你一同过着这样卑污可耻的生活吗？唉！……你呀！……

她的大眼睛射着利剑也似的光芒，刺得他的心头痛楚不堪，大颗的眼泪从他的眼中滚下来！

——别的不要说了，不要说了！你，……仅仅我们的爱情哩？爱情……！

——你还说我们的爱情吗？完了，完了！我只有爱我们的事业，它才是我伟大的爱人！

——但我们的爱情不是纯洁的，崇高的吗？……

——不，不！这样建筑在美妙的梦而其实是渺小丑恶的现实上的爱情我是不需要的了，真是不需要呀！

——你太伤了我的心，我真痛苦呀！……

——你才伤了我的心呢！你背叛了我们间结合着的意义，你堕落得使这意义毁灭了！

…………

娘姨跑上来从门隙偷望这奇异的吵闹。他捧着脸孔倒到床上了，她也跑到外面去。

五

低湿的云团一堆堆地在漏出来的青空上移动，渐渐地展开了整个蔚蓝得像用顶好的蓝墨水染成的天空来。而在这长空的角落，那给早霞渲映得红紫灿烂的一方却张开着它的笑脸，太阳虽然还没有出来，但这天空已闪耀着晴朗的可爱的春光了！

在彩霞底下，在遥远的东方，那儿耸立着笔杆儿也似大小的烟囱，在静谧的晨空里浮上一缕缕不大飘动的黑烟。

就在那些气管吐出它在今天中的第一口气，那是晨星还在灰黯的空中闪烁着的时候，它吼动的声音把小蘋从梦中醒觉过来，这声音还混着江头汽笛的尖锐的叫声，荡漾在她的脑膜上。

“他们又在开始一天的劳作了！”从梦中还紧紧把她揽住的爱人腕里松开，她跳下床来。

沉浸在梦里的他脸上尽浮泛着无限温和甜蜜的笑痕。头部顽皮地斜贴在枕上，柔黑的乱发遮掩了他紧闭着的眼睛，女人似的红唇因为笑着而绽出一角细白的牙齿！……可爱极了，完全是三年以前初恋着的辛同志呀！这小口，这蜜似的温情的微笑正是三年以前，她，一个无邪的小姑娘会把他恋上的缘故吧！

她不忙着穿上衣服，却轻轻地俯下去吻了他的口角。

渐渐地在这令人迷恋的温情里，不幸的暗影在眼前展了开来，把这可爱的他的睡姿掩覆去了。

走上露台，在晴朗的蓝空下面，她看见马路对过那一家院子里的柳条已点缀了繁密的柳眼了。而故乡的柳树呢，现在正是翠拂行人首的垂杨了罢！微风漾着春的气息满满地给吸进她的胸头。她想起别离只有十天左右的南国风光，更忆起多年以前，就在这样的春光里爱上了那撩动人的温情的笑脸！

明媚的春光中忽然又袭上飘萧的暴风雨，涌现起崩塌糟乱，血肉模糊的惨象来！

那是整个为革命而斗争着的故乡，和为斗争而牺牲了的哥哥、妈妈，和别的许多同伴！

小蘋是个农村的女儿，和别的农民般她血管里面流着的是勇敢朴诚的血液；但不同的是她壮健的血液里面还渗着要斗争的另一种热力！

她生长在G村。那是革命在发源地的K省，大庾岭极东极东的T县。浩荡的珠江支流滚滚地绕过村前，绵延数十里的K山麓便是这G村所占着的一部。虽然依山傍水的占尽可夸的自然环境，但G村也和别的农村一般，过去几千年以来尽给铸就在封建的铁坟下面！

小蘋脑中没有父亲的印象！她在娘肚里的时候他便因为受地主的压迫受不过，盲目地起来抗争而给他们弄死了！但父亲遗留给他们兄妹俩的是血液里的热力。

和她一道在G村生活着的是比她大了八岁，长成个顽健不过的农民的哥哥，和一位与别的老农妇没有两样的慈爱的母亲。

幼年，在母亲和哥哥被榨剩下来的血汗里她算安和地能够在岩石嶙峋，和滔滔地流着朱红色江水的长堤上度过了她的童年。

长大到十三四岁的农女了，蓄着一根给太阳晒得闪上褐色的光泽的短辫子，和别的村姑一般她不晓得广大的世间的一切，只有一个圆圆的小红脸孔和一对黑溜溜的大眼睛。

革命的怒涛涌进滚滚的C江，激荡着长堤南岸的G村！映进她的大眼睛里的有新鲜，奇趣的一切了！哥哥是渐渐地不和人家打架，不喝醉了酒而叱喝母亲，骂打着她了！他好像很忙的样子，农作之后便匆匆地跑进村里的乌祠堂，和村里的同伴们或一些由别的乡村到来的客人们老是在谈论着什么，忙着什么；有时还整天不见地说是到了县城里去干着什么事情！

渐渐地哥哥变得越是温和了。常常笑着拉她的手儿，抚摸她那褐色的头发。他又常常地和母亲谈论一些不大明了的谷租这等事情，在母亲那表示骇叹的辞气中引起来她的注意，她也睁着大眼睛倾听他们的言论，不时地发出自己的疑问。母亲笑了，但哥哥却温和地详细替她解释，很希望她能够明白的样子老是指画着他粗大的手腕。

又渐渐地哥哥忽然老捧了一些有着墨的点划的册子、纸张，在灯下紧皱起他的两眉。他说那是书籍，是世上顶可宝贵的，能够教给人们一切不晓得的东西！

她睁着眼站在哥哥身旁，把奇异的眼光默默地对他注视着。一个晚上，一阵本能冲动着她，从口中跳出来，她说道：

——这些，你看着的这些书本子既然是很好的东西，哥哥呀！为什么你不教给我认识一些呢？妈妈也认识一些呢？！……

——呵唷！女孩子也要认字做什么呀？你这傻孩子！——还不等哥哥的回答，母亲从皱痕满布的脸上叠上厚的笑痕了！

——这不对呀！妈妈！……是的，小蘋呵！哥哥真蠢死了，放着好好的机会却想不起来领你到乌祠堂的平民学校里念书！

哥哥哈哈地笑起来，他高兴地放下手中的册子拉着她的短辫子。

——真好呀，明天，明天哥哥便领你念书去！……妈妈你还不晓得哩，现在我们的世界里男孩子女孩子是一切都平等的了。为什么不呢？妈妈你做了比我们男人苦了许多的一世农妇，难道不想起来解放自己吗？……男孩子会做的女孩子不也同样会做吗？只要她们自己起来参加革命。小蘋呵！你将来定会帮助哥哥干我们的事业的！你的命运真好呢，小小的年纪便有机会认字了，不像哥哥，现在才……但哥哥可不会输给你的呵，将来我们看谁会比谁多识一些罢！哈哈！……

那晚上她的心中好像新长了两只翅膀！

明天，她穿了唯一好看的红格子上衣和黑布的裤子，哥哥粗大的手掌按住她的肩头，带她一同到乌祠堂去。他们的脸上都浮上新鲜的光彩！

——小蘋呀！你要过乡去么？哥哥带你到城里逛逛去么？——

一走出低矮的家门，邻右的孩子都围住她问着。

——都不是呵！哥哥领着我，领着我到乌祠堂读书去哩！……

她有些夸傲的样子，笑着指着插在哥哥袋里的书本子。

——好撒谎的小蘋呵！读书，你骗我们呢！我们跟着看你跑到那儿去！

哥哥笑起来，张开臂膀把他们叫回去。

——迟早你们都要到乌祠堂读书去的！

他说。

——阿大！你带妹子那里玩耍去呀？……

一碰到相识的老农民，他们也唠叨地问着。

哥哥告诉了他们，但他们都笑着说道：

——开玩笑，女孩子也读书的么？

但哥哥解说了几次也不再打理他们了。

到乌祠堂，她小小的心房跳动起来！只紧紧地拉着哥哥的衣角。

哥哥喊她坐在前面的阶沿上，自己匆匆地跑向里面去。春晨的太阳从花纹古旧的檐角上射下，天井里两株大龙眼树开满小点的白花，悄静的空间充满着无限的神秘！

哥哥跑出来拉她的手儿进去，他很恭敬地指着一位穿长衫子的男人叫她喊“李先生”。

李先生走过来抚摩她的头发，她看见他的手儿又白又小的不像村里的农人，他很温和地笑着对她说了些什么。

到现在她还清清楚楚地记着，那天午间哥哥从田里挑了一担草儿，跑来带她一道回家去。她的心头像塞住了一些什么，饱饱地竟比平时少吃两个母亲炊熟了的土芋。

生活改变了，几十个和她同样大小的村童和整天穿着长衫子的李先生是她的同伴。乌祠堂的龙眼树下和屋后巉岩的山麓便是他们游耍的地方，她渐渐不喜欢接近早日那些女伴，她们的言谈行动都和她合不上了！

她念完了两三册印着人物的书本子，感到它的兴趣了；也学会了写字，爱把牙齿咬开那给坏的墨汁所胶住了的毛笔尖儿。

她天天挟了一两册书本和一块已经打破了的石板跑到乌祠堂，短小的辫子在脑后跟着她跳跃的时候一起一落地动着。这小辫子是乌祠堂里独有的辫子，她是他们中唯一的女孩子，她会比他们读得更加聪明些。

妹妹整天都有功课，但哥哥却只有乘了搁下锄头的闲暇，晚上读着一两个钟头的夜学。妹妹在家里坐不惯了，晚上也跟哥哥一道去听他们的谈话、演讲，读着他们的书籍。哥哥很容易便会明了里面的意思，但妹妹却有些懂有些不懂地只认识了几个生字。

夜里，从乌祠堂回来后，在小小的豆油灯下面对坐了兄妹两人。各人都读着各人的功课，眯着老眼的母亲也横坐在下首补她的破衣服，或者摇着纺纱的轮子。

哥哥老是紧皱着眉峰，粗大的手指不停地搔着自己的头皮，好像恨不得把整本的书籍吞下肚里去的样子。妹妹呢，她溜动着思睡的大眼睛高声地读着，或者歪着头默默地写她歪斜的字句。

妹妹喜欢和哥哥赌着认生字，哥哥老是输了的时候多；输了时他不是越发皱紧了眉头痛骂着自己便是哈哈地笑起来，拉了她短小的辫子夸奖妹妹聪明！

哥哥有一次从城里带回来一件新奇的东西！那是一根秃了笔头的自来水笔。他很夸耀地把来插在自己敞开了胸膛的上衣袋里。这打动了妹妹，她借过来试用着，试用着老是不忍拿回哥哥。但他说那是自己积下来的几只角子在城里买来的，如果她能够一连赢了他三次以上的赌认生字，那他可以割爱送给她。

妹妹夺去了哥哥心爱的自来水笔了！妈妈说小孩子用不到这样好的东西，但哥哥却哈哈地笑了，情愿让给她。她高兴得晚上一连做了好几次关于这支笔的梦！明天，插在衣襟上连跳带跑地走到乌祠堂去。

自来水笔里面的墨水用完了时连哥哥也想不出法子！幸而李先生教给她使用的方法，还把自己的一罐墨水送给她。

从此，她不用再挟着破了的石板跑来跑去了，她整天留心着收集一些白净的纸屑，很高兴地歪了头儿，用着秃了的自来水笔写她歪斜的字句。

六

小蘋度着她十七岁的青春了。姑娘们在这个期间正像一朵娇艳的玫瑰，幸福和青春原是联系在一起的呀！然而我们的小蘋却刚刚是两样！她是一株由荆棘丛中茁长出来的乔木！她没有沉醉于处女的软红的梦，而是处身于洪涛烈火当中！

青春给她带来了狂热的革命情绪！

她的青春也刚好带来了中国的革命高潮，那是一九二七年的开头。G 村的土地早已在铸就了的铁坟下面翻动，农民们早已在里面啸乱，看看他们快要冲破这若干世纪以来，重重地压在上面的铁墓了！

G村掀开它一页斗争急剧的历史。

现在小蘋是G村××协会里面得力的一员女斗士了！虽然刚刚是十七岁大小的一个农女，但她脑里装着的是满满的革命意识和有生以来便需要斗的事实！帮助哥哥们领导有着千余个农民的G村来开拓它的新命运，她是协会里的文书部长和妇协G村分会的领袖。

哥哥为着努力工作的缘故忙得来自己几亩田地都无暇耕种！两三年来他们的一家三口在物质上依然过着刻苦的生涯，但兄妹俩的精神是跟了村民们改善了的生活般有了可惊的进展！

哥哥把粗大的臂膀高撑起减租运动的旗帜，和村民们向躲藏起来的地主门前呐喊，走进军警森严的城里向统治者示威！妹妹却站在长堤上或乌祠堂的门口，对一些落后的农民们大声地喊着口号，热情地演讲着。

曾一次哥哥因为斗争的缘故给身上受伤的抬了回来！母亲吓得号哭了，但听了这消息的妹妹还坐在乌祠堂里飞动她的笔尖，起草着重要的宣言。

从G村妇协的支部，她被选进城里总会充当常委了。

拖着褐色乱发编成的辫子，上衣襟上插了一根旧的自来水笔；圆而黑的脸上透着满满的红霞，黑而大的眼珠睁开来闪动着光辉。她身上的妆束和农村没有什么不同，不同的只有从今天起她系上了一条短的蓝布裙子。她把裙子拉得很高很高，为的是便于走路的缘故。但她穿的是短统的袜子，走起路来她的膝头便很不客气地裸露出来，然而她完全不打算到这些事情。

就是这样的一个农女，小蘋，她以G村代表的资格，到城里来的第二天，被全县各界代表大会的主席介绍着起来演说！

是第一次她站在许多不熟识的群众面前溜动着大眼睛！有点茫

然的样子了！但她即刻把握到自己，激越的声音从她口中散出，她差不多把脑袋装得满满的东西都从口中倾泻出来！

粗大的手掌在台下雷似的轰叫起来！

她跃动着小辫子走下台去时，他，县党部代表辛萍君抢着起来发言了。他说：有许多革命的知识分子老以领导者自居，看轻了工农群众！但现在请他们自己批评一下罢！中国的无产阶级和妇女对革命的认识不是已达到可惊的进展吗？像G村的代表便是一个好例，有谁能够比她说得更真挚，更热烈的革命理论呢？除了真正的工农群众！……大家应该一致赞同她们所提出的运动方式，她的呼声便是我们几十个工农代表的呼声呀！……

与其说小蘋的言论引起他的赞叹，那还是她那时闪动的大眼睛把他从心灵深处给熠动过来的更为确切吧！他是个小资产出身的革命者，是浪漫的、热情的青年。他受了现社会的所谓高等教育，但大学还没有毕业便跑回家乡来充当教员——那一半是因了他没落的中产家庭不能赓续给他求学的经济负担，而别的原因也是他自己对无聊的学生生活已起了厌倦！但粉笔黑板的灰色生涯更使他苦闷，而社会的黑暗面也开始映进他的眼膜！于是他把雄心收拾起来尽付之流水，他憧憬着不可捉摸的乌托邦，沉醉着浪漫的文艺热，然而这些没有使他得到安慰，像一只失了重心原力的陀螺般，在地上东突西窜地盲冲着！

而刚刚在这个时候汹涌起来革命的狂澜！于是他找到了自己的出路，他热狂地追求着能令他奋发起来的事业。

虽然只有二十三岁的青年，但前部的青春于他是无声无息地溜过去了！现在他要紧紧地把它抓住，加倍地享用这残留的青春。他需要革命，但他还需要生命所必不可少的异性的爱情！

爱情始终是神秘的东西吧？！它不停留在时髦的女学生，党的女职员同志，或别的美丽的女人身上，却毫不踌躇地投进在一个粗陋的农女的大眼睛里！

不仅仅为了一对闪着光辉的大眼睛呀！她全身质朴简陋的妆束在他看来是另含有新鲜的，浪漫的少女的姿态，是一种纯洁高超的神韵！

这可爱的神采深深地抓住了他的心灵，本来他的生命只有追求着热情的革命，而现在这热情中另茁长出一根有力的萌芽了！

但她呢，她不懂得这样的爱情的，她爱哥哥，爱妈妈，尤其爱整个的G村同伙们和阶级相同的无产群众！

这时对她表示赞许，对她们的斗争表示同情的萍君给她是一个很好的印象，她晓得那是一位和李先生同样的革命知识分子。

在城里她依旧忙着她的工作。现在没有哥哥们来拉她的辫子或者拍着她的肩头了。一同工作着的几个女同志们她感到她们不是真正的革命同志，孤零零地总是和她们合不上！她晓得自己是个粗陋无文的农家女，女学生出身的姑娘们定比自己高明得多。但渐渐地她推翻了这样的念头，这些同伴真使她失望！

“Miss小蘋，今天参加军民游艺大会的演说词你预备去罢！我们到时都要表演游艺的！……”

“小蘋同志，请你把裙子放低一点可以不可以呢？会场里露出整段的膝头是不大雅观的呀！……衣袖便要短得露出整支臂来算时髦的，但你的袖子却偏偏这样长！”

“你为什么连雪花膏都不搽一搽呢？小蘋姑娘！到城里来后不把服装改良改良是赶人家不上的呀！……”

“同志小蘋！你的文字做得还不差，但你太不懂得艺术了！革命是需要艺术化的呵！请多读一些关于文艺的书本罢！我可为你介绍！像《飞絮》《落叶》……这一类的文学便是现在顶流行的恋爱小说！……”

"……"

这便是女同志们对她的谈话。她看穿了她们，她们不是为恋爱、为虚荣而来革命便是想借此开开无聊的心！她们对资本主义时代的物质诱惑不能排遣，她们完全不晓得精神上的向上！只是一团肉，一团毫无生命的专供同样堕落了的男性玩弄着、蹂躏着的肉体！

她忍不住的时候便睁大眼睛来替她们解释革命的意义，怎样才是新女子的人生观。但她们不是噘起口唇来射开了去便是哈哈地把她讥笑起来！

她愤恨她们，但她更加紧自己的努力。她们整天只找着机会跟男同志们到什么地方去游玩开心，到什么游艺大会和娼妓们一同表演肉麻的歌舞；还有不是整天躺在床上抱着恋爱小说便是整日里忙着写情书，烫头发……！她们把辛苦的繁重的工作都推到她身上，但她从来没有推避一次的，高兴着连忙干去了。

在城里她体验了复杂的劳动群众的生活，更惨酷的手工业工人待遇和两重压迫下的女工贫妇们的苦况！她努力地领导着他们，指示他们应该怎样起来抗争！

工作把她整个包围着。

是元宵节日，全城里一对对新悬在门前的红纸灯笼还未透出光亮的烛影，代替了亮晶晶的一轮明月的却是纷纷点点的满城寒雨！

刚从党部里散会回来的小蘋，褐色的乱发上缀满了珠珞般的雨珠，跑回住宿着的妇协会去。

——小姐们通通给先生们分头请吃节酒去了！大约晚上没有十一二点钟是不会回来的！只可惜晚上躲去了月亮，不然我们两个倒可以清静地坐谈一下！……唉，看你真是忙死了，谁个姑娘们像你这样不贪快活哩！……

她刚刚跨进了大门，爱和她唠叨着的女杂差便迎着说了一大堆。

——呃，要我这样忙着才是快活呢！……

她笑了走进自己房里。揩一揩头发后，便伏在案头把刚才的决议案重新整理着。

邻家送进来一阵阵的爆竹声！忽然，她忆起家来了！忆起幼年时和哥哥在这个晚上便合力筑成一个瓦塔，在月光下的爆竹声中又把它烧毁了，自己和孩子们携着手，绕着那射出美丽的火光的瓦塔跳着，唱着无腔的村歌。呀，那是多快乐的游戏呵！

像醒觉过来般她连忙屏去自己的童心，依旧低头理完了她的工作。

把脑袋清一清，今晚上是没有什么事情要准备的。于是回家去的念头又袭了上来。她挂念着哥哥们的工作近来不晓得怎样，离别以来虽还不够一个足月，但不晓得整个的G村群众可有了什么进展？

跳起来脱下鞋袜，把裙子拉得更高些。从县里跑到G村没有灰筑的官道，只有一下雨便泥泞满路的小田径。她赤着足穿了木屐子，检出几册刊物来准备送给乌祠堂的新组织成功的农民俱乐部，跑下楼来和女杂差商借竹笠。

——你这个样子便想回去吗？不怕在城里碰见那些先生们么？……

女什差惊诧得笑了！

——我怕什么呢？我是惯了的！

她戴上大的竹笠子。

刚好这个时候从门外闪进一个人来，他穿着闪光的雨衣。

——小蘋同志在里边吧？说姓辛的要找她。

来客对女杂差说。

这声音使她立刻注意到来的是谁，她高兴起来。

——在这儿呀！我刚要回家去哩！

——呵唷！我可认不出是你来呢？……

他又惊又喜地看着那两只深覆在竹笠下面的大眼睛，这眼睛放射出越发可爱的光辉！而她这样潇洒自然的装束更是动人极了！

她笑着把竹笠除下了。

——怎么？有什么事情吗？……

——要有事情我才可以来找你吗？今晚上就是因为没有事情做，才想找你谈谈呀……他也笑着脱了自己的雨具。

——我们不是刚在会场里碰到的么？此刻你来了我便以为是部里又发生了什么特别事情哩！

——你整天都担心着工作呀！……

那光辉闪动得他的心头跳颤起来！

——那里？……我真高兴和你谈谈的，但对不住呀，此刻我要回村里去呵！

——那我只好告辞了！……不过，晚是晚了，又下着雨，你自己一个在村野上跑着不太孤寂吗？……

他很恋恋地注视着她的眼睛，口角上浮着温柔的惆怅的微笑，白嫩的手指玩弄着雨衣的钮扣，只是不愿意离开她的样子。

一阵奇异的冲动在她心上跳跃，她忽然感到他的可爱了！她从来就没有领略到像他这样的男人的温情的微笑，那像醇酒般濡进她的灵魂深处，醉了似的她凝住自己的眼光。

“他可爱呀！……”脑中闪上已经组织起来的这样的一句！全身的血管中好像流着无数的轻轻咬嚼着她的肌肉的小动物，而这种咬嚼是引起来新鲜的，甜蜜的快感！

她再感觉到颊上渐渐地烘热起来！

两人都低头沉默着。

——那，那请你一同到我们村里去好吗？路上可以一面走一面谈谈，不是不寂寞了吗？……

她有些不好意思地终于说出来。

——好的，好的！我真高兴呀！……我们去罢！

他笑得露出一列细白的牙齿来，这牙齿也使她感到可爱极了。

——还有，辛同志呀！我要介绍你给我们农会里的同伴们，他们定欢迎你呀！你是个努力于我们的斗争的同志呀……

她立即记起来这可爱的他便是热情于革命的敬爱的同伴，他有比自己更加高深的学问，他的言论常常会使自己折服的呵。

她跳跃起来，戴上竹笠子。

七

无偏私的青春也带给她蜜似的温情，在谁个的青春里没有一段温情的 Romance 呢？黄昏的村野，寒雨霏微的道上，像掉进软绵绵的蜜糖里似的躲在辛同志的怀中，她很大胆地吻了他那绽着柔和的笑意的，颤动着的口唇！

现在只要有意地追思起来，那就连自己的指尖也会感到当时的特殊的滋味哩！在女人的一生，处女的第一次浸浴在恋情里的感觉是深深地印上脑膜的呀！

可是我们的小蘋所以和别的姑娘们不同的不是她不需要这蜜似的温情，而是在这斗争的生活里，她需要的是更伟大更热烈的革命的爱情呀！

当晚 G 村的农民们就在乌祠堂里聚集起来欢迎这革命的领导者——党的青年部长辛萍君！听了他的高兴的演说，他们是喜欢得来感激似的高呼着！……而现在呢！现在这曾经领导着群众的知识分子是背叛了革命，生活在群众的血汗里的落伍者了！

第二天天一亮的时候她和他便赶回城里，哥哥拉住她的手儿说：

——现在我们村里是准备着再进一步的抗租运动了，这是很隆重的一件事情呀，虽然时机还没十分成熟，我们的敌人还有许多！……可是，我们是愿意把最后的生命交给这一次斗争的了！……小蘋！……

——好的，哥哥！你们准备着罢！这是我们最后的一次呀！在城里，我是刻刻都记挂着我们的农村的！我晓得尽我的力量帮着这事情干着的！……还有，这辛同志他也是站在我们同条战线上的斗士，他是努力替我们尽力的，我晓得！

……

她紧握住哥哥粗大的手掌。哥哥好似有点不舍得她离开了农村的样子！

她离开了哥哥、妈妈，离了整个亲爱的G村！谁会料到这一次的别离竟成了永诀！现在她已再不能看见亲爱的他们，不能看见那未经铁蹄蹂躏，整个在欣欣向荣的农村了！……

一回城里，工作依旧把人包围了去，她忘记寒雨声中那温馨的恋情了。在会议席上，在群众堆中，她也常常碰见了他，但这个时候的他是紧握住手儿，渡过那波涛汹涌的大海上的同舟伴侣，是一同团结在斗争热情里的敬爱的同志！他的红唇没有浮绽着柔婉的笑痕，有的只是庄严的，愤发的光彩！

“小蘋呀！为什么你总是不喜欢和我私下谈谈呢？我们不可以亲密一点么？……”

“你的眼睛闪动得太动人了，你把我的心灵一熠一熠的夺了去呀！……”

这迷人的温情也会打动了她，处女的柳絮也似的心情是经不起这春风般吹着的甜蜜的言语的！于是她会忍不住倒在他的怀里，捏着他嫩白的手指或是抚摸他柔软的黑头发，把他叫着“傻孩子”了！

然而许多次这温情像给她胸中的烈火消灭了去，软红的迷梦完全引不起她憧憬着的柔情，满满地填在脑中的是凶猛粗暴的铁锤、刀剑！毫不踌躇地把他拒绝了！

——辛同志！请不要尽对着我说这些话儿罢，我忙着哩！难道你却很优闲吗？你的工作呢？……

——好忍心的姑娘呵！真是个铁似的女斗士呀！……好，大家努力罢！我就干我的去了！

——谢谢你呀！这样我才爱你呢！……

不觉地对他笑了。于是各人便分手干着各人的事情。

薰风漾着麦浪似的温情陶醉了她，他方呢，那熊熊烈火一般的斗争越是猛烈地燃烧着，就在这两种不相混和的氛围里，她度过了城里的落花时节。

历史的车轮辗上了险恶的轨道！就在这一度革命的高潮达到了它顶点的时候，飓风施行它最后的暴力，排山倒海地覆下来把它压成无数的浪花，飞溅得整个的中国都沾满可惊的白沫！

黑暗的一方风驰电掣地掩覆了刚要升起的光明！它用着可惊的速率伸展到大地！反动的铁蹄冲破了栏栅，践踏到稚嫩的园地来了！

黑暗和光明早已起了分野，后者是暂时给消灭了！整个的中国已陷进黑黝黝的深渊，而消息闭塞的T城，依山临水的G村却反而在茫茫的大海上浮着一两点闪烁的灯光，想延长那微弱的光明！他们已长起万丈的斗争烈焰，这烈焰没有暴力的扑灭是不愿自行掩熄的呀！

凶恶的暗潮快要淹没而来的前几天，邻村邻县都啸动起来！T县也难逃这必然的劫数，在那反动势力高压的下面，她们还奔走呼号地尽着最后挣扎的力量！

小蘋有两天晚上没有睡觉了，褐色的乱发在头上蓬松得像一团干草，睁着两只充血的大眼睛，歪了头儿不断地运算她们的计划！

哥哥老是没有碰到的机会，他曾一次进城来找她，但没有碰到便匆匆地跑回去了！这几天来有的说他已跑出S埠，但有的又说曾在什么村上晤见他。外间的消息已和这儿隔绝，反动分子是明目张胆地干起来了，她和萍君们都好像一群给捉到瓮里来的小动物，转来滚去尽找不到一条出路！但他们依旧拼命地和反动的压力斗争，奋力着挣扎着！

她没有余力兼顾到自己的农村，不能跑回去！她晓得哥哥们一定不会屈服在暴力下面的，他们只有奋斗，虽然到头来或许只有牺牲！她也认清自己当前的任务，只要有一丝的希望她便尽力干去的！哥哥粗大的手掌好像什么时候都紧紧拉着她的，她没有畏怯，畏怯自来就不曾闪上她的脑海！

她们躲在一家儿子是个青年小贩，母亲是六十多岁了的浣衣妇的熟识的草屋里秘密议决她们的案件。这儿一共只有五个忠实的同志，平时那些投机分子现在躲的躲，背叛的背叛了！

在惨淡的豆油灯下，听着附近的城楼已经敲了三更的鼓声！

——好！同志们，就这样结束了今晚的会议，各人进行各的工作去罢！……

她睁着那充血的大眼向大家溜动了一下，眼睛虽因失眠的缘故失却那闪动的光芒，但燃烧着的气焰把同志们的睡意都扫除净尽！

——他们早已严重地侦察你的行踪，这你是知道的。为了我们整个的目标，小蘋同志！你应该躲在这儿不要出去了！团结起各个工会来的任务我来代你干去罢，我自然晓得尽力干得好好的！……

萍君握住她的两手。

——但我终须不能死躲在这里的，我还要跑回G村去帮他们联

络起各村的 × 会来和我们一致行动，这是紧要不过的事情呵！……

——那更使不得呀！听说今晚上各个城门都站了检查员呢，他们是真的干起来了！

另一个小个子的同志抢着说。

——呀！那你还不早点说出来呵？他们把我们截成两段了，没有农村的援助是只好束手待毙的，这几个毫没武装的小工会能够干什么呀？外面是一点都得不来信息，究竟我们党的中央组合是怎样了呢？……大家的脸上都罩上深灰色的浓雾！

——可是，干终归要干的呵！不斗争，难道向敌人们暂时屈服了么？勇敢的同伙呀！

——她立即跳起来说。

——辛同志！那请你代我尽力去罢！我一定要筹思出来更安全的法子。

他们陆续地出去了。

吹熄了豆油灯，黑夜里她一面静听着老妇人低微的鼾声，一面想来想去总想不出怎样飞出这牢狱似的县城，回到 G 村去是无望了！

她守望着由屋顶的一方玻璃小窗眼所透进来的天空渐渐灰白着。

盼望着他们，但自朝至午任等都没有他们的足音！下午的时候了，外面好像响了几下枪声，她惊疑着，没有一会屋里的老妈妈颤巍巍地走回家来！

——是什么灾祸呀！天王爷！……先生们通通给抓去了，经官兵们……！

她慌张得枯瘦的老脸孔好像缩小了许多。

——怎么呀！你，你说的是这些先生们……

她急得来好像热锅上的蚂蚁，下意识地指头咬住了！

——这些来这里坐谈的先生呀，还有许多，许多！官兵们到各个学校、工会，……还有人家里都搜掠透了！他们乱抓了人，又放了枪呢！东西好的都给他们抢尽了！唉，真不晓得是怎么来头的灾祸呀！……我在女学堂里替姑娘们洗衣服的，但不好了！官兵们一哄地冲了进来。不问情由，把姑娘们有的连衣服都脱光了！……唉，可怕呀，天王爷！这是闹什么乱子呢？她们赤条条地给抓去许多个呀！真是……

老妈妈的老泪扑簌地滴下来。

——完了，我勇敢的同志呀！……都给抓去了吗？……

还没有关上的独扇门闪进来一个穿着肮脏布服，戴着宽大的破帽子，胸前还系着一方厨夫似的白布围裙的男人！他那几根不能掩饰的嫩白手指按在推开来的门扉上，使小蘋跳起来了！

——是你么？萍君？……

——完了呀！小蘋，……但幸而我们总算碰在一起了！……

他张开两臂来把她揽住了。

——可是我们怎能悄悄地躲起来呢？……我们是不会退缩的！

她推开了他。

——完了，完了！工会都给他们早已占夺去了，同志被悄悄地抓去了！是迅雷不及掩耳的突变呀！天没亮的时候我得来这些消息，只好躲进姊夫家里去！……然而我挂念着你，死我们也要死在一道！赶这混乱的时机我逃出来了！……我们自然不会退缩，但现在是一线的出路，一丝的力量都没有了！……姊夫说G村自昨晚上给统治者军队包围了，农民武装起来抗拒反动的军队，但混战到上午的结果是失败了，实力上万万抵抗不住了！你哥哥不必说了，你母亲和多数的村民们都给立地枪决了去，乌祠堂和一些瓦屋是给烧毁了，家畜钱物是给洗劫了，G村现在只有逃难的一群灾民和一片烽火还没有熄灭的瓦砾！……

他一气呵成地滔滔说着！

——呃！……

整个的世界在她脑里翻腾过来！在眼前，黑沉沉的一片里闪着一堆堆鲜血淋漓的尸体，闪着哥哥们的脸孔……又渐渐地这一切都飘浮而去，黑沉沉的一片吞没了一切！

八

——唉，这是什么一个地方呢？怎么老像是在夜里呢？……

渐渐感到自己是躺着的样子，全身都松解了般连动弹一下的念头都没有起过！她昏沉沉地尽浸溺在恍惚可疑的境地里！

——唉，我失去了工作吗？为什么老在夜里躺着呢？……

深灰色的浓雾中老是浮现着一个模糊的影子，这是谁呢？她真想和他讲话，但喉头好像给什么闷塞住了，自己整个的存在就如一团没有意识的棉絮！

——小蘋呀，醒醒罢！……小蘋呀！……

渐渐地她感到一阵阵低微的声音老像在喊着自己！这声音好像就从那模糊的影子中发出来！

这声音真温柔极了，乐音似的尽在茫茫然的脑际回旋！

——唉！……是妈妈吗？是哥哥吗？……这声音，这影子！……

——然而，都不像呵！……哥哥和妈妈呢……他们，他们不都是没有了吗？……

一阵漆黑无边无际地压下来，鲜血在里面飞溅！……

漆黑渐渐散开了，深灰色的浓雾里又漾着轻柔的声音。

——呃！是你么……？辛同志！……

模糊的影子忽然很清晰地在脑上映现！

——是他，是他呵！……

她想喊出来，但喉里只透出一丝短促的气息。

——呀！你醒过来罢！……小蘋呀！……

这轻柔的声音现在更可以清楚地听到了。她记起来过去的断续的一些残痕，但这些又给那浓雾弄得模糊着了！

为着这病，他和她才能够安全地从紧张着危险的 T 城逃走出来。

那是黑暗暴风雨后的第二天晚上，他穿了女人的衣服，她却紧紧地被裹在被窝里，抬进泊在草屋后面的小河上的船舱里，老妈妈护送着，她的儿子给她们摇船，说是重病的亲戚要送回家里，没受检查的小船由城河摇出城外去了！

他带着她投奔到七八十里水程以外的姑母家里。这是一个很静谧的桃源似的农村。这儿自来就没有所谓革命的抗争！丛叠的山丘虽然并不险阻，但却深深地把它三面环绕着，只有一条小小的河流从西方的田野里很曲折地流进来。革命在高潮时所溅起来的浪花没有超越过丛山叠嶂散布在这里，化石般的农民们的脑袋只晓得谨愿地耕他们聊以自给的田地，不晓得别的什么希求；但最大的原因却是外面统治者的铁蹄很少践踏到这里，而这儿又因了是创立不上几百年的新村，农民间很平和的，没有什么专横的地主，到外面交纳的租谷也比别的村民们少一些。

姑母的家庭是个目前还能够安和过活的农家。她没有丈夫，有两个儿子和一个媳妇。小的儿子是个活泼的，憧憬着外面复杂世界的十七岁的孩子；大的却是只晓得劳力的忠朴的农人。他们是勤俭过活的农户。

姑母有一所落成不久的新瓦屋，除自己耕作的外还有几亩租给人家的园地。她能够供给侄儿的生活，她充分地同情他，他的逃亡在她以为就和给奸臣谗害的落难状元般相似。表兄弟们也欢迎他的来临，他们眼中的他是神圣高贵的读书人，政客，他们都劝他静静地躲在家里，等到天下太平了那才到外面升官发财去。

小蘋害的是热病，一连几天都躺在昏睡的状况中，这村里当然没有什么医生，村民们的生命除了凭自己的经验调养之外是由他自生自灭的。姑母替他着急得求神问卜，他却整天整晚只有守在她的床前，低唤着她的名字，偎着她滚热的脸孔和按着她跳跃着的脉搏，把脑中记忆着的对于病人应有的调护方法都谨慎地施用着。

过了危险的期间，她清醒了。她晓得自己经过不幸的斗争，现在是逃亡着的，成为只好躺在床上的病人了。

她老在追忆那不幸的斗争，那太使她痛苦了！

——唉，辛同志呀！我要复仇的，我们终要胜利的！……

这样的言词常常在她病弱了的唇中溜出，失了光辉的大眼睛在瘦陷下去的眼眶里突突地显露着！

而他一定着急起来，很温和地安慰她，哄她忘记了过去的一切！

他为她每点钟都按着脉搏，很细心地誊记在记着她的病情的表上，把温柔的口唇贴着她烘热的额角，把一调羹一调羹的开水喂给她喝……！

在他这样温柔的爱抚之下她只好抛去心头的记忆，很驯服地闭上眼睛沉沉地陶醉着梦般的境地。

他曾酷爱文艺，读了许许多多的中外古今说部；而且他很会讲，溜着轻柔的春风似的声音，慢慢地，滔滔不绝地讲着，水银般地滑进她病弱的脑袋，把里面的创伤轻轻地洗净了！

她爱听《三国》《西游》，而尤其爱听《水浒》！她叫他两次三次地重复讲着，张开口儿，孩子似的憧憬着那趣味浓郁的幻影！

当他每次呻吟着想一想要讲的资料时，她撒娇似的说道：

——一定完了哦！我不相信你的脑里会装上那许多东西的！还是再给我讲着林冲罢，讲着鲁智深罢！……

——哪里会讲完哩？是太多了反而打算不定要先讲那一部好呀！……林冲太滥了，我要讲别的新鲜有趣的呵！

——真的还有了更有趣的么？那便快讲要！你真比我聪明呀！

——不是比你聪明而是比你有机会多读罢了！你才是聪明不过的女子呢！小蘋！……

——就是没有机会啦！小的时候读得太少了，太简单了！以后不晓得还有躺下来静静用功的机会么？

她感慨着了！

——现在不就是机会了吗？等你好了的时候，我们一同来读着心爱的书本子，真是幸福的生活哩！……文艺要有相当的素养才会领略的，以后你就研究着吧！……

——那还是专供你们有产有闲的人们欣赏去罢！我们现在处的是怎么样的一个时代呀？……好了的时候，病好了我们不是依旧要找机会干着的么？……

她又兴奋起来了。

于是，他又像哄孩子似的把她的心情哄得慢慢地平静下去。

他还时常对他吟诵了一些诗词，开始他只像唱催眠歌似的哄她睡下，但这渐渐地打动了她，比讲故事更加使她爱好起来了。

她是女孩儿，那历史以来所赋与的柔情虽给要斗争的烈火狂风消灭了去，但现在她是卧在病榻上，是躲在爱人的怀里，她的心情是怎样的脆弱呢？当那隽永动人的诗句，从可爱的他的唇里轻妙地溜出，婉转地漾进脑中去时，宛如一个柔弱不过的姑娘似的，她把头儿静静地倒在他的腕上，帖帖服服地不想动弹，两人的灵魂融合起来，流进那神秘的，美妙的渺茫里了！

——你这样爱好文学的么？爱好诗句和故事的么？……真是可爱极了的小蘋呀，在你这样沉醉着的当儿！……

颤动着情焰的他的双唇会紧紧地吻上她褪了色的蔷薇似的脸上!

——我曾为你做了许多诗句哩,在碰见你的第一天起!你的眼睛真撩动了人呀!……

——真的么?你为我作做了诗句,为我的眼睛么?可爱的你呀!……为什么你会爱上我这样一个粗陋的女子呢?我不是不懂得诗这东西的么?……

——你才是真懂得诗这东西的姑娘哩!像你这样的女子才是夺去了我的生命的爱人呵!失去了革命,但我现在是获得了你的爱情了,更可宝贵的爱情了!……

——这便是我们两人间的爱情,而它会使你沉醉,使你忘记了一切的狭小的爱情么?我也爱你的,然而我不要失去了革命,我们应该永久和它同在呀,我们不是要胜利的么?

——是的,要胜利,要胜利,为了我的小蘋的缘故革命一定会胜利的!……

——那你高兴极了!萍君呀!快把你为我做着的诗句念出来罢,念给我听听罢!

温馨的时光偷偷地在病榻上溜去了二十多天!

九

缠绵淅沥的梅雨期在病室的窗外溜过去了,晴朗的五月天带来了夏的光与热。村里蒸发着各种各样郁闷的气体,堆积在土埕上或屋后的草囤儿发出来腐湿的气息,和在地上干了犹未被捡去的猪牛的排泄物所散出来的混成一种难闻的臭味!沟渠和深的水洼都张着丑恶的口儿,照着阳光闪了奇妙的光彩,还吐着讨厌的气息。呆然躺在人家檐下的一些农具大都晾晒上一两件破旧的棉袄；有些农妇们披着花格子布的头巾，蹲在太阳底下的土埕上洗刷她屋里发了霉的用具。午间从田里回来的耕牛懒懒地拖着它笨重的身子，身子上闪着汗珠。孩子们都换上粗麻制成的上衣，裸了两腿地到处跑着。鸡雏一群群的在地上忙碌找食，争啄着一些闪光的砂砾或铜片。

然而这光与热也充满盛绿的山谷原野和河岸，叶儿草儿都闪耀着油滑滑的光辉，发散了新鲜的植物的香味。亮得好像透明般的蓝空间也浮泛出几朵温软的白云，这点缀着宛如生满绿野间的红紫、黄白的小野花一样。

人们就呼吸在这样晴朗的初夏风光里。

姑母的新瓦屋临着那曲折的小河，左面长着一片像用剪刀剪齐了的禾穗，田野尽处便是丛杂着浓绿的浅谷和久雨洗过的蔚蓝的山峰。河的两岸铺满了丰缛的绿茵和碎锦似的小野花。澄碧着，宛如几许层无色的玻璃堆叠起来般流着透明的河水。结着小得来针头也似的累累果实的龙眼树林在对岸形成个疏落的果园，和庭前几株红花落尽的木棉树连成一片浓荫，把这道河流越发看成纤小了！

早晨，他挽着她在河岸上慢慢地踱着，病后的四肢娇懒了许多，她不是闲倚着木棉的树干便是坐下在河岸上，河里是两个并肩的影儿。

病后的心情也脆弱了许多，猛烈的狂焰失去了它燃烧起来的热力，她让自己懒懒地偎住萍君的肩膀。

吸着泥土和草木的芬芳气息，在晴朗的晨光中，在久病初痊之后，在温柔的恋情里……她感到一种新生的甜蜜的滋味！这滋味是幸福的，是她，这十七岁的姑娘所没有享用过的。

于是她沉醉着这幸福，细细地玩味着。但不幸是她很容易便会从这之间惊叹似的醒觉过来，袭上伤感般的阴影！

“这小河，真澄碧得可爱呀！……但故乡的却是雄浑浑的朱红色的江流呀……”

“这山峰上那片石头有些像我们那里的呀！……唉！故乡呢？……什么时候我们才能够重新干起来呢？”……

可是这些阴影也很容易给周围美妙的自然和甜蜜的恋意消灭去的。在这样的生活里，你还能够兴起别的什么念头呢？外面是恐怖的世界，你只好敛起两翼，暂困守在这温馨的梦里罢！

吃过午饭了，闷热像胶住了飞扬着尘土的空间，虽然轻风在四处流动着，蝉声从木棉树上刮耳地噪着，但一些偷懒的村民们却敞开对襟的上衣，躺在树荫下面，吹着悠徐不过的口笛！

在南窗下，静躺着无力的肢体听他哼着一些醉人的诗句，不知不觉便午睡去了！

夏的晚霞渲染得整个的乡村就像画里的天国！在山麓，河岸，林中，……不等到暮霭把一切都薄罩了他俩是不想回家去的。

渐渐地恢复了早日的健康，两人开始了同居的生活了。姑母的家庭就像自己的家庭，她读着叫表弟到T城去运来的萍君的许多书籍，把秃了的笔尖写着许多能够念诵的诗词。她还喜欢料理家务，跳来跃去地帮姑母切菜烧饭晒谷子；帮嫂嫂喂家畜，抱小孩子。

——你几时变了个伶俐的小主妇呀？我的小蘋……

闲躺在屋檐下面，瞧着她忙碌着的萍君常常感了兴趣地笑起来。

而她顶高兴的是帮姑母和表弟栽种园里的菜蔬果实。她爱土地，虽然是个农女，但自来就没一片属她自己的土地让她们自由耕种！过去她们都是替地主劳作的。现在这土地是自己的，自己可以任意在上面创造着自己劳力的结晶！多有意思呀！她亲自把种子播下去之后便天天盼望它的萌芽，抽叶。整天披散着剪下辫子的短发在园里跳跃着，小心地灌水，下肥料，拔去杂草，除去害虫，看看这些又弄弄那些。她自己种了两畦落花生和一片山芋，把这些当成事业似的忙着。

有时在园里她一面工作着便一面和好说话的表弟谈讲，讲的多是关于外面的世界。她比他晓得多些，他很热心地疑问着，倾听着，而她是不倦地答着、讲着。

——我们的田园宣传家又要开讲了！……

站在旁边的萍君一定笑了。

每回她都谈及他们过去的一切。她努力使表弟明白革命的意义，还叫他把已经明了了的转讲给他的同伴们。

——真有这样的道理呀！……为什么我们老没想起这些呀？……

听到理想的世界的实现，表弟会高兴得来跳跃着把畦里的植物践踏着了！

——这样的世界终要到来的！……而我们现在的路线就是要革命，要斗争！……

而她的热情便和表弟一同煽动起来了。

——而我们现在只找寻着时机！

说到眼前的环境她不得不愤慨起来，怅望着云山层叠的空间！

——时机一找到了时我们这村里也可以一同干起来的吧？

表弟的热情汹涌着！

——一定的！为什么不呢？劳苦群众都是革命的同志呀！

——那我们村里可以组织 ××× 了，完全像你所说的干起来了！呀……！

——不过干起来于你们这半地主阶级是没有好处的呵！

萍君喜欢和表弟寻开心！

——为什么呢？我们自己虽然有田地，但我们不是受着官府们、城里的绅士们压迫的么？我们要通通打倒他们呀！……而且，为了我们的同伴呀，他们真是苦呢！……

——你真是未来的斗士呀！你看，我们定归要胜利的。这真理是谁都能领悟的，除了我们的敌人！……

她高兴得几乎想揽住鼓起眼睛的表弟！

她的热情是没有泯灭的，那不过蕴藏着罢了！她和表弟天天热情地盼找着时机，她怂恿他从几里外的邻乡辗转订来了一些报纸、杂志。

蝉声逐渐在木棉树上弛缓下去，而终于息灭了时，南国的秋风荡着嫩绿的新禾，漾起阵阵的碧波来了！这儿的气候特别暖热，现在虽是仲秋天气，但那高大的木棉和矮胖的榕树还是绿叶成荫地没有一些儿凋零衰败的样子。河沿和山谷依旧缀满茂草繁花，澄澈得可以见底的碧流只多映上一些摇曳的芦花的倒影。

可是秋的气息是宛如和盛夏不同的！人呼吸的是清爽幽凉的空气。在山野上，在山谷中，那澄碧的秋空是高旷得人的心脏都跟它一同展开了似的辽阔，天空里到处浮着村童们放起来的各式纸鸢，发出来悠徐的筝声，顺着秋风凄怨似的送进人的耳朵！

秋渐渐地深了，萧条的气象跟着渐渐黄起来的柑子一天比一天浓厚了。南国也有它的秋天的。

落花生已开过它金黄的花儿，山芋却红红地肥大着了。而就在这个时候，她不得不离开它们，离开这秀丽的乡村；而同时是和亲密了几个月的他隔离了！像秋风吹散了的一池萍儿般，两人要东飘西泊地散开了！

残秋结束了他们恋爱的美梦！

因为他生长T县，而又在那儿工作的一个叛徒，是绅士们想要食肉寝皮的逆党！他的逃亡是他们老大的痛恨，他们定要得而甘心的！而统治者们现在也连成一气，他们施行了种种联防保甲的政策想来捞回一些漏网之鱼，没有斩草除根他们的统治努力是一天不能安稳的！

——这烦扰苛虐的政策看看快要施行到与世无争的姑母村中来了！

革命失败了，但他得到更可宝贵的她的爱情。满拟两人屏弃了一切而沉溺在这爱情里，隐居似的度着诗书田园的生涯，这清恬自适的生涯可以使他满足，没有别的什么追求了。

但仅仅这样的生涯也成了理想的乐园，现在是完了！欢娱将成过去的云烟，不得不离开爱着的她而走上茫茫的漂泊途径！他忍不住揽着她呜咽起来！

而她可没有什么伤感！她说这正是给两人以找寻时机的机缘，沉浸在这样的美梦里是很危险的，对于他们的事业。她安慰着他，十二分期望着两人此去能够碰到各人继续干下去的机会！她的大眼睛闪着希望的光辉！这光辉激动起来他前进的力量！

两人照着筹思的计划分开了。他到 C 州和上海找些友人亲戚；她呢，远的地方她是没有一些经验，没有一个认识的朋友的，她只好走到距离不远的 P 村，在那儿他有一位很要好的朋友是当地的有力的人物，革命的同情者，他会为她设置生活的方法。

这别离一直继续到两年以后的现在。他流浪了一些地带，但他已鼓不起来过去的热情！到头在上海他投奔了有钱的表叔，得到优闲的职业！环境渐渐洗涤去他犹豫的信念，阶级意识决定了他的人生，他是沉浸到挽回不来的深渊里了！

十

现在只要追忆起那柔情缱绻的一切，那紧紧揽住了而在沉默中静味着自己颤动了的心灵的滋味，真太于把人撩动了呀！

他的红唇依然会浮着蜜似的温情，颤动着炙人的情焰！然而那内心燃烧着的革命的烈火却早已完全熄灭，有的只是一堆拨不出残烬来的死灰，维持两人间的要素是没有了！于是她明白了他们间的关系，各人都站在方向相反的两个极端，中间的距离是太远了！那可爱的影像已罩上模糊的浓雾，变成不可理解的东西了！

那迷人的睡姿只有一闪起来便跟了温馨的过去一同消灭！醒觉来后她依然是顽强的她！她应该蔑视那醉人的，没有生命的过去的爱情——不，不是爱情，只是两个渺小的灵魂所紧紧纠缠着的痴恋罢了，——而从这深潭中跳出。应该把胸中的热力追求着广大的、神圣的、革命的爱情！

太阳已从东方升上来。它照耀着欢欣的光芒，炫夺人的眼睛！她从露台上跑回屋里去。

他还没有起身，自闹翻了之后他尽是苍白着可怜的脸孔！昨晚上和几个无聊的友人好像到外面喝酒的样子，回来的时候叹着气流了不少的眼泪！这眼泪虽和解了她板起来的面孔，但总消灭不去她胸中的烈焰。

不想喊醒他，让他沉沉地找寻自己的醉梦吧！给时代遗弃了的人物她是没有法子把他赶跑了去的，虽然这是从前的恋人，同志！她也没有闲情来愤恨他，痛悼他；她只耽心着五天了，一个星期了，而炳生何以老是没有找过她一次？是他忘记了这急待援进的同伴呢，还是他碰到了别的不能抽身的事情？！

读着一册已经看了大半的书籍，但心神总是不能集中地常常从书中跳到别的什么上去！

抛了书籍跑到走栏，看看一群在地上玩耍的孩子；不时地转过头去望望马路上可有什么认得的行人，弄堂里有没有找着门牌号数的客人。

突然！有纪律的喊声隐隐地在耳际浮动起来！这声音散开就好像是几千万缕相似的啸声在里面颤动着，宛如繁音杂奏的交响乐！

这声音打动了她，它好像是从她那刻下在脑膜上的唱片里开唱出来的一样！为什么她感到那声音这样的熟识呢？那不是群众的呼声么？不是示威巡行的呼声么？……

她即刻记起来今天是 × 月 × 日，是个伟大的纪念日！三年以前的今天她正高撑了一面光明的旗帜，和群众们在T城的狭小弯曲的巷道上，热狂地号喊着，跳跃着哩！呀，多伟大呀！……这记忆激荡着她，兴奋起来了！但现在，在这儿，不是白色恐怖下帝国主义践踏着的地带么？难道勇敢的群众能够在这儿举行纪念的仪式么？这儿的同伙们已经组织成这样强有力的队伍么？……

那是自己的幻觉吧？但啸动的呼声是一阵比一阵越发清晰地送进她的耳膜、镌进她的心灵！那震荡着空气、刺破高高的蓝空！激越地，雄浑地送来了！

那蕴藏已久的烈焰现在在她的心头爆炸开来！血管里汹涌着急流的热血，灵魂快要飞越出这颤动的躯体般，强度地兴奋着！

再也没有踌躇，她流水似的泻下了几十级楼梯，冲向门外去了！娘姨从橱下跑出来替她把门关上，睁着惊异的眼光一直送她出了弄堂！

穿过飞驰来去的人堆中找寻她的目的物，跟了怒潮起伏的吼声走去，转过了马路，在大的铁桥上，在眼前滚着一条闪耀着春日的光辉的，江流似的群众的队伍！

血红的，一别三年而现在像碰了爱人似的可爱的旗帜，在这江流上面被高高地撑起，迎着春日的和风，张开了翅膀般在群众头上飘展着！

——哟！……

披到颈上的乱发飞舞起来，大的眼睛闪射着无限的光芒，高举起两只臂膀，害了热病似的狂热地冲进整然进展的队伍怀中！

哗然的腾跃起来，好像几千百个被打进了过量的气体而同时爆破开来的球胆般，她的声音混进这样的喊声里了！！好像把两年以来闷积胸头的东西都吐出来混进这里面了！

从一位同伴的肋下抽来一束彩色的纸张，跳着把它向空中一掷！因风飘荡的纸张纷纷地散进行人的手上，袋中，也有些飞过了桥栏，飘下在河水上或舣集着的河旁小舟上。

喊着跳着，她越过许多同伴的身旁，冲进前面，现在已经跑进旗帜下面了，她歪仰起头儿，旗的阴影落在脸上，上面罩着晴朗的春天的蓝空！

群众的队伍向左转去，黑蚂蚁般的敌人们渐渐从各方麇集了来，整然的队伍分成断断续续的几个段落，但这好像一条虽被砍断，但还转动着的百足之虫，没有力量能够把它一时完全弄僵！

暴力渐渐压下来，斗争于是开始了！粗大的棍儿从各人的头上身上滚下，但粗大的拳头和怒跃的嚷声却又把它 × 开了去！又渐渐地布的衣服给撕裂了，领袋给扯得歪在一边，到后来枪刀的尖端接触到人的肉体，鲜红的血滴沿着愤怒的脸孔和撕破了上衣的胸膛，纵横的流了下来！

前进，前进，呼喊，呼喊！斗争继续了整个钟头！

强暴的手腕抓住了她的颈项，粗大的东西黑压压地从脑门上压了下来！一切都在眼前晃乱，跟着是沉向茫茫的黑暗中去！但她紧紧地抓回来自己的知觉！

她感到自己好像一条伸张着的皮带，紧张不过地在极度强力的两端中间挣扎着！

已经断绝了般从一端松解下来！她睁开眼睛！

——呀！……是你？……你把我从敌人的腕中夺了回来！！……

她碰着那个日夕盼待的同伴，但只有一瞥间他已跳进另一堆人丛中去了！

十一

她碰到炳生，在扰攘的群众中她紧紧跟了他左右奔突，巡行的目的已达到相当的成功，由四方满满地滚来的敌人的鹰犬们，把队伍零落地冲散开去！

窜过几条街道，两人一前一后地转进一条安全地带的僻静小巷。

——好同志，我们来握一握手罢！真是个勇敢的女斗士呀！

他回过头来笑嘻嘻地站住了。

她赶上去满心欢喜地伸出手儿来。他们紧紧抓住各人的手掌，四只眼睛都闪动着意外高兴的光彩！

——你对不住我呀！为什么抛了你的同伴不想援进她？……

这时她才注意到他身上穿着一套蓝色的工人布服，拖了一对塌着后跟的破鞋子，脏了的打鸟帽低低地覆在头上，不是仰起头来是瞧不清脸孔的。他的上衣领已给撕裂了两寸光景，还涂上许多灰尘，显得来有些狼狈的样子！于是她伸着手来替他把撕裂的地方摺下去，为他拍去了污尘！

他也笑着把她端详了一下。她依旧是船中那个布衣短裙的姑娘，不过现在在沾上许多尘土的乱发下闪动的是两颗特别射着热力的大眼睛，右颊上浮着一片青紫的伤痕，这是刚才她斗争遗下来的痕迹！他们不敢久站着对谈，他叫她把身上弄整齐一点，以免引起人家的注意后，便一面谈着一面跑去。

——那会忘记了你呢？这有许多特别的原因呵！我老是记挂着你哩！……

他现了一种着急的神情忙着向她解释。把打鸟帽的舌头拉得更低下了。

他说自上岸之后一直忙到了现在！那是刚刚碰到了这儿一所工厂的工人向敌人斗争的缘故。他参进这个斗争，受着党的指令指引工人前进，是忙得来连抽身都没有余裕！

——现在这斗争是怎样了呢？真大懵然了,我是一点都不知道呀！

她着急着。

——……现在么？等着罢！那时几千个工友是烧起了对资方愤恨极了的毒焰！资方把他们的精血吸收净尽，一旦不需要了的时候便像渣滓般吐了出来！他们把厂的铁门关上了说是停止营业，把工友们的衣包、破被都丢了出来滚满街头，不管他们眼前的死活！于是工友们都明白了来，向资方请求是得不到一丝怜悯的，眼前只好把生命来做最后的斗争！他们咆哮起来，暴动起来！群众像潮水似的卷去，要凭着暴力冲开了牢样的工厂的铁门，把属于群众的工厂抢夺了来，把里面的钢铁都恢复它们的运转！……呀！你想是一次怎样伟大的斗争呀？……

他的拳头不住地在空中挥舞着！

——呵！真是令人奋起的热力呀！……

眼前的他也不是船中那个孩子模样的炳生，而是颗炸弹似的，巍岸的战士！

他说当时的斗争终于遭来了敌人们的高压！统治者的帝国主义驶来无数的铁甲车，满满地装着武装的鹰犬们！但群众没有退却，没有流血是不能完成伟大斗争的，不牺牲他们也是找不到生活的出路的！斗争已达到尖端，没有爆发开来是不能缓和下去的！机关给手指拨动了，枪弹从前方扫射了来！

——呵呵！……躺下去，躺到地上仍旧滚前去呀！同志们！我这样喊着！滚热的子弹嗤嗤地从身上飞过，烟雾溺漫了周遭！呀！……

——他起劲地喊着，但立即醒觉到这是在路上，连忙放低了声音！

——这儿，现在有了这么热烈的斗争吗？那我们的时机不是快要到了么？

她跃动着新的热力。

——这儿的明争暗斗现在是一秒钟都在飞快地进展着呢！现在不比从前了，劳动群众都明白和急需伟大的斗争了！

只有十天，在这上岸后短促的十天中他是干了许多繁重的工作，经验了伟大的斗争，而现在是个肩了重任的勇敢的斗士了，但自己呢，自己在同样的十天中除掉领略一些温情的残烬，为渺小的恋情苦闷着之外还会得到什么呢？……不是只有一个空虚的心脏么？……

她真像悚起来了！自己若不再紧紧抓住眼前的时机，献身给伟大的事业，抛弃了过去的迷梦，追求着时代的热烈的，群众的爱情，那不用几个十天，几个一月，便会把自己跟着已经没落的他，一同沉进不能自拔的黑暗里去了！

她决定不回家去和他告别，应该忘记了他，忘记过去迷人的温馨的梦境！那残余的恋情还像一缸甜甜的蜜汁，假如自己再事贪恋，那就会跌下去给它胶住了！

——现在就请你带我到我们的组合里去罢！介绍我给同志们罢！

他把她凝视了一下，接着是高兴地笑了。

——一定的，一定的！……外面的世界才是空旷的，我们的事业才是伟大的！你忘怀了那狭小的家庭罢！惟有群众的爱才是我们所需要的。……好，我真喜欢哩，我们现在才是亲爱的同志呀！……

若不是在这不自由的路上，那他们两个定又紧紧地把手儿握住了！

十二

现在她依旧缚着三年以前那条短裙，插着那支秃了的自来水笔。但多着的是现在头上歪戴了一顶天青色的小绒帽子。

三年的光阴没有吞蚀了她身上的一切，她依旧燃烧着比从前更加猛烈的青春的热力——这热力支配着她的全身，不是时光这东西所能够把它推移，而是跟着时代进展的！

而三年以后的现在可和三年以前的过去有了不同，不同的不是她的外表而是她的内心。现在她的脑上充实了越是精确、深邃的宝藏，两脚踏过了越是丰富的人生经验，而仅仅在这重新担负起工作来的十多天后，她的精神飞速着新的进展哩！

现在她坐在湫隘的亭子间里，外面是一方狭窄的，昏暗下来的天空，和一条不大嚣杂然而污秽了的弄堂。刚下过一阵春雨之后的天空虽从阴郁的颜脸上好像绽开了一痕笑意，但黄昏的来临又把它弄成逐渐灰黑的样子。

刚从 ×× 工厂的门前，一堆躺着的泥土上面跳下，飞转了几条街道，才安全地赶回这里来！

在那堆坟起的泥堆四周，围住一群由厂里放工出来的男女工人。在堆上站着她，一面散发着彩色的纸张一面高声地喊着沉重而扼要的话句。

沉重的语句沉重地压进工人们的脑袋，闪耀着光芒的大眼睛射刺着他们的心房！

正在这个时候袭来了一阵恶浪，鹰犬们黑压压地冲上来，把围成密密层层的圆环子冲散了！

她的话头虽被打断，但种子是已经播下的了！那彩色的纸张说不定此刻正给他们捧着，细心地读着吧！

想着她便微笑起来，却不忙把沿着帽沿滴下的雨水揩干。

她再想起今天已经做过的各样事情。

早上阅读了许多必要的刊物，嚼了两个热烘烘的大饼，便跑到一所平民学校去授了两个钟头的功课。

几十个工农的子女围绕在她身旁，对着这些未来的小同伴，她是更加感到人类的热爱的，这像整个能够把她吸引了去，推动出来热力的集团。

过去两个年头她所以能够度过沉默的时光的就是她的心灵已给那些同样的小生命溶合了去，在P村，在那地滨南海的海湾，无垠的沙滩上跑跳着一群皮肤赭黑的孩子，沙地上纵横晾晒了渔人们张开来的黑网子，发了腥秽的，然而已经闻惯了的气味。在阳光射照得闪耀起来的沙滩上，她曾和小同伴们度过了不能忘的村岛的生涯。

现在虽不能晤见那些未来的渔人，但她完全不用挂念着他们！无情的生活自然会教给他们一些伟大的真理，当着革命高潮重新起来的时候，他们自然会裸着赭黑的胸膛，臂膀，起来加进这队伍中来的。

其次她想着参加一个工会的罢工会议！他们那果决勇敢的态度和生死干去的精神使她对整个的事业感到无限的热望！她尽着力量贡献给他们一些意见。

会散的时候已是午后二时，肚子虽饿，但她还有一件比吃饭更加重要的事情在等着去干，连忙又赶到工人区一所破草屋的女工家里。

——来了呵！好同志！我老等着哩！

在那没有太阳也蒸发着一种腐坏似的气息的小屋里，女工阿玉跳起来握住她的手儿。

阿玉是个很难看的女工！高高的颧骨耸出在三角形的瘦脸上。但她在另一方是有了比明眸皓齿的姑娘们更加优美百倍的精神。她有着对革命的正确理解和对生活不平的愤懑，这愤懑的毒焰燃烧着她要斗争的势力！

她是 ×× 工厂内党的区分部的执委，也是那儿几百个女工的领导者。

——怎样呢？进行的结果？！……

她还没有说完，对方的答案已冲出口来。

——胜利给我们把握到了！……

于是在纸张，沙沙地飞跑着那秃了的笔尖，照例她的头儿又不知不觉地歪着。

——真高兴死呀！照这样子看来只要三天以内便会成功这计划了，这全亏了你，真是个了不得的能手呵！……

——你称赞你自己罢！没有你的指示我如何进行呢？……

她们笑了。

——不是还没吃中饭的样子么？一开完那儿的会议就到这儿来的罢？

——真有些饿了，有什么就给我弄点来罢！

坐下在阿玉的破凳子上，她一面吃着热腾腾的汤面一面和她谈论着关于这事情的话儿，十个铜子一大碗的汤面此刻是香甜极了的东西。

别了阿玉，跑去把这报告转达之后又在那儿把脑袋工作了一两个钟头，接着是和同伴们分头向放着尖锐的汽笛声的工厂门前跑去，而在逃回来的路上给淋了一场春雨！

她仰望着天空，天空虽然哭丧着脸孔，但经了一天工作的紧张和疲劳，此刻能够安闲地坐着，想着已经做过的一天的工作，真是快乐不过的时间了！

阴郁的天空并没有消失去她脸上挂着的笑痕！

足步声从前楼一直响进这亭子间里，走来一个身躯高大的人物。他穿了一件不称身材的污渍的长袍子，这人是进出都要更换他的服装的，在外面你碰到他时是不容易一下子就给你认出来的。他的瘦陷下去的眼眶里凝结着尖锐的光芒，头发是毫无光泽的粗乱着。全身的胴体是伟岸的工人的骨骼，是神采奕奕的健康者。

——回来了，同志！今天散了许多宣言吧？

他的声音尖锐得和他的眼光一样，总之他是个沉毅机敏得力的同志，他阔大的肩膀上挑上一担很重的担子！他是和生，执委会的委员，是这儿第 × 分部的部主任，是炳生的哥哥。

——散了许多哩，同志！今天你的工作完毕了罢！

——还没有呵！就要出去的。——他笑着把手里的一束文件交点给她。——你还不把雨水揩干，湿在头上是不好的呀！

他替她除了帽子来。

晚上，在灯光下面她们又开始各人的工作了。在前楼的办公桌上沉着和生的尖锐的眼光，同志们的低下的脑袋；楼下的暗室里响着纸张起落的微小的啸音和别的一些声息……而在狭小的亭子间里，歪着头儿的她正飞动着那秃了的自来水笔。

这儿的生活是没有固定、刻板的，整个的工作是天天在进展着，跃动着！是刻刻在创造着新鲜的，扩大的生命热力！

十三

“杭育呵！……杭育呵！”

码头上依旧麇集着蓝色的一团团，交织往来的河流，劳苦群众依然在消耗他们的血汗！……然而，不同了，老大的变更了！从他们的啸声里她听出来有愤恨的毒焰，喊着准备斗争的声息了！

一月来革命的洪涛激荡着黄浦江头，整个的无产群众胸中重新溅起来醒觉的浪花！时代已快到它阵痛的境地，呆然躲着的胎儿只要一到它成熟的时机就会一阵比一阵更加剧烈地挣扎着、翻动着，从旧的母体里诞生出来新鲜的生命！

而这一月来正开始了频繁的，猛烈的胎动！

烟囱依旧笔直地耸立在无数的劳力上面，但缕缕的黑烟已混着伟大的力量弥漫了天空。空中已包孕着浓春的风光，天是蓝蓝的澄朗着，暖阳射出来热力与光明；地上的空隙处都茁长了野花小草！电线底下的枯枝也抽出嫩绿的新芽！

而这一月来在她的生命上也长出新的嫩叶！她从迷梦中解放出来自己伟大的热力，达到了重新起来干着的目的！

她的生命现在不是她自己所有，但也不属于任何一个谁！那是已经交给了伟大的群众，像一根纤维般被织进一匹坚韧的布匹，永久的变成集团里的一员，而这集团便是推进那胎动的整个的原动力！！

受了党的命令，现在她是被遣派回到C江一带工作去。

×××的组织已遍满中国各地的农村！×军像春雨后的笋儿般茁长出来变成一枝枝强有力的武器！土地重新在铁蹄底下翻动起来！再次的醒觉了的农民们热烈地需要他们自身的斗争与创造了！

C江一带的农村已照满了火的光辉与热力！现在不是三年以前了，时代已运转到新的阶段了！

回到故乡，回到给黑暗掩覆了而现在是透出曙光的故乡去创造未来的光明！回到给铁蹄践踏着而现在是掀动起来的故乡去把敌人歼灭，开辟前面的坦途！……呀，那真是太令人狂热的工作，太令人高兴的工作呀！……

她的大眼睛会依旧和亲爱的农民们相见，激越的声音会依然混进那咆哮起来的喊声里，而一同建立起来他们那实现了的天国！如果说她的生平没有尝试过这样伟大的愉快，那此刻的她真好像高兴得胸头煽动着熊熊的一团火焰！

汽笛的叫声已尖锐的从江面回响了来，机声嘈乱了，庞大的船身开始微微地转动了！

她和同行的两个同志倚着船舷，船身开始在水面上划着白的痕迹，看看溅起浪花来了！

——小蘋同志！现在我们又是船中的伴侣了！真高兴呀！

炳生转过头来对她笑着。

——但现在我们是紧紧地团结着，走向新生的路上呀！

她也笑了。

——看呀！上海已给苍茫的天海遮断了！另一个同志把手指着说。

这时，在小蘋的脑里，在她的眼前，交互地闪耀着两道鲜明的光辉！

她看见在这天海苍茫消逝了去的上海正射着工人们重新啸动起来的光芒，伟大的爆发快要炸开来！

同时，在这海天苍茫的另一处尽头，无数的农村照耀起来一轮重新升上来的红日！

而整个的世界都在这光辉里面重新啸动起来！！！

一九三〇，五，一，——上海

小阿强

这里：我们新时代的弟妹们，革命的小儿女们！不是“从前有一个……”，也不是“却说……”，那些都太于陈旧，太于俗套，是历史的轮轴已经从上面滚过，是大人们用来哄开你们的小口，睁开你们惊异的眼睛，而尽从淡灰色的浓雾中描画出模糊的想象来的什么英雄、神怪！那些于你们不是都太遥远了，太神秘了么？这里，亲爱的小朋友们，请猜一猜我要给你们写下些什么呢？

是一件很平凡然而却真真挚挚的，你们不但从这儿读到而且在可能的环境内还可以直接目睹耳闻的事情。不用说，在这样的时代里像下面所说的一位小同志当然不单单乎只有一个，那怕有很多，很多，我相信，然而，不幸的是我还没有机会可以多所采集，现在只就我晓得的这一位先说一说吧！有机会，当然想尽量地给你们多讲一些。

不幸得很，我们的这位小同志是生长在一个极穷极穷，父母亲都牛马似的终年给狠毒的地主们榨压，虐待，只有一小间破茅屋的家庭里。他到世界上来已经度过了十三个冬天，现在刚好满了十二岁又四个月。名字叫阿强，是一个有一头柔软的赤头发——这是因为它整天和太阳接吻的缘故吧，本来我们东方孩子的头发不都是漆黑的么？——还有两只大眼睛的农家孩子。

然而贫穷到底是他的不幸，受压榨终于是他们的苦厄吗？不，不是的！因为是穷人——极穷苦的孩子，你们里面不也有许多和他同样、同阶级的孩子们么？所以才会了解我们急切需要的革命，才会努力干着伟大的工作；而现在，让我说来吧，也让你们读下去才明白现在虽是穷人，是受压迫，可是我们丝毫也没有什么不幸！因为，假使没有暴风雨的前夜到来，那明天还会有那样扫净纤云的澄碧的天空么？小弟妹们，你们懂得这个道理吗？想它一下吧！

现在阿强是中国那一片在地图上已经染成红色的一个村里的少年先锋队队长，是一位飘扬着鲜红的领巾，把两只虽然小可是却很有力很结实的臂膀，撑起一面比身子还要大两三倍的红的旗帜，挺着小胸脯，和群众们一同大踏步前进的小布尔什维克！

可是刚刚到十岁的童年时，他还是一个地主们的小奴隶。穿着破旧不堪的衣服，披着差不多一尺多长的赤头发——那怕是因为母亲太忙了，太累了，没机会给他剃光或剪短而任它长下去吧——和同样的邻童们不论晴雨寒暑地天天给人家看牛。在山野上，在河沿和田亩间，和同伴们偷偷地玩着，唱些没腔调的歌；滚在地上扭打着，把已经很脏的脸孔、头发……弄得更其脏透，有时还把衣服撕成一片片地快要脱离它整个的组织！

这样的生活还是他的幸运，碰到不幸，小小的头颅便会发青发黑的浮肿起来许多疙瘩——因为大人们凶暴的铁似的拳头居高临下地向孩子们头上送下去是很不费力的，只要他们高兴！这些拳头虽有各式不同，然而最习惯的还是雇主三老爹和父亲的两只！给捶打了痛楚只在皮肤，打惯了，阿强也不感到什么特别疼痛，他顶害怕的却是不时还要绞着肚子白白捱饿的时光！

有一次，阿强牵牛回去后便跑回家里去，那是夏天的黄昏，他还记得一些星星已经亮亮地嵌在深碧的天空里了。他走前去看见在家屋前的铺满湿草，杂着牛鸡等粪溺的泥尘上，平时凶悍得一头野牛似的父亲现在却软弱得如同一只小猫般毫无抵抗地给一个汉子按住痛打，又扯了他的耳朵，好像强迫他舔吃地上的秽物！

呆了一下，父亲在暴力下面忍耐着的痉挛一阵阵好像榨压机般紧紧地压得阿强的心头有些疼痛！

——那不是阿二爹么？！那汉子！……

那汉子抬起闪着野火般的眼光的脸孔来时，阿强的心头更狂跳得利害！这不是骇怕、惶惑！他小小的心房汹涌起来一阵按捺不住的洪流毒焰在里面燃烧起来！

阿二爹是地主兼土劣黄大爷的一等走狗，他专门代主人榨压和凌虐一般农民，现在他正发泄着兽性把拳头足尖粗暴地捶下在棉花般的不敢反抗的奴隶身上，却冷不防天地好像翻了个转身般，自己的头部上给重重地打击了一下！

阿强正想把手中的粗木棒准备第二下有力的痛击，但倒在门口哀哭着的母亲突然发狂似的跳起来把他拉开了！

——大祸，天大的祸呀！……你，阿强你疯了吗？……他是阿二爹，是我们黄大爷的……呀！是我们委实没有力量偿还他的地瓜！……你，阿二爹呀！……我求你，求你，……这孩子是疯病了的呀！……

接着不用说阿强的小身体也不晓得给一些什么人横打直抽地打得死去活来！父亲和母亲只有倒在地上抽泣着，哀哭着！

地主们无理地凌虐农民，难道阿强不可以反抗一下么！然而你们看吧，在地主土劣的淫威下面没有有力的组织和团结的斗争是终归失败的，何况阿强单单是一个小孩子。

阿强以后越发对阿二爹和黄大爷们愤恨透了！整天都想找机会反抗他们，他唯一的愿望便是把这些吸血鬼们通通杀净了，把可爱的牛儿和田地都归他们农人自己耕种、享用。

他们村有一位族叔阿柏，是一个顽健得如同一条好水牛的农民。他敞开上衣从田里回来，忽然看见阿强躺在草坪上呆望着牛儿吃草，别的孩子们却搅成一团地在游戏。

——你呆想着什么呀？孩子！

阿强睁起他的大眼睛，但这眼睛里面放射出来一些忧郁！

——你……不瞒你柏叔叔说，我委实恨透了阿二爹他们，我们穷人真的没法子对他们反抗吗？

——哈哈！你倒是有思想的孩子！你恨他们吗？……不要愁，我们穷人对他们的斗争快要到了，那时，你瞧罢，只可惜你孩子不懂得！……

——真的么？……孩子为什么比不上大人呀？你瞧，柏叔叔，我站起来快要和你的肩头一样高了，什么事我不会干？好叔叔，只要你肯给我设法子！

——等着罢！这不是为你个人的法子，是整个村里的。现在还不是时机，时机到来的时候你也许会尽一份力量。我晓得你是个真正的小布尔什维克，你父亲，他太不行了！……

“布尔什维克？！”小弟妹们，你们也许不大明白这个名词吧？这是大人们对你们隐瞒着的字句。但读下去罢！像阿强这样的一个孩子便是小布尔哩！

阿强很快乐地跳跃着，不消说他从来就没有听过这样新奇的名儿！但阿柏叔给他解说得明明白白，还对他说了很多同样从来没有听过、想过的事情。

× 军的进展快要逼进阿强的乡村，你们晓得 × 军是专要铲除万恶的制度和肃清吃人的地主土劣们——黄大爷和阿二爹、三老爹这一类人的，而在我们的阿强和大众的农民工人们却是无上的救星，是真正的同志斗士！

一个夜里，阿柏叔悄悄地踏着树影和月光凌乱的山野，领阿强到一个石洞里去！

去做什么呢？原来阿柏叔和村中别的许多叔叔哥哥们都是觉悟了的农民，是真正的布尔什维克。他们响应着外面距离只有二十里的×军，秘密会议着怎样里应外合地做最后的斗争！打倒他们的敌人地主土劣，建立起来真正的苏维埃区域！

黄大爷的走狗乡团们当然大卖气力地严重搜查，把守，请救兵……可是他们的末运已经到了，他们恐慌得好像热锅上的蚂蚁！

阿强，还有别的许多村民，他们的心里却充满着兴奋极了的喜悦！

这两天已经派出去的几个送信者都遭了狗们的缉获，外面的×军不晓得村里的实情，再耽延一两天下去，等到帮助敌人的军兵到来时那便糟了！

在石洞里，门光斜斜地透进来，照着阿强的眼睛在闪耀，他忽地伸出小拳头来说：

——让我冲出狗们的把守送信去罢！就在今夜里。我是小孩子，不怕的，我可以乘机瞒混他们的侦缉！我，我要担负起这重大的使命！

在×军的集团里，×的兵长叶和高兴得紧紧地把阿强拥抱起来！

——看这个敬爱的小同志！兄弟们！……前进吧，兄弟们！

乡团给缴械了，黄大爷们统统给农民枪杀了，大部分的×军开进村里来时，英勇的阿强高高地撑起一面血红的旗帜，走在他们面前引路。

——看呀！好个真正的小布尔什维克，好个英勇的搴旗手！

蓄着脏乱的胡子的 × 军士兵和农民们，在路上错乱地叫着！

新时代的小弟妹们！你们都愿意做这样的一个小布尔什维克，小斗士吗？

现在，阿强是个小布尔什维克，他是个英勇的搴旗手！

《大众文艺》月刊第 2 卷第 5、6 期合刊，1930 年 6 月 1 日

红的日记

五月廿八日

把印着什么遗像遗嘱等东西的硬封面连同已经涂上墨迹的上半部一起撕掉，这册日记马上就变成赤裸裸的白纸簿子，还附着日历的。好呀！我立即抓起这根秃头的自来水笔，在第一页上，填上大大的四个字：红的日记，底下还歪歪地签了个马英的小名字。

哈哈，你以后是我的好朋友了！连同这根性命也似的步枪；吃饭、拉撒都紧紧跟在一起啦！哈哈，可爱呀！我的铁情人，我的小孩子宝宝！可不是么？既然这根有着沉重的力和灿烂的热情能够支配着人的步枪早已成了我的情人，那这册白裸裸的，可以向它低语温存的日记，不就是我的 little baby 么？……

这些烂调真是不要说的好，什么情人，什么孩子？！看吧！我们是铁和火的集团，我们红军的脑袋，眼睛里面只有一件东西；溅着鲜红的热血和　切榨取阶级、统治阶级拼个他死我活！

好快活呀！早上三点多钟的时候我们又是不用妄流一滴血地把这个 T 城攻下了！我们的嗓子只喊得哑了，肿了而已。后天开大会的时候一定忍不住地又要下死劲地叫喊，演说！死沉沉的左城真需要狂热的喊声来把他煽动起来的，喉咙痛了又算得什么呢？顶要紧也不外好像给破玻璃划下去这样吧！

大家都快活得要死！团长同志抱着一箱子一箱子遗留在城里为我们所有的子弹跳跃着，欢笑着。

他让自己的胡须碰着它们，好几次我以为他想和它们接吻啦！尤其是农民赤卫军们，对着那些早日深藏在这城里的食盐，布匹……东西都心头痒痒地叫喊，指手划脚！可是他们都是同志，都服从党代表的命令，都不敢私下和它们碰一碰指头地等待着委员会的分配。

晤到了先期潜进城里来工作的同志时，大鼻子好像摇晃起来般的党代表同志便跳上去给他们一个发狂似的拥抱，接着是哈哈地笑了，这笑在平时我们是老看不见的。

好几个不惯于扎上新肩章的城里少年同志们跑在前面，跟着后面的我们这小组一共七个人逐一地把土劣们的家宅搜检。人物早已逃的逃，被抓的已抓了去，我们的任务只有很麻烦地登记着一切可以分配给大众吃用的东西。一位同志从抽屉里检出这部日记来，他说："撕掉它吧！这毫无用处的东西！""不呀！有一些可以利用的地方我们都要保存，我正需要一些白纸张来写写字呀！"于是他笑着交给我。一定是劣绅儿子所用的东西，刚才看了撕去的一二页，可把我笑死了，都是一些糊涂的鬼生活！

写了一大堆废话，倒把今天伟大的作战情况一字也没说及，也难怪，我自己是个好乱写胡想的东西，而我们可有十多天没有一刻儿宁静下来的时间和找不到一片干净的纸屑，此刻真是写意的呀！以后总有好几天可以多写一点吧！

他们都打起鼾声，可爱的同志们呀！好，让我也躺下来吧，委实疲倦极了，抱着这根步枪和这册小日记躺下来睡觉吧！

真好个闪烁得有趣的天空呀！我们今晚上是睡在 T 城夫子庙的大廊下。

今晚上嗅不到山中草野和泥土的气息了！

党代表同志这一次的作战计划又得到成功了！五天以前，在K山上他对我们说一定要赶到T城来开纪念“五卅”大会。

五月廿九日

只昨天一天的工夫，我们便把这周围十里多的T城全体涂上了鲜红的胭脂！每一个角落——每一道断垣断壁，都好像从里面跳出来般浮现着廿四点钟以前这儿的人民仅仅连讲都不敢讲在一起的一组组的大字！

巍峨壮丽的大房子，大祠堂，大商店……的粉墙上，在人的眼前跳出斗大的黑字、红字，黑的、黄污的泥壁上也好像睁开眼睛般闪出白的蓝的字样；这些字样不论大小都跃动着惊心夺目的热力，放射着万丈的光芒；这些字样组合起来是一句句颤动了人的心房，煽动了人的灵魂的标语！

这些标语不是用墨水或别的颜料写成，也不需要什么毛笔、钢笔这类的东西。我们的先锋队只要高撑红旗踏进城里去的时候，那跟在后面的红军赤卫军……便只有一面高喊着口号，唱歌，一面便雕刻着标语！石头，刀柄……便是我们的器具；长官同志，红军兄弟，农民群众都一齐动起手来。我们的队伍里，不论是挑水煮饭的兄弟们，目不识丁的同志们，最低限度他们也学会了一两句笔划简省的标语！接着，分成小组的我们便各处找着民房、商店，找了多量的石灰和着胶漆，东穿西撞地把已刻上或未刻上的一切建筑物填写上去！

城里已开辟有好几条马路，这儿我们的宣传技术尤其巧妙得多。在两旁树荫下，砂石的路道上很规则地嵌进去很大很大的红砖砌成的字样，人一面跑一面那低垂的眼光都被它吸引了去，狂热地跑着，读下去，不想转弯，也忘记抹角！

今天，我们就这样地跑了一天！人们都燃着狂热的眼光跟我们跑着，有的已经学会了的便自动书写起来！妇女们都躲在门前门后纷纭地议论着，害怕还比好奇心来得厉害些！我跑前去给她们解释，拉她们的肩膀。但那个给我握住手的姑娘却急得眼泪直流，慌得我连忙走开了！真是傻家伙，我不懂得这儿的方言，只好赶紧解开前胸给她们看我是她们的同性！哈哈！迟几天这些躲在门后的倒霉女人都要把她们拉进群众里面去！她们真是太不行了！我得告诉党代表同志赶快讨论着组织妇女部的计划。

我们跑到的地方一些工农穷苦群众和小商人们都集拢来欢迎我们，赞谢我们，把我们看成神兵下凡似的，真不得了！我们只好使劲地喊着哑声音，替他们解释着一切，叫他们自身觉醒。他们都以为现在的得到解放自由全是红军的力量，把我们看成观音菩萨，有一个小染布坊的工人因为我们把他的豪绅资产阶级的坊主交给他们全体审判后立即枪决了去而高兴得差不多发狂，赶回去把家里老婆养着的两头肥猪——他们仅有的大财产——央人杀好了拿到这里来，硬要给我们每人都吃他一些！他的声音颤动着，随时都有流下感激的泪水来的可能。呀！我们同志们都好像每个人手中的步枪那么铁与火似的呀！可是当队长同志和他紧紧握着手的时候，一种不能言说的情感却把我们的心房都激荡起来！

像这类的事情真记不了许多。但每一样都给我们一个“要更努力”的教训，中国的无产群众以及小资产阶级都被压在帝国主义、豪绅地主资产阶级的千层地狱下面，快要飞腾起来，必然地推进革命的队伍，而走在前线的我们是应该怎样坚锐地战斗着呵！

五月三十日

夫子庙前的大草坪充满了红的光辉，照耀着初夏的朝阳。不止这草坪，整个的T城就像一大炉红光灿耀的烈火！

红光是我们的精灵，是给帝国主义残杀了的烈士们的鲜血！草坪上的大集会是纪念着今天这个伟大的“五卅”！

群众都沐浴在红光里面，这集团是滚滚汹涌的怒涛，这里面分不出谁是红军兄弟，谁是同志，谁是工农群众！呵！多伟大的一个大集团！

这城里的男人差不多统统到会，除去一些老弱和疾病的；更奇怪的是女人们也呼姨唤嫂地闪进许多在人堆里，又怕又好奇地交头接耳谈个不休！

举行了“五卅“纪念的秩序后接着便继续开T城苏维埃成立大会！跳着斗大的白字的一面风帆也似的红旗从人海里飘展着高飞上来，替代了一片黑茫茫望不尽的头颅的，是黄赤色的仰望着的脸孔的海！

喊声和跃动好似把古旧宏大的夫子庙都震撼起来！谁都忘记了自己一身的存在，只有腾跃的血管和颤动的肌肉在整个庞大的怪物里面激荡！

血丝从肿了的喉头溅到干枯了的舌头上，等到散会的时候，才恢复自己的感觉，才晓得嗓子里斜刺般痛着，舌头上也有一些咸咸的血的滋味！但我们真喊得爽快，说得开心呀！在群众当中我们都不是我们自己所有，在群众面前不把脑袋里的东西尽量吐泻出来是不可能的！

关于建设苏维埃政权的意义和组织法都在大会里宣告；演说和提案一直占去了三四个钟头。早上七时开的大会到下午四时才算结束了。可是令人诧异的却是会场里喧嚣，纷乱的无秩状况虽然很可以，然而一般群众自始至终却很少有散开去的，他们兴奋得连饥饿、疲劳都忘记了！

我提议了一条给通过的议案，那是：凡一切从前给反动势力所占有的建筑物、吃用物都归大家公有，不准毁坏或私吞！我看见了许多不明白的农民同志们一推翻反动的统治阶级时，老是要把对他们的愤恨，一并迁移到给他们所占有的东西上面去，必得一道毁灭了去。这是如何蠢笨的念头呵，一切是我们的，我们为什么要毁掉自己有用的东西呢？

夫子庙是封建的残余物，却是给我们挂上了一幅红军第 × 军第 × 团……的有生命的标帜和刻了许多活跃的标语上后，它是我们有用的东西了。

组成了苏维埃委员会的委员们即刻又开始召集他们的会议，待解决的问题真多哩！他们一面咬着冷面包，一面进行他们的任务，他们差不多两个晚上没有睡觉了，据我所知道的。

这个当儿谁不想越发多做一些呢？为了我们伟大的革命。

今晚上巡哨的值日是我，六点钟的时候，站着南边的方向一直巡哨到城外五十里的 G 村。

六月二日

我们这一团的部队，只有四百多个兄弟，两尊手机关和不够三箱的子弹；三百多根步枪、手枪和一些杂色的枪，每根都给紧紧地掮在每个兄弟的身上，另外那八九十位兄弟们却只有捏得紧紧的铁的拳头。

跟我们从 C 城一道作战来的，还有三五百位好像河流汇成大海似的，由每个村落里渐渐跑拢来集成的农民赤卫队。他们也有土枪、毛瑟枪……可是他们却不大需要这些，他们喜欢的十足代表封建色彩的武器，各乡有各乡的特产物，都是适宜于械斗的家伙。什么“竹竿镞”呀，“长镰仔”呀，都是用他们的土音做名字，我连喊都喊不出哩！他们蓄着长头发，胡须——实际上是没有机会好剃去罢了，胸头和肩膀上缠了炫着人眼的红色标帜；真是“草莽英雄”的气概！这个时代不是需要前线上的猛烈英雄么？虽然同时也要后方坚毅的斗士！他们是真不怕死的，谁都有火般的气焰。“为什么我们需要那劳什子的鸟枪呢？我们的血肉、肌骨和拳头便是铜铁，我们的性命便是一颗炸弹！……”这些话就是他们说的，虽则说得不很正确。

他们是那样的顽强，生铁一般，然而，在红旗前面，在党代表同志嘶哑的声音底下，简直好像孩子般真率、女人般听话。

党代表同志在我们红军里边挑选了二十个同志做他们每一组的组长，我是里面的一个。不论作战的时候是怎样忙碌，可是一有机会，我们马上集合起来唱歌、谈话和识字、读书。

现在他们晓得什么是第三国际，什么是马克思、列宁主义……！

在山野中，在战争气氛浓厚的地带，当我向环坐身边的他们灌造脑袋里的炸药时，张开粗陋的然而可爱的大口的他们的铁掌，尽管摩擦膝头，敲击着同伴的臂膀，或者吐骂着难听的愤恨的咒语……然而我不愿意禁遏他们这种举动。现在可好了，他们已晓得什么叫容忍、叫秩序；昨天大会的时候，我们一组里的阿朱大竟会在群众面前喊出一些简略和煽动的演说词！真高兴呀！那个时候我赶忙跑过去拥抱着他！他的两片厚嘴唇还因为适才的兴奋而颤动着！

下弦月亮晶晶地高悬在天空，借着一点月色，我们的部队分着八组向东，西……东南，西北，……八方面把T城紧紧围攻起来！

那个时候的一切我们都模糊了，现在，只记得起来路旁一些高大的树木，我们擦过去的时候，树叶上便洒下几点露珠来滴在我们的脸上，红头巾上！

下弦月亮晶晶地照耀在不起波澜的城河上面，河身很广，河的对岸又是一片荒地或园林，隐隐约约地，可以望见这庞大的古城的雉堞！

亮晶晶的下弦月底下，红的旗帜、红的队伍好像怒潮般漫山遍野地滚向这古城来！

我们没有开枪，没有瞄准；枪在同志们的背上，武器在同志的胁下！我们只有拼命地飘荡我们红的旗帜，拼命地高喊从心底迸发出来的叫声！

"红军的军士是不杀穷苦的白军兵士的！……我们和你们都是好兄弟、好同志！……赶快觉醒来加进我们革命的队伍！……杀掉你们豪强、地主、长官……"

我们红军都喊着国语，湖南语，赤卫队们却喊着土语，广东语……差不多中国每一地的方言都有，差不多这些声音汇合起来会撼动这座古城！四野里没有空隙的地方，有的却给我们的身体和喊声挤满了！

我们是弹不虚发的，我们是不和穷苦的工农兵士们作战的。我们的喊声，叫得他们手足震动起来端不上枪支，心实慌乱起来不晓得要怎样来应付；我们合拢起来只有不满一千的兄弟，但喊声起处就好像千军万马的奔腾！呀呀！！

忘却了步枪，也忘却了自己！跳着，喊着，步枪好像掮在背上，手里依旧撑着那面大旗的我们，扑通地跳下城河冲过去！红的旗帜飘荡在月光水光烁闪着的河上，我们二十多个先锋队泅达彼岸的时候，古城的馆楼上又竖起一面大白旗，渐渐苍白起来的天空也把月亮的光芒夺去了！

还有好笑的是赤卫军们自己把这儿土产的大竹节切成一管一管地，里面又装满了硫磺之类，不会伤人的爆发药，在喊声里点着了真好像轰天震地的大炸弹，白军们给它震得心胆俱碎！

经了这一次作战后，军事委员会已议决把勇敢而受了训练的赤卫队们几百个兄弟编成我们第 × 军的正式红军了。我第一个赞成这议案，现在他们不都是很好很好的红军么？呀！红军同志兄弟们万岁！

六月四日

我领导着的这一组赤卫队一共十一个统统编进我们原本的这一队伍。好快活呀！他们现在是真正的红军同志兄弟了！每一个我都紧紧地拥抱了欢迎他们的加入！队长同志哈哈笑着说："看你能不能和全体新进的兄弟们每人拥抱三分钟？！……"

昨晚上睡去的时候，不晓得谁个压在我的身上，却把我弄醒了！

"不能！不能！同志兄弟！……"我叫喊着！一翻身把他滚下到地上去。"记着我们都是红军的同志兄弟，同志！这个时候我女人还应该负着停止生产的责任，你这个不懂事的家伙，而且我简直看不见你是谁！快走罢！把同志的资格遏下你冲动着的念头！……"他没有做声，在黑魆魆里悄悄地溜去了！于是我重新睡下去。

真的，现在我简直忘掉了我自己是个女人，我跟同志们一道过着这项有意义的红军生活已快满一年零五个月了！我是一个人，一个完完全全的顶天立地的 × 军兵士！别的什么男人，女人这些鸟分别谁耐烦理它！

听说在别的部队里女兵们总爱和异性忸揽，以致弄出许多纠纷！这真是可痛恨的一回事！这不妨碍了战斗的进展么？！……女人呀！红的女人呀！我希望你们都暂时把自己是女人这一回事忘掉干净罢！也不要以为别的同志们是什么鸟男人呵！我们只是一个红军，一个要努力进展革命势力的红军同志兄弟！

我还应该把这意见给一般的女人宣传，她们委实糟极了！如果我有一些闲工夫的话，定要把那些躲在门后的城里鸟妇女们拉出来晒晒太阳，吸些新鲜空气；碰到什么妇女部的干事人员时，第一件是劝告她们不要给男同志睐眼睛！

不要以为我们此刻在城里是可以休息休息，实际上我晚上最多只有四五个钟头的睡眠时间呢！政治工作的人员真是太少了！这开始建树一切，推翻一切的工作我们不分着干，还有谁来帮你呢？

现在整天都变成馅子般给包围在工农、小商人的群众堆中。依着工委会的颁布条例，整理和扩大两个染布坊和几个小工厂。这些都是手工业的作坊，只有一所硝磺工厂的大部分工作是运动用着笨拙的机器。

旧的制度完全推翻了，马上现在的作坊，工厂……都是工人自己所有的东西。

他们一面工作、一面打哈哈，我跑到东跑到西都看见他们合不拢的笑口！谈笑的声音飞腾着充满了空间！然而人不要以为他们会妨碍了什么工作，手和脚在声音底下是飞快地转动着的！

食粮、用品……都使每个劳力的人得到相当的满足。一切他妈的苛捐杂税全都跟着那失去的反动势力同归于尽了，在街上的商店前面老是站满黑压压的买东西的人们。没有房子住的劳苦工人们都分配给早日任他空着生了蛀虫的没收来的房屋，他们都洗了澡，弄得干净的搬进去住了！

我们也分配来一些没收得来的家畜、家禽；肉，我们是吃过好几次了！哈哈！还有每人都发给一套汗衣服，听说有些是这城里的女人们做出来的。难道她们只单会缝衣服这点技能么？

六月五日

军事会议决定了我们的行程，下午三点钟我们便要离开这 T 城了，只余下二小队暂时驻扎在这里。

这次的计划是分成二百人一队出发；十天内在 C 地集中后围攻 G 城。我们这一队的路线是向南方进展，越过鹗石山，绕道游击了山麓一带的许多大小村落，然后再赶到 G 地去。

在 G 城秘密工作着的有我的赤昵同志。我是怎样的想紧紧地和她拥抱一下呵！我们一道舍弃了学校死的生活，为革命的工作而生活着以来，意志薄弱，认识不坚而中途跑掉的有三个，为伟大的事业牺牲了的有一个，但我和赤昵还活着，活着好进展我们的事业！可爱的赤昵呀！你的小马英快要和你相见了，请看我胸前肩上的 × 军标记，你一定高兴得合不拢你的小嘴唇啦！

前后不上一个星期，可是这古城已整个的变成距离几多世纪远的城市了！还不是说他的形式，形式上虽然涂刻上新的装缀，可是千多年的老城墙依然还是老东西。一切都还照旧！但是，人的脑袋已经换上了新的，社会上的一切制度也都改成新鲜不过的！这是什么呢？就是布尔塞维克的伟大的力量！

工人到底是革命的主人，现在，只有几天功夫，作坊、工厂、工场里的工作都可惊喜地跃动，他们已晓得怎样来处理自己的事情了！

无论如何这个人总不适宜于后方工作的，这几天简直给烦烦琐琐的事情，纠纠缠缠的问题搅得人脑子昏起来！好像一匹无羁之马，只要一跑到前线去冲锋陷阵，那我的生命便会活跃起来的，跟着兄弟们一起把生命都变成炮弹！

在崇山峻岭，或从林野草间飘荡着热血般的旗帜前进！呀！仅仅这样地一想起来，血便在心房激动着了！

为什么军号还不响起来呢？……不是已经收拾停当，不是已经吃饱了肚子么？

也许以后没工夫再写这样的玩意儿了，抛掉这根秃头的墨水笔吧！？

喂！掮起步枪，抓起我们的战器呀！×军的同志兄弟们！！撑起红的旗帜迈开步呀！冲过前面一层层障碍物！！

全世界红色革命成功！！

革命的红军成功万岁！！！

《前哨》第1卷第1期，1931年4月25日

散　文

妇女运动底我见

无论某种运动的发生，它的原因都系饱受压迫。它的目的都系要解除压迫，劳工们受了资本家的压迫，所以有劳工的运动；弱小的民族，受了强权者的压迫，所以有打倒帝国主义的运动；妇女界受了种种的不平等待遇，所以有妇女运动的发生。

因为人类是有理智、有情感的动物，爱自由、爱快乐是他们的本性，所以一遇压迫，就思反抗：这不特人类是如此，其他一切有生机和没有生机的东西，也有这种本能的。所以，如果我们受了某种不合理的压迫，而不思所以反抗的方法，只一味低头忍受；那末，理性和情感都丧失了！换句话说：就是失去了“人”的本能和资格了！我们中国人，便是缺乏反抗精神的民族。因此，历来的君主，社会，阶级，家庭……的种种压迫的制度，都一层层地深深包围着，我们便饱受了非人的痛苦了！

谈起我国的妇女界，真是黑暗得可怜极了！数千年这传下的礼教的镣铐，把她们束缚得寸步不能自由！在法律上，教育上，以至在社会、家族……她们都不能得着和男人一样的权利，义务；她们除做了男人的玩具、社会的寄生虫而外，简直没有用处；她们给由男人们造下的礼教和制度坑杀了之后，男人们还在旁诮笑：“妇女真的没有用处！”唉！这是多末不平的事呀！

我们知道妇女的智能，并不减于男人；如果有适当的教育和待遇，那末，也能和男人一般的成功为文学家、科学家、政治家、哲学家……证之中外古今的历史，就可知了。

自从法国革命发生，给人类以一个大觉醒。被压迫的民众，都起而发生各种运动了。于是欧洲的妇女运动，也随之而勃兴了。她们觉悟自由不是赠品，是血和脑换来的，而且自己的痛苦，要仗自己来解放；要革去妇女全体的痛苦，更须集合全体的妇女力量，才能成功。到现在欧洲的妇女界，差不多都获得了和男人一般的权利、义务了。

妇女运动，也和其他的运动一般，但它成功，须不怕牺牲、挫折；而且要有坚定的精神，合理的手段，要从根本上努力……

我国的妇女运动，才在萌芽时期，所以一般妇女运动者，尤应该审慎从事！我国的妇女界，所受的种种痛苦，比外国的要深重百倍，所以我国的妇女运动者，就要比外国的百倍的努力！

大家要知道妇女运动的意义，不是要打倒男子；不是要把从前由他们所给与的痛苦，还诸他们；不是复仇主义……也不是要摹仿男子。因为妇女自有和男人不同的，或更超越的德性：苦是妇女界把自己看轻了，把自己固有的好处丢却，专门去摹做男子，那就万分的错了！

总而言之，妇女运动的目的：一方是要解除一切不平等的压迫；一方应该保存自己固有的德性，不要有无理和过分的要求。达到和男子同样，成功为有用的一个“人”的地步，来努力于社会的改造，和人类幸福的增进！

现在潮汕方面，也有妇女运动发生了。这不能不说是妇女界的好现象，也是社会的好现象呀！不过以我们潮汕方面的社会情形，和一般妇女界的智识程度看来：从事于妇女运动者的人们，应该格外注意！把态度和方针，研究得正确合理，那末，妇女运动才没有流弊，妇女运动才能够成功！

十四，十二，五。

《友联期刊》

海滨杂记

一、石　莲

那时大约是三点钟，一个晴朗的下午，我同他靠着楼栏望海。初夏的南海的风光，是一种叫人沉醉的东西。看那微微喘动的海波，给打斜的阳光映照着，放射出一种透明的蓝光。那起伏的海面，她的柔瀚，她的光洁，除开少女的胸脯，没有一样可以比拟她。一列屏山淡淡地摆在青天白云下面。海鸥成群在飞翔着，像浪花一般在日光里闪烁。阵阵的东南风，吹得人沉沉思睡了。

“那海面正在漂流着的许多东西是什么？”我指着问他。

“哪里？呵，是石莲！是从乡间的溪里流出来的。这几天下雨很多，所以溪水涨了，把它——石莲——送到海面来……”他知道是石莲。

“石莲？是怎样的一种东西？”生长在S海岛的我却不晓得。

“它是潮汕（或许不止潮汕）乡间一种野生的植物，像萍藻般浮在水面。它的生殖率非常惊人，一段清溪，只要三几株浮在上面，那末，不上十天八天的工夫，便把溪面都生满了。”

“溪面都是石莲，不是很美丽的么？它会开花不会？”

“开花是会的，也有相当的美丽。当初盛时清碧的溪面，泛着浅蓝色的花朵，煞是好看的。但太多了，反而惹人讨厌！”

“讨厌它做什么呢？”

“第一就是因为它阻碍交通。乡间交通是全借水道的，你想把溪都塞绝了，交通不是完全断绝吗？”

“那末，岂不是要除去么？”

“除去，自然是人人愿望的事，但实际上可做不到。每年当春夏盛时，各乡都雇工人捞去它，但总是捞不干净。无论什么东西，一到了繁盛时期就难以除掉了。”

“它有用处么？”

“就是因为它没有一点用处，才会这样多。譬如萍藻之类，还可以养鱼，石莲就只有阻滞船只，妨害卫生（因为有石莲的溪水就十分不洁），此外丝毫没有用处。”

“那末，石莲是自来就有的吗？”

“据说是一二十年（？）前才有的。

“是从什么地方来的？”

“那就很难明白了！有的人说是从南洋群岛来的，有的却说是从外江来的。起初还很受人欢迎，那唯一的原因就是‘罕见珍’。那时，人家把它当奇花看待，养在缸里。后来一天一天繁殖了，莲缸盛不得，就把它丢在溪里。这一来，往后就不可收拾了！不上半个月，各乡村的溪里都长满石莲了！”

“它们为什么不蔓延到江海里呢？”

“原来它们的性质十分脆弱，只拣平淡静僻的小溪里滋长；急流洪波的大江，和汪洋浩荡的大海，它们都是不能生存的。在这里，不消一二天，它们就死掉了！这或许是海水是咸的，和它们平日的淡水生活不惯吧！”

“可是，听说海里也有淡水的鱼在生活着哩！”

“这倒是很少，或者，另有生存的原因吧！”

“譬如它们不来海里，岂不很好？”

“然而‘自然’的力量，任什么也不能抵抗的！它们虽然那样地繁殖，但到底是没有根柢的！每年韩江上游的“山洪大水”暴涨的时候，它们不能不随波逐流，直趋于海。这就是天然的淘汰了！”

“这样，它们虽然不愿意来海里，但也是没法抵抗的么？”

“可不是！”

“唉！不适合时代环境是不能生存的了！……可是，明年它又哪里有种子复活呢？”

“这是很奇怪的！当然啦，它总有几株——就只几株——躲藏在坑穴里，急流所不能冲激；时候到了，它就会流出来溪里繁殖了！”

……

我怅然的，呆望着那随波泛滥的憔悴的石莲！

十七，六，十，汕岛之宾

二、“毕竟还是玩物？”

“妇女运动，妇女解放……革命的妇女，妇女的革命！……”

三年前同学B君给这种声浪宣传到学校里来读书了。

她是一个略认得几个字，做了二岁的孩子的母亲，中产阶级的商人的妻子。

入学那一天，她像玩具般由她的丈夫送到我们学校的课室静坐着。他像哄小孩般在她耳朵里说了几句话后便先自回去了。

第二个学期，我毕业离开学校了；那时B君已经认识了ABC，男女朋友……像玩具般遍体换了女学生装束了。

一别是二年余。

一天，我和同学D君在马路上跑。

“呵！我们都是这样平凡庸碌，太灰色了！做点革命工作吧——尤其是妇女运动，不上几个月就会变成忠实的女同志的，那时，什么机关都可以活动得了！”做了几年教书匠的D君。近来常常打着呵欠说这样的话。

我只有微笑。

“干去吧，不要这样冷静的！你看B，她现在身兼几个机关的重职；整天不是坐汽车便是包车；这里未开完会，那边便要赴宴。物质上是不用说了，就是精神也那得不愉快！先后不革命的二个丈夫，自然是无条件地离了婚了。‘女同志，女同志！’整天又不知几多男同志在向她献殷勤呢？……”D君说得有些兴奋起来。

“每天报上都有她的名字的妇运领袖AH，便是从前那个B么？”

“就是她啦！你还不知道？现在要活动不还是女性容易么？各个机关都开放女禁了！”

我不觉笑出声来：“那末，你何不找B去呢？叫她为你先谋个位置！以后……”

“呵啦！不要侮辱人太甚啦！B在我眼中是什么人？叫我向她开这乞怜的口么？……”D君愤然了！

“朋友！就你这样的性格是违背了时代性了，还讲什么‘妇运’‘活动’‘革命’赚钱？……比B君更卑劣的你都得向她（他）捧手托脚呢！”

“所以我们是落伍了！”D君在作苦笑，“呵，刚说她就晤到她！你瞧，前面汽车里……”

神采飞扬，艳装时服的B，我可认不得了！遍身像要躺下去般，紧靠着穿军服的男同志坐着！

“呵，呵！那一脸白粉，那一股香气……不还是玩物么？妇运？……”D君咬着牙说。

“这是很不革命的心理，朋友！你知道她的堕落，你还在羡慕她的活动……”

“怨得我么？你看我近来的生活状况！……”D君哀愤的声音给汽车的喇叭声混和了！

十七，六，十五。

三、夫　妇

我们屋旁的海边，新近给人家填成了一片沙地，直伸入海中。在这炎热的六月天，每当朝日未出，夕阳惋晚的时候，夏的海岸不久便成了许多民众的游息之所了。

楼上恰巧有一面小窗，临着这片沙地。黄昏时我倚着这窗儿看晚霞，看晚霞衬上的苍黛的角山，山下一片柔瀚的海波；看散步的游人，游人中往来奔跳的小孩；看从H港缓缓驶入口来的轮船，轮船上黑的煤烟飘渺在蓝白的天空中。……早晨呢，五点多钟起床时，凭窗一望，则万片帆影，投射在给晓雾淡淡地笼罩着的海面上，就像蝴蝶的翅儿般鲜美，沙沙的很有韵律的潮声和着海所特有的气息，给晓风阵阵送来；几个很康健的青年在海中游泳，掀起来的白沫，溅得逐波上下的海鸥惊飞而去……

和着他在这样的景物中悠然沉醉时，使近来成为无钱而有闲的我俩容易地忘怀一切了。

近几天来，每个早上都有那一对年纪约五十上下的形似夫妻的男女在这沙地上徘徊。他俩都很枯瘦，像有心脏病般的总对着未出的朝阳做疗养的方法——擦胸部和呼吸，做后便面海直立，幽幽地谈着，或则并肩缓缓地跑来跑去。那女的提着一对小脚在细沙中蹒跚地走时，那姿态很会惹人发笑的！

一天，因为夜里热得很，一点凉意都没有，未到五点钟便醒了过来，遍身重汗的忙走到窗前去受点晨风。

张开朦胧的睡眼看时，沙地的礁石上坐着两个人很亲密地偎倚着，女的那带着小髻儿的头，搁在男的肩上；男的左手围腰抱着她。

“原来是那对老夫妻，吓！真像一对少年情侣！”我不觉起了惊奇之念！

他俩似乎是忘记了一切般，沉醉在这美妙的自然中！

嘻嘻哈哈地后面来了三四个穿着浴衣戴着浴帽的青年，他们跑近前来也怔住了呆视着。

他俩似不知道后面有人来一般仍旧沉默着。

青年们细语了一会便继续前进了。等到扑通的落水声响着时，他俩就像惊觉般连忙挣扎了站起来！男的看了看女的一会，摸一摸自己的脸孔，很懊丧般跑得很快地回去了，女的也茫然跟着。

娇红的晓霞照着那活泼的青年们在游泳，他们的呼啸腾跃把这片亮得似镜子的海面搅得浪花四溅！

我像受了毒刺般感到一种未来悲哀！

以后，便没再看见这对老夫妇来海滨的沙地了。

十七，七，二十。

四、滑　稽

是一个雨后的清凉的夏的黄昏，我倚在楼栏上吸吞着这可爱的海滨空气。忽然楼梯上一阵步履声，才要回头看时，一阵粉香已挟着S和F的两个肥白的笑脸涌到眼前了。

在薄暗中，S的十分入时的红绸长衣在闪闪发光，F较老实点，穿的是淡碧的，但因为她修饰得十分内行，看去是非常之悦人的。

“外间有什么新奇的事情没有？”有着薄弱的身体的我，近些时当不起炎夏的压迫，整天蜷伏在这小楼，几乎有一个星期足不履地了，同时对于可厌的但尚未能忘情的社会的一切就隔膜起来。无聊之极，也想听些有刺激性的新闻来醒一醒奄奄思睡的神经！

“新闻倒没有，不过，阿娥的事倒有些趣儿，要听么？”F笑着说。

“呵，那娥卿么，就说罢！”

“她从前是十分贫苦的。你该记得，我们上高级部时她才读小学呢，后来因为无钱便辍学了。”F很风骚地掠了一掠那镰刀般的短发，“因为她生得好，所以不久就交红运了。二年前她给了个姓黄的商人做了姨太太，他开着茶行，也算是略有几个钱的。据阿娥说：自己那时是不愿意的，因为受不过母亲的央求，和对方竟答应出钱给她读到中学的条件，要求学识，不得已委屈了。今年夏，阿娥算是初中毕业了，这几年也用去了姓黄的整千块钱——就只读书的费用，近几天，她竟登报和他离婚，也不管他怎样的解说央告！现在，每晚上已经和一个年青貌美的西装少年在并肩闲游了！……”

F一气呵成地叙述出来。

“那末，姓黄的不是白白给她赚了吗？”S说。

“她还说是他用金钱来买她的身体，来残虐她的精神呢！她又说他爱她也不是有真正的爱情的。”F笑了。

“她这种策略不是早已决定了的吧？”我说。

“不，她初结婚时是和姓黄很要好的。入了学校之后才渐渐有这念头。这次和她经营奔走的就是那个少年。”

“F先生！依你的意见是姓黄的不是还是她的不是？”S想研究这问题。

乘这机会，F便把妇女问题、社会制度……滔滔不断地像对我演讲一般说了一大堆！听得乳犬一般的初中学生S睁直眼睛，露出了无限崇拜的表情。

F君是新近才从海上归来的，她读了两年大学了，来到S市就给某中学聘去做教员。

她谈锋停止后，忽然跑入我的房里去。

“要什么？”我在窗外张望。原来她在对镜梳发，一面又把那提袋里的粉在擦脸。

“吃雪糕去罢，他在×园等我了。”她挽了S的手向我鞠躬。

目送她俩婀娜的背影在街灯下移动，心里感到一阵滑稽，不觉就笑了。

十七，七，廿二夜。

一、二节原载《白露》半月刊第3卷第8期，1928年8月16日

三、四节原载《白露》半月刊第3卷第11、12期，1928年11月16日

一团肉

“为什么D要和那样的一个女人同居呢？真是个令人作呕的女人呵！”

“可不是么？那天和他们到P公园里散散步，还没有两个钟头的时光吧，她竟公然地在人跟前一连搽了四次以上的脂粉！我说：女人就使本身甘于做男性的玩物，但最少也要做得技巧些，隐秘些呵！真是个恬然自若的卖笑妇般的女人，这样的东西亏D也和她结合得上！有什么意思呢？……”

“意思倒是没有，不过用处到有用处呵！”有着近于滑稽的鼻尖的S，哼地冷笑着！

“有用处！？你说她能够做D的家庭贤妻，或工作上伴侣吗？那样的新女性是只会把男性的精血吸收来滋润自己的肉体，而同时又把那肥嫩的肉体供给他们当玩具用的东西了罢！也许这就是她的用处罢！”

“不要忙！我说的用处是超乎一切的旧观念以外的。……想想看吧，像我们这样根本就有些形迹可疑的单身男子汉，不说别的，仅仅要租一个住所不是硬要十壁九碰吗？单这一点，D便可以在我们跟前扬眉吐气了！……”

打断他韧长的语调的，是一阵喧腾起来的笑声。

“哈，哈！……这话真是中肯哩！……我是受到了好几次没有爱人的压迫的！……真要弄个新女人来做租房子的幌子哩！……”

“我说，现在的所谓新妇女只是一团肉，一团像苹果、像嫩鸡的香艳可口的肉！她们是丝毫没有一个‘人’这动物所需要的灵魂的！”

躺在灯光照射不到的角落，被嬉笑所忘却的C君，忽然以一种按撩不住的怒声说着，跳起来跑到大家眼前，蓬乱的长发里闪着愤懑的眼光！他曾经抛弃了那其蠢如猪的旧式妻子，但也给由恋爱而结合，终于为了灿灿的黄金分开了的娇美的小鸟般的新爱人所抛弃！他是个极端的女性厌恶论者。

“哈，哈，哈！”大家的笑声又给他拉长起来。

“而我说，你们这些却都是独眼龙的男人，瞎了一支眼睛的呵！”还没有开过口的G君也参加意见起来。

“不用多听讥讽了罢！晓得你是已经有了理想的爱人的！……”

“讥讽也好！……为什么说是独眼龙哩？因为你们只看到她们黑暗的侧面，而整个的社会的深潭是连眼都不瞥一下的！不是愤骂着她们只晓得肉的享乐、妆饰，而完全忘却发展人所应有的精神吗？但请看看罢！现社会上的男性不是把她们看成玩物，含着掠夺的意味吗？……现在的妇女也尽有许多用自己两手赚来面包的能够自立的人物，学识好，技艺好的人才，但为什么她们还是同样地涂脂弄粉，同样追求着肉的享乐和虚荣，而只要机会一来便马上会变成个十足的高等娼妓，给男人供奉着哩？她们都自甘于沦亡吗？未必罢？！谁都有谁的一点良知的！……看吧！封建制度把她们制成奴隶，而资本社会又把她们当成美丽的商品！在这两重枷锁下面能够很容易便把自己解放出来，挣脱出来么？虽然同样是以劳动来换得面包，但，一个女人只要像任何一个男人般不修边幅或相貌差些，走到社会去能够像和男性们找到同样的职业吗？不取媚于同伙的男人，给上级的男人掠夺，能够保持得住她的位置吗？……譬如找一个男朋友，同事，同伴，当然不以他们的外表漂亮不漂亮来做标准吧？但一碰到女人，是不是你们会对那美丽一点，修饰得好看一点的拣择了去呢？环境决定了她的生存方式，为什么你们专会和这些受了压迫重重的女人责备求全哩！……” 他到头讲得来有些兴奋了的样子！

“那像你这样说来我们男性只好可怜她们，同情她们，而所谓真正的新妇女是终于不能实现了罢！”S又把他的短鼻尖哼着。

“谁说呢？！……一团肉，一团像你们所说的香艳的肉是资本文明所产生的罪恶结晶，而也是没有灵魂，屈服于镣铐下面的怯弱的罪人们不能把自己挣脱出来！真正的新妇女是洗掉她们唇上的胭脂，举起利刃来参进伟大的革命高潮，做一个铮铮锵锵，推进时代进展的整个集团里的一分子，烈火中的斗士；来找求她们的真正出路，因为只有在未来的新世界里，女人才会完完全全的获得她一个‘人’的真正的资格！新时代已经快要到了，新的妇女也露出她们的光芒了，等着罢，你们这些……”

一九三〇，四，五

诗　歌

深意（十首）

一

在童年的一个月夜的庭中
我在母亲的怀里
头儿倚在她胸前
仰望月亮却躲在白云的怀里

二

静坐听着雨珠滴荷叶的声音
眼光却凝注瓶中荷花落瓣的姿态
这时呵
那种幽妙的感觉
只有诗人能够领会

三

当我独立峰巅
或独步旷野时
我的心和宇宙一般辽阔
同时我觉得我的伟大了

四

可赞扬的黑夜呀！
你到了人间时——
我们的止水般澄清柔亮的心湖，
点上一朵悠然之灯了。

五

心儿最无着落的一刹那间：
是一个春晚，
抬头又见窗外丝丝的细雨时。

六

认什么真呢？人生，
幻想里，
沉醉中，
你全个的“现实”都消灭去了！

七

不要尽希望着甜的果儿，
酸的自有酸的滋味。
尝试着一切罢！

八

池水不知印上了几千百个影儿，
别再徘徊了，少年！

九

静听着孩子们的嬉笑声——
童年屋后那株芭蕉呀！

十

幽洞里的泉流潺潺地响着
它在说出站在旁边那沉默的人儿的深意！

十五，十一，三——完于深秋之黄昏里。

我这一百首《深意》，自从十四年一月就起首写下。陆续发表在《火焰》和《文艺》里。直到今晚才把它完结了。

“短诗”虽然在现在不算时髦，虽然它也不适宜于表现雄伟的情绪，但是我的性情很喜欣这类的娇小玲珑的短诗，也是爱它很适宜于表现我的刹那顷的一点灵感，所以喜欣做它。虽然我做的未必都会成功。

在这一百首短诗中，就包含着我这年余来的生活的一部：思想的变迁的痕迹，也可以隐隐看出来。那末，这《深意》，在找自己，算是生活过程中的一种痕留了，自己的东西，自己常觉得很有意义，别人读了，是褒是贬，那是我所不管的。

——完稿后附志，汕头。

以上12首及附志原载汕头《岭东民国日报》副刊《文艺》第23期，1926年11月6日

暗红的小花

一

夹在日记里的一朵暗红的小花儿，不经意地发见了。
过去的游境，
隐约地又在脑里盘旋。
把它抛弃了罢，
人生何必处处留着痕迹呢？

二

“别烦闷了罢，朋友！
山上小小的一粒砂儿，
都会了解它自己的一切呀。”

三

病了，
睁开眼睛见帐外都漆黑了时，
便关心着月儿今夜是圆到了什么程度。

四

“红的呢?
还是白的呢?”
人生就是生活在这纷扰里!

五

“是最神秘罢。朋友!
在这个夏夜
你我的眼光互相交流着，
两个心儿更紧紧地团结着，
虽然你我都给青山和碧流远隔着，
在月光下对着孤影徘徊。”

六

好几次热切的盼望着月亮。
它真的照到我时，
却闭了窗儿对着灯光。

十五，六，廿。

原载 1926 年 7 月 4 日汕头《岭东民国日报》副刊《文艺》第 5 期。

听，听这夜雨

听，听这夜雨沙沙地在屋上下着！
冷峭的，只有我和呆定的影儿。
想想着过去的悲哀，
流过了的热泪，就像这数不清的点点的雨儿！

听，听这夜雨沙沙地在窗外下着！
一阵闪电里，像映现着飘渺的衣裳！
是不是你又不给我知，在雨中痴望着我的灯光？！

听，听这夜雨沙沙地下个不休！
凄凉的，我把那躲藏在怀里的干花紧贴住胸膛。
我把心儿温暖它，
我又把清泪使它滋润！
呵！这夜雨我不怕听！
悲哀了又待怎地？！
索性睁开眼睛，倚着枕儿凝听吧！
让这相思来支配我的心和身！

十五，十一，三十夜——汕岛

原载 1926 年 12 月 5 日汕头《岭东民国日报》副刊《文艺》第 27 期。

晨光辐辏的曙天时分

在这晨光辐辏的曙天时分，
谁愿在被温里的柔腰之旁，
连想到在那肮脏的场所里，
我们瑟缩地，正磨炼着苦工？
“叮铃！叮铃！”是我们钢铁铿鸣；
“吭唷！吭唷！”是我们呻吟之声。
烬里的火焰熊熊地灼燃着，
灼燃着哟，是我们血之沸腾！
童年逝了，接着又褪却青春。
我们一生没有醉饱与馨温！
我们的幸福是受人的劫夺；
我们不信什么命运的乖舛！
挥着汗，过了一个个的炎夏；
挨着冷，度着一个个的严冬！
我们每天从没饱餐到日晚；
我们每天从没安寝到夜残！
巍巍然的那些华丽的巨厦，
一切坚坚固固的铁石户窗。
在黑暗里憔悴之兄弟们呀！

这都是我们气与力的凝成。
忧忧然地那些燥烂的园囿，
一切幽深曲折的铁石桥亭。
在黑暗里憔悴之兄弟们呀！
从这里消蚀去我们的生命！
用力吧，我们锄成尖的匕首；
用力吧，我们炼成利的钢刀。
我们周遭尽是些妖氛鬼气，
我们要立即杀出一条坦道！
我们不再制造雅练的铜床，
给与人家藏娇皎艳的肉体！
我们用心血构成的光工哟，
决不只是人家的一个玩意！
我们有血汗，我们也有气力；
我们将努力着些新的贡献！
在这晨光辐辏的曙天时分，
便是我们努力的新的开场！

一九二八年于汕头

《白露》月刊第 1 卷第 3 期，1929 年 3 月 15 日

你赠我白烛一支

你赠我白烛一枝，
我可晓得你的意思！
夜夜独自泪垂，
今宵可有了泪侣！

晚上烛光一灿，
心里更加茫然念你——
念你到无可奈何时，
把脸儿贴着白烛。
烛泪滴到颊上和泪儿混流，
凝结了是你我的泪珠！

烛光在微风里摇摆，
我的心儿跟着转动。
你这时觉得心里怎样？
白烛今晚上只剩有寸许高，

我眼里的泪却何时始阑？！

我的泪就和它的泪一般温热，

滴到你心里时——

却永远永远不会和它一般冷息……

十五年深秋——汕岛

夏日即事

幽梦初回书坠地，
瓶花相对淡无言。
斜阳一抹胭脂色，
荔果枝头熟更繁。

根据冯铿笔迹录入，原件收藏于汕头档案馆。